REGRAS FORAM FEITAS PARA SEREM QUEBRADAS, CERTO?

Editora
Charme

DUOLOGIA LIFE ON STAGE – LIVRO 1

THROB

AUTORA BESTSELLER DO NEW YORK TIMES

VI KEELAND

Copyright © 2015. THROB by Vi Keeland
Direitos autorais de tradução © 2023 Editora Charme.

Todos os direitos reservados.
Nenhuma parte desta publicação pode ser reproduzida, distribuída ou transmitida sob qualquer forma ou por qualquer meio, incluindo fotocópias, gravação ou outros métodos mecânicos ou eletrônicos, sem a permissão prévia por escrito da editora, exceto no caso de breves citações consubstanciadas em resenhas críticas e outros usos não comerciais permitido pela lei de direitos autorais.

Este livro é um trabalho de ficção.
Todos os nomes, personagens, locais e incidentes são produtos da imaginação da autora. Qualquer semelhança com pessoas reais, coisas, vivas ou mortas, locais ou eventos é mera coincidência.

1ª Impressão 2024

Produção Editorial - Editora Charme
Modelo - Josh Kloss
Fotógrafo - Scott Hoover
Designer da capa - Sommer Stein, Perfect Pear Creative
Adaptação de Capa e Produção Gráfica - Verônica Góes
Tradução - Lais Medeiros
Preparação e Revisão - Equipe Editora Charme
Imagens - AdobeStock

Esta obra foi negociada por Brower Literary & Management, Inc.

CIP-BRASIL. CATALOGAÇÃO NA PUBLICAÇÃO
SINDICATO NACIONAL DOS EDITORES DE LIVROS, RJ

K34t

Keeland, Vi
    Throb / Vi Keeland ; tradução Lais Medeiros. - 1. ed. - Campinas [SP] : Charme, 2024.
    348 p. ; 22 cm.   (Duologia life on stage ; 1)

Tradução de: Throb
ISBN 978-65-5933-158-1

1. Romance americano. I. Medeiros, Lais. II. Título. III. Série.

24-88864
CDD: 813
CDU: 82-31(73)

Meri Gleice Rodrigues de Souza - Bibliotecária - CRB-7/6439

www.editoracharme.com.br

TRADUÇÃO - LAÍS MEDEIROS

DUOLOGIA LIFE ON STAGE — LIVRO 1

THROB

AUTORA BESTSELLER DO NEW YORK TIMES

VI KEELAND

DEDICATÓRIA

Para o meu marido.
cuja voz sempre arruma um jeito de se
fazer presente nos meus livros.

DEFINIÇÕES

GAME - JOGAR

Verbo

1. entrar em uma competição com prêmio em dinheiro.

sinônimos: *apostar, arriscar*

2. manipular, geralmente de maneira injusta ou inescrupulosa.

JOGO

Substantivo

1. atividade mental ou física, ou competição que contém regras e pessoas praticam por diversão.

THROB - PULSAR

Verbo

1. bater com força acelerada ou com rapidez, como o coração quando está sob a influência de emoção ou empolgação; palpitar.

sinônimos: *martelar, latejar*

2. vibrar; ansiar.

PULSAÇÃO

Substantivo

1. uma batida forte e ritmada.

PRÓLOGO

MESES DEPOIS

Viro-me. Ele está com um joelho no chão, uma caixinha preta de veludo na palma da mão. Meu coração começa uma batida louca no meu peito... ou está mais para uma *pulsação*?

— Casa comigo, linda.

E então, simples assim, o jogo finalmente termina.

CAPÍTULO UM

COOPER

O celular vibra na minha mesa pela terceira vez em uma hora. Estreito os olhos ao encontrar o mesmo nome na tela novamente. Franzo a testa, mas resolvo atender desta vez. Ela pula as formalidades, indo direto ao assunto.

— Desça para o estúdio na hora do almoço.

— Terei uma reunião durante o almoço — minto.

— Posso te dar uma sobremesa deliciosa quando você terminar — Tatiana ronrona do outro lado da linha.

— Obrigado, fica para a próxima — minto novamente. Não terá uma próxima vez. Me arrependo por não ter aprendido com os erros do meu pai mais cedo; sua política de não misturar negócios com prazer foi uma lição que ele teve que aprender da maneira mais difícil.

— É a terceira vez que você me dispensa. Sabe quantos homens matariam para passar um tempo comigo?

— Muitos, tenho certeza. Olha, Miles acabou de entrar aqui... tenho que ir.

Meu irmão caçula abre um sorriso hesitante e acena para mim. Ergo um dedo, ignorando o que quer que Tatiana esteja tagarelando. Eu não estava esperando sua visita, mas fico grato pela desculpa para encerrar a ligação.

Miles assente e vai até a mesa de mogno que contém garrafas de bebidas e copos de cristal ornamentados, a mesma para a qual vimos nosso pai se direcionar tantas vezes. Ele se serve com um líquido dourado em um copo grande e bebe a metade em um só gole enquanto observa a vista de Los Angeles pela janela. Há uma tensão em seu rosto. Não estou surpreso; ele só aparece aqui quando precisa pedir alguma coisa.

Termino de dispensar Tatiana e, assim que aperto o botão de encerrar a chamada, Helen me chama pelo interfone.

— Stephen Blake o aguarda na linha um.

— Me dê só mais um minuto, Miles.

— Ben e eu estamos colocando muita coisa em risco com esse projeto. Nós o queremos, mas não por quarenta por cento a mais. O máximo que podemos oferecer é dez por cento. Você é o superagente. Venda a ele a porcentagem de infraestrutura que estamos oferecendo. — Eu sei o que ele dirá em seguida antes mesmo que as palavras ecoem pelo fone. — Claro, podemos nos encontrar para jantar semana que vem. Não, diga a Miriam que não leve amiga nenhuma. — Uma pausa e, então: — Obrigado, Stephen, será um prazer.

Quando finalmente termino a conversa curta com Stephen, o copo do meu irmão já está vazio. Seus olhos castanhos estão exaustos e há uma tensão em sua mandíbula. O que quer que ele esteja precisando desta vez é algo grande.

Viro-me para Miles.

— A que devo o prazer da sua visita, irmãozinho? — Tenho um bom palpite quanto ao motivo, mas decido fazer esse joguinho mesmo assim.

Meu irmão desvia da pergunta, preferindo começar comendo pelas beiradas antes de ir direto ao assunto sobre o qual veio discutir.

— Miriam ainda está tentando arranjar alguém para você?

Sirvo-me uma bebida de um decanter de cristal e o ergo, oferecendo silenciosamente uma segunda dose a Miles, que aceita de bom grado.

— Ela jura que o papai lhe disse que ela tinha que garantir que eu encontrasse uma boa mulher para casar. — Tomo um gole da bebida. — Tenho certeza de que terá uma mulher no jantar quando eu os vir semana que vem, mesmo que eu tenha acabado de dizer a Stephen que não queria isso.

Trocamos sorrisos verdadeiros, o que é raro entre nós. Stephen era o melhor amigo do nosso pai, e é um dos agentes mais cobiçados de Hollywood.

— Talvez Miriam tenha razão. Você está ficando velho. Está na hora de parar de comer metade das mulheres de Hollywood e sossegar.

— Tenho vinte e nove anos. Não estou velho coisa nenhuma.

— Está, sim, para os padrões de Hollywood. Além disso, você praticamente mora aqui nos últimos tempos. — Ele olha em volta do meu escritório. — Está ficando igual ao *papai*.

Miles diz "ficando igual ao papai" como se fosse algo ruim. Nós crescemos na mesma casa, e me parecer com o meu pai em qualquer aspecto é um elogio para mim, porém meu irmão profere isso como se fosse um insulto. Preciso mudar de assunto logo, para um que nos leve ao motivo da sua visita.

— Como estão as coisas na Mile High? — pergunto com cautela, sabendo que pode ser um tópico bastante delicado para se discutir.

Um ano após a morte do nosso pai, meu irmão e eu fizemos a cisão da empresa lendária de produção de filmes da nossa família. Eu escolhi seguir o mesmo caminho do nosso pai, o que fez com que a Montgomery Productions se tornasse um nome com o qual todo ator e diretor de alto escalão quer trabalhar. Miles, por outro lado, decidiu que estava na hora de fazer uma mudança. Ele mergulhou no mundo arriscado dos reality shows e gravou sua primeira série, chamada *Stripped*. Até hoje, ele não consegue entender por que a *Stripped*, uma série que acompanhava um grupo de strippers cheias de plásticas e silicone, fracassou. Incapaz de aceitar o fiasco, ele passou os últimos cinco anos tentando provar que conseguiria se tornar o Rei dos Reality Shows. No processo, ele quase esvaziou sua herança, viu dois de seus reality shows "garantidos" fracassarem e levou um pé na bunda publicamente de uma atriz metida a estrela de vinte anos para quem ele tinha acabado de comprar um Porsche.

Nosso relacionamento complicado pareceu piorar conforme a Montgomery Productions foi prosperando no decorrer dos últimos anos. Meu sucesso alimentou o rancor que meu irmão sempre nutriu por mim.

— Estão excelentes — ele responde. — Muito boas mesmo. Começamos há pouco tempo a produção de um programa que vai ser um tremendo sucesso. Campeão de audiência, tenho certeza.

Já ouvi essas palavras saírem da boca do meu irmão vezes suficientes para não acreditar nele, embora lá no fundo eu ainda tenha esperança de que um dia ele tenha êxito.

— Isso é ótimo. Do que se trata o programa?

— É meio *Survivor*, meio *The Bachelor*. — Os olhos de Miles se iluminam. — *Throb*. Até o nome do programa é uma jogada de marketing genial.

Ele é realmente apaixonado por seu trabalho. Sua falta de sucesso não tem quase nada a ver com sua determinação. É por esse motivo que sempre tive dificuldade em dizer não a ele, mesmo que soubesse que não estaria investindo em uma empreitada muito inteligente.

— Vinte gatas de biquíni em uma ilha deserta. Um cara solteiro e bonitão, que por acaso também é um rockstar promissor, e várias competições físicas para ganhar encontros dos sonhos. Guerras de lama e tudo. Tenho até uma competidora impostora, que está no jogo por mim, e não pelo solteirão. Os anunciantes vão adorar.

Preciso me esforçar muito para não deixar meu rosto demonstrar minha opinião verdadeira. Antigamente, se você tivesse dezesseis anos e engravidasse, ficaria encrencada. Agora, você ganha seu próprio reality show.

— Interessante. Quando as filmagens começam?

— Já temos as primeiras semanas filmadas e prontas. Doze garotas foram eliminadas e sobraram oito. As últimas quatro serão filmadas ao vivo no decorrer de duas semanas no Caribe.

— Não vi nenhuma propaganda dele. Quando é a estreia? — Espero que, pelo bem de Miles, seja pelo menos daqui a seis meses.

— Em três semanas.

— Três semanas? — Eu me esforço, de verdade, mas o alarme é evidente na minha voz. Um programa inédito sem propaganda alguma e todas as outras produtoras agenciando um reality show diferente? O fracasso é quase garantido.

— Sim. — A autoconfiança de Miles vacila por uma fração de segundo, mas eu percebo. — Olha, Coop. — Ele engole em seco e respira fundo antes de continuar. — Não vou mentir. Preciso de ajuda. Acabei de negociar um ótimo acordo para dez dias inteiros de propaganda em horário nobre, mas minha grana está curta.

— Quanto? — pergunto, sabendo que meu irmão está tentando minimizar a magnitude da loucura em que se meteu.

— Preciso de um milhão e duzentos mil.

— Miles... — Suspiro e passo as mãos pelo cabelo.

— O programa é muito bom, Coop. Tenho certeza de que a audiência vai ficar lá no topo com as divulgações e propagandas.

Já ouvi tudo isso antes. Vai ser preciso mais do que a garantia tendenciosa e nada confiável de Miles para me convencer.

— Me mande algumas das filmagens. Quero dar uma olhada antes de responder.

— Pode deixar. — Ele sorri, engolindo de uma vez o restante da bebida em seu copo. — Vou pedir à Linda que te envie os primeiros episódios. Você vai ficar morrendo de vontade de entrar nessa.

É, penso comigo mesmo, acho que prefiro *morrer* a ter que assistir a mais reality shows.

Finalmente em casa após um expediente de catorze horas que terminou ainda pior do que começou, ligo para Helen e peço que mande alguém ir buscar minha Mercedes novinha em folha na oficina pela manhã. Estava com ela há apenas três dias e alguém bateu na minha traseira enquanto eu esperava o sinal abrir, já atrasado dez minutos para minha primeira reunião por causa de um problema no elevador do meu prédio. Acabei descendo quarenta e dois lances de escada, achando que a manhã não podia ficar pior. Estava redondamente enganado. E depois disso, recebi a visita de Miles.

Entro no banho, deixando que o fluxo contínuo de água pulsante do massageador do chuveiro trabalhe nos músculos cheios de nós de tensão em meus ombros. No instante em que solto uma respiração profunda, finalmente começando a relaxar, a campainha me interrompe.

— Puta que pariu — resmungo, pegando uma toalha e indo até a porta. É melhor que alguém esteja morrendo.

Lou, o porteiro noturno, está à porta segurando um pacote.

— Vieram entregar isso para o senhor hoje. Não vi quando o senhor chegou. Deve ter sido quando fui ao banheiro. Desculpe por isso, sr. Montgomery, minha bexiga já não é mais a mesma de antes.

— Sem problemas, Lou. Obrigado por trazê-lo.

— Ah, e o senhor teve uma visita antes de chegar em casa. Ela não estava na lista de visitantes autorizados e o senhor não atendeu ao interfone, então eu a mandei embora. — Lou faz uma pausa. — Ela não ficou muito feliz.

— Você perguntou o nome dela?

— Não precisei. Era aquela atriz, Tatiana Laroix.

Perfeito. Eu tentei ser gentil, mas ela não se toca.

— Obrigado, Lou. Você fez a coisa certa.

— Ela é uma mulher muito linda. Nem mesmo eu, nessa idade, deixo uma como ela passar despercebida. Espero que não se importe por eu dizer isso.

— Você tem razão. Ela é linda. — *E maluca pra cacete também.*

Visto uma calça de moletom e confiro o que tem no pacote. *Mile High Films*. Ótimo. Não consigo pensar em um jeito mais apropriado de terminar esse dia de merda: assistindo a um reality show.

Pego uma cerveja, tomo um longo gole e coloco o disco no aparelho de DVD. Metade das mulheres são apresentadas nos primeiros dez minutos. O método até que é interessante, embora as respostas sejam completamente sem graça. O apresentador é bastante conhecido, e fiquei impressionado por Miles ter conseguido contratá-lo. Cada garota aparece na tela por um minuto enquanto ele faz um jogo de associação de palavras com elas. Ótimo conceito, respostas previsíveis. Quando a sexta mulher apresentada associa a palavra *profundo* às letras do Macklemore, desisto. Talvez amanhã as coisas não pareçam tão enfadonhas.

Sexta-feira é um dia livre de compromissos. Meu pai passou essa tradição para mim, e isso me deixa ansioso pelo dia antes do fim de semana.

É o único dia que Helen não marca nada para mim. Nada de compromissos, teleconferências, almoços ou reuniões. O dia inteiro fica a meu critério. E esta semana estou precisando disso mais do que nunca.

Faço minha corrida matinal no estacionamento do estúdio, sabendo que Miles vai gravar alguns comerciais para o *Throb*. Decido fazer uma visita sem avisar e conferir o que está rolando.

Fico surpreso ao encontrar o estacionamento vazio, então vou até a cabine dos seguranças para ver quais são os planos da Mile High para o dia.

— Oi, Frank.

Frank Mars está sentado diante de uma dúzia de monitores de segurança, alternando entre virar cartas em sua mesa e analisar a transmissão de vídeo. Mesmo uniforme, mesmo bigode, mesmo cigarro atrás da orelha, embora ele tenha parado de fumar há vinte anos. Ele parece um pouco mais calejado, mais fios brancos do que pretos em sua cabeleira cheia, mas não mudou tanto assim desde que eu era criança.

Frank é o chefe da nossa equipe de segurança desde sempre. Também fazia parte do quarteto de pôquer do meu pai, junto com o CEO de uma empresa concorrente de produção de filmes e um dos caras da iluminação. Sexta-feira sim, sexta-feira não, eu sempre podia encontrá-los no galpão vazio do estúdio com uma mesa de pôquer e um engradado de cervejas. Ao entrar naquele lugar, ninguém imaginaria que dois dos jogadores eram executivos ricos e poderosos de Hollywood e os outros dois eram caras medianos que trabalhavam para eles.

— Cooper! Por onde andou se escondendo, garoto? — Frank se levanta, me dá um aperto de mão e um tapinhas nas costas.

— Tenho andado ocupado. Faz um tempinho, não é?

— Um tempinho? Na última vez em que você esteve aqui, o Grip nem tinha se aposentado ainda.

— Grip se aposentou?

— Faz quase dois anos.

Dois anos? Esse pensamento me assusta. Eu teria chutado que a última vez em que estive aqui foi há, tipo, três meses.

— Caramba. Não acredito que já faz todo esse tempo. Vocês continuam jogando pôquer nas noites de sexta?

Frank dá alguns tapinhas em seu peito, sobre o coração.

— Enquanto eu estiver vivo, os jogos continuarão acontecendo.

— Grip ainda está jogando, mesmo aposentado?

— Só durante o inverno. No verão, a esposa o arrasta para o Arizona. A filha deles mora lá agora, e eles têm dois netos.

— Ainda está guardando a cadeira do meu pai?

— Sim, senhor. Nenhum homem pode preencher aquela cadeira. Ei, que tal você jogar hoje? Nós íamos chamar o Ted do financeiro para jogar, mas aquele cara sempre arranca o meu dinheiro.

— Está dizendo que eu não vou arrancar o seu dinheiro?

Frank dá risada.

— Você herdou o rostinho bonito do seu pai, mas não as habilidades dele no pôquer, garoto.

— Acho que vou aceitar o convite só para te derrotar, Frank.

— Faça isso. — Ele sorri, um gesto que faz as rugas dos lados dos seus olhos se aprofundarem. — Hoje à noite, às oito?

— Claro. Ei, você sabe onde está o Miles? Achei que ele ia gravar um comercial aqui hoje.

— Ele está gravando em uma praia em Malibu.

É a cara dele mesmo. Miles não perde a chance de fazer uma garota usar um biquíni minúsculo.

THROB 17

— Ok. Bom, voltarei mais tarde para arrancar o seu dinheiro, coroa.

— Vai sonhando, garoto.

São oito da noite em ponto quando retorno ao estúdio, ansioso para participar de um dos passatempos favoritos do meu pai. Frank está arrumando as cartas na mesa e Ben está enchendo um cooler com Heineken.

— O quê? Está achando que é rico ou algo assim? Heineken? O que aconteceu com a Budweiser? — digo, caminhando na direção de Ben com um engradado de Budweiser na mão.

— Só o seu pai bebia essa merda. — Ben Seidman, fundador e CEO da Diamond Enterntainment, me cumprimenta com um aperto de mão e recebe meu engradado. O Diamond Entertainment é o segundo maior estúdio de produção de filmes de Hollywood, ficando atrás somente da Montgomery Productions, é claro. Ben também é um dos amigos mais antigos do meu pai e meu padrinho.

— Ele bebia porque é boa. Diferente dessa porcaria importada que você tem aí.

Durante alguns minutos, nós três colocamos o papo em dia e ficamos nos lembrando dos jogos de pôquer dos velhos tempos. Fico feliz por ter vindo. Uma noite com esses caras é exatamente do que preciso. Boas lembranças, cerveja gelada e nada de falar sobre a iminente greve sindical que está me fazendo envelhecer prematuramente.

Abro uma Bud e bato levemente minha garrafa na de Ben antes de tomar um gole. Budweiser tem um gosto horrível. Eu preferia a Heineken que Ben está bebendo, ou uma Stella que tenho na geladeira da minha casa, mas nunca vou admitir isso para ele. Algumas coisas são simplesmente parte de uma tradição.

— Cadê o Grip?

— Ele não pôde vir hoje. A irmã da esposa dele fez uma cirurgia de catarata, então ele a levou para Seattle para vê-la ou algo assim.

— Ted vai substituí-lo?

— Não. — Frank abre um sorriso de orelha a orelha.

— Quem vai ser o quarto jogador?

— Ela.

Frank gesticula para o outro lado do galpão, onde uma mulher se aproxima com um engradado de cerveja. Um engradado de Stella.

— Oi, Frank. — A mulher sorri e eu quase derrubo minha cerveja. E não só porque ela é linda de morrer, mas porque não acredito que Frank vai deixar uma mulher jogar.

— Sério? — pergunto, incrédulo.

Frank abre um sorriso conhecedor.

— Sério.

— Nunca pensei que esse dia chegaria. — Balancei a cabeça.

— O que foi? — A linda mulher direciona sua pergunta para mim.

— Você é uma mulher. — Sorrio, dando de ombros.

— Sou? — Com os olhos arregalados e fingindo surpresa, ela olha para baixo e apalpa o próprio corpo. — Ai, meu Deus. Pior que é verdade.

— Não foi o que eu quis dizer.

— Então, garotas sabem jogar?

Ela é pequena, talvez tenha apenas um metro e sessenta e três de altura e o topo da sua cabeça mal alcança meu peito, mas ela endireita os ombros e me desafia a responder. Estranhamente, sinto uma pequena fisgada dentro da minha calça quando ela me afronta.

— Sei lá. Você sabe? — Decido parar de pisar em ovos e a provoco, querendo vê-la revidar mais.

THROB

— Sei. Você sabe? — Ela arqueia uma sobrancelha. Caramba, isso é sexy. Sinto mais uma fisgada.

— Acho que você vai ter que descobrir — provoco.

— Chega, vocês dois — Frank se manifesta. — Kate, estes são Cooper e Ben.

Ela me dá um aperto de mão; sua pele é macia e delicada. Cabelos loiros, compridos e ondulados emolduram seu rosto bonito. Diferente da maioria das mulheres desse lugar, ela está com pouquíssima maquiagem. As luzes do local refletem na discreta coloração rosada do gloss em seus lábios, que brilham de tal forma que me faz encará-los por mais tempo que o necessário. Preciso me esforçar muito para desviar o olhar.

— Você trabalha no estúdio? Nunca te vi por aqui — comento, curioso.

Frank fala antes que Kate possa responder:

— Ben, dê um sopapo nesse garoto. Ele já está se esquecendo das regras.

Na verdade, esqueci completamente mesmo. Nada de mencionar qualquer coisa relacionada a trabalho. Era a regra favorita do meu pai. Depois que o estúdio começou a prosperar, esse galpão era o único lugar em que ele conseguia relaxar e se esquecer de quem era por um tempo. Normalmente, eu também adoraria essa regra, mas me vejo ansioso para descobrir qual é a história da mulher sensual que está despertando meu pau de sua hibernação autoimposta.

Kate sorri e dá de ombros.

Após meia hora de jogo, ela coloca um *flush* sobre a mesa, justo quando estou prestes a conseguir meus três ás e ficar com todas as fichas.

— Você só pode estar de brincadeira. De novo? — Recosto-me na cadeira, derrotado.

Ela sorri e puxa a pilha enorme de fichas para seu lado da mesa.

— Onde você aprendeu a jogar assim? — Ben pergunta a ela.

— Com o meu pai.

— Seu pai é jogador de pôquer, hein?

— Já ouviu falar em Freddy Monroe? — ela indaga casualmente enquanto empilha suas fichas.

— Freddy Cinco Cartas? Claro. Ele sempre usava abotoaduras de diamante em forma de trevo-de-quatro-folhas. Ele ganhou o Campeonato Mundial Texas Hold' Em três vezes.

— Quatro — Kate corrige. Em seguida, acrescenta timidamente: — Ele era meu pai. Sou um bebê do dia de São Patrício. Ele mandou fazer as abotoaduras quando eu nasci.

Ben dá risada e joga uma das mãos no ar, olhando para Frank.

— Você convidou uma craque do pôquer para jogar com a gente?

— Eu estava jogando paciência em uma noite em que ela ficou no estúdio até tarde. Jogamos algumas rodadas de buraco. Ela me venceu vinte e duas vezes seguidas. Pensei em ver se tinha sido apenas sorte de principiante.

Ela trabalha aqui. Bom saber.

— Que sorte de principiante, que nada. — Ben dá uma gargalhada.

Mais duas rodadas depois, Ben e Frank desistem novamente, deixando somente Kate e eu. Minhas cartas estão uma porcaria, mas gosto do jeito como ela retruca toda vez que aumento a aposta, então continuo jogando dinheiro fora.

Após o meu último aumento, Kate roça o polegar na ficha gasta que manteve ao seu lado a noite toda, olha para a pilha de fichas e depois para mim, analisando meu rosto. Retribuo o olhar desafiador. Seus olhos azul-esverdeados se estreitam quase imperceptivelmente enquanto ela tenta adivinhar quais são as minhas cartas. Por um segundo, seu olhar desce para minha boca e se demora um pouco antes de voltar a fitar meus olhos. Não faço ideia do que ela vê, mas algo a faz sorrir. É um sorriso lento e confiante, e ela arqueia uma sobrancelha antes de empurrar todas as suas fichas.

— Pago.

Ela iguala minha aposta. Não desvio o olhar do dela ao virar meu par de dois. Ela abre um sorriso convencido e, então, vira um par de três. Ben e Frank se escangalham de rir e decidem que precisamos de um pequeno intervalo, o suficiente para eu "baixar minha bola".

Os dois homens vão até o banheiro, deixando Kate e eu sozinhos à mesa. Recosto-me na cadeira e pergunto:

— Como você sabia?

Ela dá de ombros e sorri.

— É tudo uma questão de ler as pessoas.

— Então, você consegue descobrir o que estou pensando? — Trago minha cerveja até os lábios e tomo um gole lento, sem quebrar o contato visual.

— Às vezes.

— No que estou pensando agora? — Tento manter o rosto sério, mas o canto da minha boca se ergue em um sorriso malicioso.

Ela balança a cabeça e se retira para ir ao banheiro, sorrindo, deixando-me ali admirando o balançar da sua bunda.

Algumas horas depois, Frank anuncia a última rodada. Retiro um prendedor de notas do bolso e o coloco sobre a mesa. Ben faz o mesmo com um porta-cartões de visita que contém suas iniciais gravadas e Frank coloca um par de abotoaduras do meu pai bem no meio.

— O que está acontecendo? — Kate questiona com uma expressão confusa.

Aparentemente, Frank não havia contado a ela sobre a tradição da última rodada da noite, então começa a explicar.

— A última rodada não é por dinheiro. É por algo importante para você, que todos nós possamos querer.

Kate pega sua bolsa e vasculha o interior por um minuto. Por fim, ela retira uma caneta e um pedaço de papel, escreve alguma coisa e o dobra em seguida.

— Não aceitamos vales — brinco.

Ela me olha nos olhos.

— É o meu número de telefone. Não achei que algum de vocês fosse querer meu batom ou um absorvente interno. — Ela arqueia uma sobrancelha, me desafiando a questionar sua escolha. Sinto mais uma maldita fisgada. Acho que vou ter que permanecer sentado por um tempo se essa rodada for rápida.

Dou risada, mas ela apostou algo que eu quero. Muito. Infelizmente, mantendo sua maré de vitórias, é Kate quem leva tudo no fim do jogo.

— É melhor você me dar uma chance de recuperar as abotoaduras do meu amigo amanhã, mocinha. — Frank balança um dedo para Kate.

Frank nos manda embora, pois tem algumas coisas para fazer antes de trancar tudo. Ben sai rapidamente, atendendo mais uma ligação de sua terceira esposa. Eu acompanho Kate até seu carro.

— Ficha da sorte? — pergunto, referindo-me à ficha preta gasta que ela pegou na bolsa e tocou com o polegar mais de uma vez durante o jogo.

— Ela trouxe muita sorte ao meu pai no decorrer dos anos.

Assinto.

— Estou feliz por ter vindo hoje. Me diverti bastante. Já fazia um tempo que eu não jogava com eles.

— Parece que vocês se conhecem há muito tempo.

— Tenho quase certeza de que eles estavam jogando cartas no saguão do hospital quando eu nasci — brinco, mas não ficaria surpreso se isso fosse verdade. Terei que perguntar a eles algum dia.

— Esse é o meu carro — Kate diz ao chegarmos a um Jeep antigo no estacionamento. A noite está linda e o teto do carro já está aberto. Ela destrava a porta. Eu a abro para ela entrar, mas não a fecho de imediato.

— Ei, eu adoraria te levar para jantar.

— Jantar?

— Você me deixou um pouco de dinheiro, então imagino que vou gostar de gastá-lo com você tanto quanto gostei de perdê-lo para você.

— Você *gostou* de perder para mim?

Contemplo a pergunta por um momento.

— Por incrível que pareça, sim. O que é estranho, porque eu odeio perder.

— Suponho que isso não aconteça com frequência.

— O quê? Perder? — Ela faz que sim com a cabeça. — Na verdade, não, não acontece. Eu costumo ir atrás do que quero até ganhar. — Nossos olhares se prendem um no outro e alguma coisa parece flutuar entre nós, enquanto uma tensão densa paira no ar. — Então... jantar?

Kate sorri, mas os cantos da sua boca logo se curvam para baixo.

— Não posso. — Ela parece hesitante, mas não dá mais explicações. — Eu me diverti esta noite. — Ela enfia a mão na bolsa, retira algo de dentro e estende para mim. — Não quero ficar com o seu prendedor de notas. Notei que não é a sua inicial que está gravada nele. Talvez seja importante para você. — Ela inclina a cabeça para o lado, me observando.

— É, sim. Mas não tem problema. Pode ficar com ele. Assim, terei um motivo para te ver de novo. — Fecho sua mão em volta do prendedor de notas e a ergo até minha boca. Meus lábios roçam levemente no dorso e deslizo a pontinha da língua para fora para tocar sua pele rapidamente. O contato breve me agita por dentro. Essa mulher provoca algo em mim. É mais do que tesão; é algo que me faz querer desacelerar o tempo só para passar mais alguns minutos aqui com ela.

— Você acabou de...? — ela gagueja um pouco.

— Acabei de quê?

Ela estreita os olhos para mim.

— Você sabe.

— Sei?

— Eu senti a sua língua na minha mão. Você... você me lambeu.

Eu passei a noite toda morrendo de vontade de lamber o pescoço dela, mas não quis ser tão grosseiro. Só meio que... aconteceu.

— Eu não diria que lambi. Foi só uma provinha.

— Então, você me provou?

De repente, meu corpo inteiro fica interessado na conversa.

— Acho que sim. Mas não foi o suficiente. Isso me faz voltar ao meu convite para jantar. Amanhã à noite?

— Não posso.

— Depois de amanhã, então?

Ela ri e balança a cabeça. O som me faz sorrir.

— Boa noite, Cooper.

Ela fecha a porta e me deixa ali, de pé, parado... por uns bons cinco minutos depois de ir embora.

CAPÍTULO DOIS

KATE

Distraída no caminho para casa, enquanto minha mente fica repetindo a noite de novo e de novo, acabo perdendo o rumo enquanto uma imagem de Cooper de pé ao lado do meu Jeep surge na minha cabeça pela vigésima vez. Camisa social desabotoada no colarinho, mangas dobradas até os cotovelos, revelando antebraços sensuais e fortes, ele emanava poder, porém ao mesmo tempo algo nele era divertido... pé no chão. Diferente dos caras típicos que encontrei nos últimos anos.

Sua mandíbula quadrada e impecavelmente definida tinha uma leve barba por fazer em sua pele perfeitamente bronzeada. Olhos brilhantes e impressionantemente verdes se destacavam, com um tom que variava entre cor de jade e musgo. Lindos, mas a cor não foi a parte que me hipnotizou. O que capturou minha atenção foi o círculo dourado ao redor de suas pupilas castanho-escuras. Lembrava um girassol, pintado em um campo de grama verdinha. E toda vez que ele tentava blefar, os girassóis ficavam maiores, fazendo com que fosse ainda mais difícil me concentrar nas minhas cartas. E o fato de que o verde suave e o dourado brilhante eram rodeados pelos cílios mais grossos e cheios que eu já tinha visto em um homem não ajudou em nada. Por que os homens tinham os cílios mais bonitos?

Prendo a respiração e faço um pedido ao entrar no túnel. Faço o mesmo pedido há anos toda vez que passo pelo desfiladeiro rochoso. É sempre pelo meu irmão. Porém, hoje decido ser egoísta e faço um pedido por mim.

Após um desvio de vinte minutos, fico surpresa ao encontrar minha colega de apartamento, Sadie, ainda acordada quando chego.

Desabo no sofá de uma maneira dramática e curvo as costas, esticando as pernas sobre a mesinha de centro.

— Dia ruim, Angelina? — ela pergunta. Desde que comecei a gravar o reality show, ela me chama pelo nome de uma atriz diferente a cada dia. Ontem, eu era Reese.

— Dia longo sentada sem fazer nada. Mas, na verdade, a noite foi legal.

— Você viu o Flynn? — Ela se endireita no sofá, na esperança de ouvir uma boa fofoca. Fofoca essa que não devo compartilhar com ninguém, de acordo com os termos do meu contrato, que violo praticamente todo dia. Mesmo que eu não estivesse ansiosa para contar à minha melhor amiga sobre um cara com quem estava saindo, ela conseguiria arrancar isso de mim. Sadie Warner conseguiria arrancar fofoca até de um padre.

— Não, ele não estava no set hoje.

Ela fica desanimada ao ver que não vai receber nenhuma informação cabeluda sobre o solteirão Flynn, mas continua mesmo assim.

— Então, por que você disse que a noite foi divertida?

— Eu joguei pôquer.

— Pôquer? Que chaticeeeee. — Ela cantarola a palavra de uma maneira arrastada.

— Não quando um dos jogadores é um gato.

— Por que não disse isso logo? — Ela dobra as pernas e senta sobre os pés, dando-me sua total atenção.

— Você perdeu o interesse no instante em que eu disse que Flynn não estava lá e só ficou interessada de novo quando mencionei um cara gato.

— E daí?

Ela claramente não consegue enxergar o que há de errado na minha afirmação. Reviro os olhos.

— E se a minha noite tivesse sido agradável porque eu estava colocando o papo em dia com uma velha *amiga* da família que é importante para mim? Você teria interesse em ouvir sobre isso?

— De jeito nenhum.

Dou risada.

— Então eu não deveria te contar sobre o cara gato, já que você não quer saber da nossa velha amiga Edna.

— Quem é Edna? — Ela faz uma expressão confusa.

— A velha amiga da família que acabei de inventar e em quem você não tem o menor interesse.

— E você sentiu a necessidade de dar um nome a ela?

— Talvez eu ame muito a querida Edna e ela seja especial para mim.

— Então, ligue para a sua mãe para falar sobre a Edna.

— Talvez eu ligue para a minha mãe para falar sobre o Cooper, então.

— Cooper, hein? — Ela arregala os olhos. — Qual é a altura dele?

Não consigo evitar meu sorriso.

— Eu não o medi... mas ele é alto... talvez um metro e oitenta e cinco, um e metro e oitenta e oito.

— Maravilha. — Sadie balança as sobrancelhas. — Boa altura. O que mais?

— Mandíbula definida, nariz esculpido, cabelos bem escuros e cílios cheios, olhos claros incríveis, do tipo que são verdes com girassóis em volta das pupilas.

— Boca?

— Lábios ridiculamente sensuais que dão muita vontade de beijar. Ah... e ele me lambeu.

— Ele te lambeu?

— Foi algo discreto. Ele beijou o dorso da minha mão, mas eu senti a língua dele. Minha pele até esquentou. Foi como jogar água em uma frigideira quente.

— Hummm... o tipo sensual que faz a sua temperatura aumentar. Preciso de mais. Como é a bunda dele? — Sadie fecha os olhos, como se estivesse imaginando o homem que estou descrevendo.

— Firme e redondinha.

— Braços?

— Ele estava usando uma camisa social, então só pude ver os antebraços.

Ela continua de olhos fechados.

— Ok... me conte sobre eles.

— Fortes, incrivelmente sexy.

— Peito? — Sua voz sai mais baixa.

— Largo, com ombros grandes e firmes. Cintura esguia.

Sadie abre os olhos de uma vez.

— O que foi? — indago, me perguntando que parte da minha descrição pode ter estragado sua fantasia.

— Se ele existe, por que você está em casa?

Dou risada, mas então, me lembro do motivo. Solto um suspiro e me recosto no sofá ao admitir:

— Ele me chamou para sair.

— E...?

— Eu não aceitei.

— Por quê?

— Você sabe por quê! Por causa do contrato.

— Dane-se o contrato!

— Dane-se o contrato? Foi você que me fez assiná-lo!

— Eu fiz você assiná-lo, mas não disse para obedecê-lo ao pé da letra.

— Mas é assim que funciona. Eu prometo algo a eles, e eles me prometem algo. Não foi assim que você me explicou?

— Pffft... ninguém presta atenção nessas coisas — diz a minha melhor amiga, que, por acaso, também é minha advogada.

— Eu preciso focar no programa. Não preciso de uma distração agora.

— Faz muito tempo que você não se *distrai*. Quanto tempo exatamente, mesmo?

Tempo até demais.

— Tenho andado ocupada.

— Eu sei. Você tem se sobrecarregado desde o acidente.

— Alguém tem que resolver as coisas.

— Sim. E você vai resolver. Mas não tem por que não resolver *outras coisinhas* também. Já deu uma conferida lá embaixo para ver se não está com teias de aranha? — ela brinca, mas em seguida, sua expressão fica séria. — Olha, sei que você tem muito com o que lidar. Mas, às vezes, me preocupo ao pensar que pode não ter muito a ver com estar ocupada e sim com estar negando felicidade a si mesma por uma culpa descabida.

— Estou bem. Pare de se preocupar comigo. Além disso, vai que de repente consigo ganhar muita grana nesse programa *e* limpar as minhas teias de aranha.

Acordo cedo, nervosa pra caramba ao voltar ao set de *Throb*. Hoje é o primeiro dia da *escolha do solteiro*, o que significa que Flynn poderá escolher com qual garota vai querer passar vinte e quatro horas sozinho em uma ilha deserta. Tudo bem que a ilha fica a apenas alguns quilômetros de distância da costa da Califórnia e o casal vai receber uma cesta de comida gourmet, então não é nada como *Survivor*. Mas, ainda assim, quem sabe o que pode acontecer quando duas pessoas que se sentem atraídas uma pela outra ficam sozinhas por vinte e quatro horas em um cenário desses?

Estaciono meu carro às pressas e corro até a porta do estúdio, alguns minutos atrasada. As outras concorrentes ainda estão sentadas esperando, então dou uma passada no escritório de Frank para lhe dar bom-dia.

— Sabe, mocinha, normalmente eu tenho que estar casado para deixar uma mulher arrancar todo aquele dinheiro de mim. — Frank abre um sorriso caloroso ao brincar.

— E eu normalmente não pego tão leve com um homem na primeira vez que jogo com ele — digo brincando, porém, há verdade em minhas palavras. Uma das regras fundamentais que o meu pai me ensinou foi: você só consegue o elemento surpresa uma vez, então faça o seu melhor jogo na primeira vez.

Frank dá risada.

— Quais são os planos do sr. Montgomery para hoje?

— Nós todas vamos para a casa de praia em Malibu. Passaremos algumas horas com Flynn e, então, ele vai escolher com quem será o próximo encontro.

Frank suspira.

— O que aconteceu com conhecer mulheres de maneiras tradicionais... como flertar com elas em um bar, por exemplo? Não entendo esse negócio

VI KEELAND

de reality show. Por que uma garota bonita como você precisaria participar de um programa em rede nacional para *talvez* conseguir um namorado?

— Pareceu uma boa ideia quando me inscrevi. — Dou de ombros, tentando agir de maneira casual. Os termos do nosso contrato são confidenciais, então não posso compartilhar com ele o motivo real pelo qual decidi me inscrever no programa... o prêmio de duzentos e cinquenta mil dólares.

Atrás de mim, ouço o diretor chamar todo mundo.

— É melhor eu ir. Tenha um bom dia, Frank.

— Você também, Kate. Está convidada para o próximo jogo, se quiser. Eu sei que os rapazes adorariam uma chance de recuperar o dinheiro deles. — Frank faz uma pausa. — E talvez seus orgulhos, também.

— Eu adoraria. Até logo.

A faixa etária das concorrentes vai de vinte e três a vinte e oito anos, porém é como se eu estivesse no ensino médio de novo. Olho na direção das espreguiçadeiras acolchoadas distribuídas na lateral da piscina, onde seis das meninas restantes estão sentadas em um grupinho unido, fofocando.

— Aposto que elas eram líderes de torcida — Ava diz ao se juntar a mim na piscina, duas excluídas observando à distância a turminha de garotas descoladas.

— Sem dúvidas. — Aponto com o queixo em direção à líder sentada bem no centro do grupo. — Jessica com certeza também foi rainha do baile.

— Você sabe que elas não entram na piscina porque não querem estragar os cabelos e a maquiagem, não é?

— Claro... Deus me livre.

Talvez eu devesse estar fazendo a mesma coisa e manter meu foco em ganhar o prêmio, mas está fazendo mais de trinta graus hoje e ficar torrando no sol e só olhando para a piscina convidativa me parece muita burrice.

— Quem você acha que ele vai escolher para o primeiro encontro na ilha? — Ava pergunta enquanto abre e fecha as mãos na água, fazendo com que cada movimento espirre jatos de água no ar.

— Jessica. Aquele fiozinho branco que ela chama de biquíni vai com certeza chamar a atenção do Flynn. Você acha que são de verdade?

— Os peitos dela?

— Sim.

— Não, definitivamente não são de verdade.

Nós duas fitamos a rainha do baile. Seus mamilos mal estão cobertos pelo top em formato de triângulos minúsculos que tentam conter seus seios enormes.

Olho para meus seios pequenos; eles são empinados, mas nem de longe são do tipo que chamam atenção como os de Jessica.

— Me lembre de não ficar ao lado dela enquanto estiver de biquíni. — Dou risada.

— Você? — Ava olha para baixo e, em seguida, para mim. — Alôôô! Eu pareço um menino!

Eu não tinha reparado em seu peito quase liso até o momento, mas ela me faz parecer bem-dotada.

— Talvez eu deva ficar ao seu lado, então. Pode ajudar a fazer os meus amiguinhos aqui se destacarem um pouco.

Ava joga água em mim, sorrindo.

— Olá, garotas — Flynn Beckham interrompe nossa conversa, chegando ao jardim espaçoso usando apenas um calção de banho.

Todas as cabeças viram para ele. Posso ter entrado nessa competição pelo grande prêmio em dinheiro, mas estaria mentindo se dissesse que o galã solteiro não despertou o meu interesse. Ele é totalmente diferente do que eu esperava. Seu exterior grita que ele é um astro do rock, mas durante os pequenos momentos que passei conhecendo-o melhor, pude ver que ele é um cara normal e do bem.

— Oi, Flynn. — As meninas das espreguiçadeiras suspiram em uníssono.

Ele sorri e acena para elas, mas continua andando, vindo direto até a piscina, para o total desânimo das beldades que preferiram não entrar.

Ao se aproximar da piscina, ele dá uma piscadela para mim e Ava... logo antes de dar um pulo forte bem no meio, espirrando água em todas as garotas que não pretendiam se molhar.

Quando ele emerge com um sorriso sapeca enorme no rosto, eu gargalho. Se eu estivesse no lugar dele, teria feito exatamente a mesma coisa.

— Queria ter visto a cara delas bem na hora — ele comenta baixinho conosco, com um sorriso de orelha a orelha.

— Acho que elas não ficaram felizes por terem os cabelos arruinados — digo com um sorriso genuíno. Ele está de frente para nós, de costas para as outras garotas. Dou uma olhada rápida para elas antes de voltar minha atenção para ele. — Mas aposto que todas virão para a piscina agora.

— Aposto que só quatro delas.

— Não, as seis.

Flynn arqueia as sobrancelhas.

— Aposto uma massagem nos pés.

— Não sou muito chegada em pés — respondo, torcendo o nariz.

Um sorriso torto revela uma de suas covinhas profundas. Nossa, ele é tão fofo.

— Está com medinho? — ele me desafia.

Olho de relance para as garotas e vejo que três já estão vindo em direção à água.

— Apostado. — Estendo a mão e ele a aperta.

— Isso é tão bom.

Fecho os olhos e me recosto, relaxando diante do prazer com um suspiro profundo. Eu não estava brincando quando disse que não era muito chegada em pés. Mas Flynn definitivamente sabe o que está fazendo ao massagear firmemente o peito do meu pé com os polegares, liberando a tensão do meu corpo aos poucos a cada movimento.

— Que bom que perdi — ele murmura, sua voz um retumbar baixinho. Dá para perceber que ele está sorrindo, mesmo eu não abrindo os olhos para conferir. Sorrio também.

— Hummm. Também acho. — Isso é tudo o que consigo formular enquanto ele alterna entre fazer massagem e deslizar os dedos por todo o peito do meu pé esquerdo.

— Não quero ser um babaca, mas, minha nossa, Kate, você parece estar prestes a ter um orgasmo.

Meu sorriso cresce.

— Acho que estou mesmo. — Seria o primeiro depois de *muito* tempo.

Ele dá risada.

— Está tão bom assim?

— Cale a boca e continue a massagem.

Nem me importo por saber que as câmeras provavelmente estão

gravando o momento em que estou quase sucumbindo a um barato pré-orgástico.

— Sim, senhora. Ficar olhando para o seu rosto é melhor do que receber uma massagem nos pés, de qualquer forma.

CAPÍTULO TRÊS

COOPER

Os raios de sol do início da tarde penetram no meu escritório através das janelas altas, um dos feixes batendo diretamente na prateleira na parede onde meu pai guardava seus prêmios mais cobiçados: nove Oscars, uma foto da minha mãe sorrindo em uma praia em Barbados e uma foto em que estamos eu, papai e Miles em uma viagem de pesca no Alasca.

Meu pai está com um sorriso enorme e orgulhoso, de pé entre mim e Miles, cada um segurando um salmão-rei. Eu devia ter onze ou doze anos, e Miles, seis ou sete. Foi no verão depois do nosso pai se divorciar da mãe de Miles.

Minha mãe, Rose, foi o amor da vida de Jack Montgomery. Mas um trágico acidente de carro a levou de nós pouco tempo após o meu nascimento. Sua morte prematura deixou meu pai muito abalado... e com um bebê de seis meses para criar sozinho.

Embora meu pai nunca tenha superado minha mãe, alguns anos depois, desesperado para preencher o vazio e por uma figura materna para mim, ele conheceu uma linda e jovem atriz em ascensão e não demorou a se casar com ela. Os primeiros anos de casamento foram muito felizes, e meu pai ficou exultante quando Courtney deu à luz Miles antes de completarem um ano de casados. Infelizmente, não foi preciso mais tempo do que isso para que o meu pai se desse conta de que Courtney estava mais interessada em festas e em uma carreira de atriz do que em ser a mãe de seus dois filhos.

Ela começou a frequentar todas as festas típicas de Hollywood, o nome Montgomery lhe abrindo portas como uma chave mágica. Pelo bem de seus filhos, meu pai tolerou suas farras até tarde da noite e todo o exagero de um estilo de vida ao qual ela não estava acostumada, até descobrir que ela estava tendo um caso com um cara desempregado aspirante a roqueiro de vinte e três anos.

Quando eles se divorciaram, meu pai conseguiu nossa guarda total em troca de uma quantia considerável para Courtney. Ela desapareceu em uma turnê mundial com seu namorado roqueiro e nunca olhou para trás. Por mais que o meu pai amasse a nós dois da mesma forma, Miles sentia um certo rancor pela minha mãe. E, no decorrer dos anos, esse rancor acabou passando para mim, o filho da *preciosa Rose* do nosso pai.

— Isto é de hoje — Helen diz ao me entregar um DVD. — O próprio Miles trouxe há uma hora. Ele pediu para te dizer que hoje à noite será o primeiro encontro na ilha. — Antes de sair, ela para e vira novamente para mim. — Ele parecia um pouco ansioso.

Aposto que está. Após uma reunião tensa de duas horas com o presidente do sindicato dos assistentes de produção, não estou nem um pouco no clima para aturar as besteiras desse programa de Miles. Mas sirvo-me com um bebida e coloco o DVD no meu computador mesmo assim. Assisto aos primeiros minutos, já temendo a conversa que terei com o meu irmão para dizer a ele que não vou lhe dar o empréstimo de que precisa.

Não é segredo algum o fato de que a Mile High Films tem problemas financeiros desde a cisão, mas eu não fazia ideia do quanto as coisas estavam indo mal até fazer algumas ligações pela manhã. Meu irmão deve muita grana à metade dos maiores fornecedores da indústria cinematográfica. Se fosse qualquer outra produtora, sua credibilidade já teria ido por água abaixo, mas o nome Montgomery o mantinha de pé. Agora, o nome é praticamente tudo o que lhe resta... além desse reality show que ele está filmando.

O líquido do meu copo de cristal queima ao descer por minha garganta em um único gole. Recosto-me na cadeira, fechando os olhos por alguns minutos, enquanto as gravações de Miles rolam pela tela do meu computador. Com o álcool infiltrando-se na minha corrente sanguínea, começo a relaxar por um instante.

E então, ouço a voz *dela*.

Abro os olhos de uma vez. Tenho certeza de que é ela antes mesmo de olhar para a tela e confirmar. Não parei de pensar nela a manhã toda.

Seus cabelos estão molhados, afastados do rosto, e ela não está usando maquiagem, mas tenho certeza só pelo som da sua risada. Um cara alto, esguio, sarado, tatuado e com cabelos compridos está ao lado dela na piscina. A gravação não capta o que eles estão sussurrando, mas posso ver que ele está flertando com ela. O jeito como ele a olha, observando a boca dela se mover, dando rápidas checadas em seus peitos perfeitos à mostra no biquíni. Não faço ideia do porquê, mas isso me deixa puto. Muito puto.

Endireito as costas na cadeira, me aproximo do monitor e aumento o volume, esperando conseguir ouvir a conversa deles. Mas só consigo ouvir um monte de mulheres reclamando e se lamentando perto das espreguiçadeiras. O cara tatuado com jeito de roqueiro na piscina diz alguma coisa e ergue uma sobrancelha. *Que porra ele disse?* Volto um pouco a cena, mas continuo sem descobrir. Então, faço isso de novo. E de novo. E a cada vez, fico mais e mais irritado assistindo àquela sobrancelha idiota se erguendo enquanto ele sorri para Kate.

Acelero as partes em que Kate não aparece e paro toda vez que ela surge. E quando chego a um momento em que ela está recebendo uma massagem nos pés, sinto vontade de quebrar alguma coisa.

— Helen! — berro. — Cancele a minha agenda desta tarde. Onde o meu irmão está filmando agora?

Ao virar o corredor a caminho do escritório do meu irmão no prédio que ainda compartilhamos, dou de cara com um homem gigantesco. Damian Fry. Não o vejo há anos. Vestido de preto de cima a baixo e com sua cabeça careca brilhando, ele parece ser exatamente o que é: um perigo. Imoral, antiético, coração de pedra... o investigador particular perfeito para serviços sujos. Não é de se admirar ele ter sido expulso do corpo policial dez anos atrás. Disseram que foi por abuso de força, mas Damian preferiu chamar de desperdício de talento.

— Damian — cumprimento-o com um aceno de cabeça.

— Certifique-se de que o seu irmão me pague no dia certo — ele zomba e sai andando. Simpático como sempre.

Quando entro no escritório de Miles sem avisar e sem me dar ao trabalho de bater à porta, ele, a princípio, parece se irritar com isso. Mas, então, se lembra de que precisa de mim e abre um sorriso forçado.

— A que devo o prazer, mano?

Mano? Um mês atrás, ele sequer suportava me ver. Da última vez em que estive em seu escritório foi para confrontá-lo por estar pagando as contas da Mile High através da *Fallen Rose Petals*, a instituição de caridade do nosso pai para crianças que perderam os pais. Eu tinha feito vista grossa na primeira vez em que notei que isso estava acontecendo, sabendo que ele estava com dificuldades financeiras. Mas depois de não ter sido pego na primeira vez, ele ficou mais ganancioso e repetiu a dose... duas, três, quatro, cinco vezes. Quando chamei sua atenção, ele nem se deu ao trabalho de fingir que foi sem querer. Então, gritou comigo dizendo que estava mexendo na parte da instituição que pertencia à *mãe dele*, já que o nosso pai não tinha achado adequado abrir uma no nome dela, e que era melhor eu *dar o fora da porra do escritório dele*.

Miles junta uma pilha de documentos espalhados em sua mesa e abre uma pasta grossa. Estreito os olhos ao notar o logotipo Fry estampado da parte de fora. Qualquer coisa relacionada a Damian levanta suspeitas.

Algumas fotos em preto e branco caem da pasta, mas ele as recolhe rapidamente e guarda tudo na gaveta.

— Me conte mais sobre o programa.

Os olhos de Miles se iluminam com sua animação diante do meu interesse.

— O galã solteiro é Flynn Beckham. Um cantor em ascensão com um ótimo número de seguidores. As mulheres o adoram. Ele tem aquele jeito de roqueiro largadão e descontraído. Eram vinte mulheres no começo. Agora, são oito. Quando restarem quatro, iremos ao ar. Então, há uma pausa planejada para passarem os episódios gravados até chegar aos episódios ao vivo.

— Quem são as oito? — Estou começando a perder a paciência, ansioso para saber mais sobre Kate.

— Você as viu? Temos um banquete de beldades. Uma para cada tipo de público. Os anunciantes vão adorar.

Nesse momento, não dou a mínima para os anunciantes. Só quero saber mais sobre a mulher que arrancou todo o meu dinheiro, recusou meu convite para jantar e fez o meu pau despertar para a vida, tudo em uma noite só.

— Eu as vi. Quais são as histórias delas?

Miles pega outra pasta da primeira gaveta da sua mesa. Ao abri-la, ele revela uma foto em preto e branco de uma mulher que poderia muito bem ser a Miss Califórnia. Ela é bonita, mas não é Kate.

— Jessica Knowles. — Ele ergue a fotografia. — Vinte e três anos, vice-campeã do concurso Miss Teen USA. Aspirante a modelo e atriz. A garota parece a Jessica Rabbit. Os peitos são falsos, mas enormes. Todos os garotos de dezoito anos terão sonhos molhados quando ela surgir na tela naquele biquíni branco que ela tem.

Ele pega outra foto. É outra garota bonita, mas ainda não é Kate.

— Mercedes Mila. — Ele abre um sorriso como o do gato de Cheshire — Eu gostaria de dar uma volta nessa Mercedes. Vinte e quatro anos enfermeira.

Ele passa dez minutos me mostrando currículos, desde estudante, a advogada, a stripper. Estou ficando impaciente. Finalmente, Miles vira mais uma foto e meus olhos pousam em Kate.

— Kate Monroe. Vinte e cinco anos. Crupiê de blackjack. Esta fazendo doutorado em fisioterapia. Ela é o tipo garota comum. Parece doce e inocente, mas tem algo selvagem em sua personalidade. O pai dela era um jogador de pôquer profissional. — Miles faz uma pausa. — Queria saber se ela é selvagem na cama.

Os comentários insolentes do meu irmão já estavam me dando no nervos, mas seu desrespeito por Kate me dá uma vontade enorme de lhe dar um chute por debaixo da mesa. Com a mandíbula cerrada, encaro as fotos restantes, mas minha mente está a milhares de quilômetros de distância. Fico pensando na combinação estranha... estudante da área da saúde e crupiê de blackjack. Por mais estranho que pareça, pelo pouco que a conheço, combina com ela.

— Eu vi as filmagens de hoje de manhã — digo. — O que vai acontece em seguida?

— Hoje à noite, ele vai escolher a primeira garota para um encontro a sós em uma ilha.

— Encontro em uma ilha? — Sabendo do gosto que o meu irmão tem por coisas maliciosas, quase tenho medo de perguntar.

— Ele escolhe uma e ganha um encontro de vinte e quatro horas com ela em uma ilha deserta. Vamos instalar câmeras ao redor deles, assim não terá sequer um operador de câmera seguindo os dois. — Cheio de orgulho ele continua: — Esperamos que, assim, eles percam suas inibições. Em outros reality shows, os participantes estão sempre sendo lembrados de que estão sendo observados. Filmados. Ter operadores de câmera por perto faz as mulheres pensarem duas vezes antes de irem longe demais.

— E se o Beckham e a garota escolhida não se sentirem atraídos um pelo outro?

— Ah, mas eles vão, sim. Faremos com que seja impossível não se sentirem atraídos um pelo outro. Eles estarão presos em uma ilha, mas em um cenário propício para o romance. Pense no tipo perfeito de encontro romântico, daqueles que deixam os dois no clima. Agora, multiplique por cem. Nós sabemos o que estimula cada participante. Fizemos nossa lição de casa. Vai, *sim*, rolar ação naquela ilha.

Perfeito. Depois de anos, finalmente conheço uma mulher na qual não consigo parar de pensar e ela está prestes a ter o encontro mais romântico da sua vida... com outro cara.

— Beckham tem suas favoritas? Alguma ideia de quem ele vai escolher para o encontro hoje à noite? — pergunto a Miles ao reduzir a marcha, desacelerando no trânsito da Pacific Coast Highway. Meu pedido para visitar o set foi concedido avidamente por meu irmão. Ele está ansioso para me mostrar seu programa. Enquanto eu estou ansioso para ver apenas uma participante.

— Ele tem uma quedinha pela Jessica — Miles responde e eu solto um respiro de alívio, mas logo descubro que me precipitei. — E pela Kate.

Merda.

— E se ele escolher alguém que você ache que não vai ter muito apelo na TV, você pode modificar a decisão dele?

— É um programa roteirizado, mano. É o que dá audiência. Não podemos sempre deixar o solteiro pensar com o pau. Precisamos pensar com nossas carteiras. Mas eu não vou ter que interferir na escolha dele dessa vez. Ele está salivando de vontade de colocar as mãos em uma das duas. Qualquer uma serve. Até eu gostaria de colocar as mãos em uma delas.

Saio ziguezagueando pelo trânsito, gostando de ver o meu irmão segurando como consegue uma ou duas vezes quando faço um desvio que o deixa um pouco nervoso.

— Esse troço tem trinta anos. Está na hora de trocar por um que aguente mais, Coop — Miles diz, referindo-se ao Porsche do nosso pai. O carro que ele amava. Não valia metade dos outros carros que ele tinha, mas ele teve que trocar a embreagem duas vezes quando me ensinou a dirigir nesse. Ótimas lembranças. Miles achou ótimo eu ter ficado com o carro menos valioso. Infelizmente, sempre tivemos conceitos diferentes quanto ao que significa algo ser valioso.

— Eu comprei um carro novo. Uma batidinha de nada custou oito mil dólares de conserto. Gosto mais de dirigir esse.

Chegamos na casa em Malibu que Miles alugou para gravar a maior parte do programa. Decido ficar na retaguarda, assistindo à ação na tela dos bastidores na garagem para três carros que eles transformaram em um estúdio improvisado. Miles não perde tempo e parte para o trabalho.

Algumas pessoas da equipe eu conheço de projetos da Montgomery, outras são novas. Joel Blick vem me cumprimentar.

— Agora deixam qualquer um entrar aqui. — Ele me dá um tapa nas costas e um aperto de mão.

— Joel. Como você está? Não se aposentou ainda? — provoco, sabendo que ele ainda tem cinquenta e poucos anos.

— Eu nunca vou me aposentar. Não quero ter que passar o dia inteiro com Bernice. — Ele revira os olhos e usa um tom de brincadeira, mas não está brincando. E não o culpo. Já conheci sua esposa. Eu passaria o máximo de tempo possível trabalhando se minha outra alternativa fosse passar meus dias com Bernice reclamando o tempo todo.

— Você é o diretor?

— Aham. Não sabia que você se interessava por reality shows — Joel comenta.

— Não me interesso.

Ele abre um sorriso compreensivo.

— Miles está tentando te fazer investir nisso? — Ele baixa o tom de voz para que mais ninguém no ambiente cheio possa ouvi-lo.

Fico de frente para ele, sério.

— É um investimento ruim?

Joel desvia o olhar por um instante antes de responder da única forma que pode sem jogar Miles na fogueira e sem mentir para mim.

— Reality shows são arriscados. Quando faz sucesso, é estrondoso. Como *Survivor*, e *The Bachelor*. Mas o que faz sucesso hoje é dia é baseado em palpites. Os jovens são um público volátil. O apetite deles muda mais rápido do que conseguimos acompanhar. Eu diria que mais rápido do que a frequência com que mudam de calcinha e cueca, mas depois de passar o dia inteiro atrás das câmeras, eu sei que a maioria nem usa. — Ele balança a cabeça, lamentando.

Assinto. O monitor no qual eu estava assistindo sem entusiasmo muda de cena e foca em Kate. Joel continua falando, sem se dar conta de que perdeu a minha atenção. Kate está linda, usando um vestido longo azul-claro que exibe o bronzeado que ela adquiriu enquanto estava na piscina mais cedo. Meu momento de alegria é substituído rapidamente por uma dor no peito quando Flynn Beckham se dirige ao local onde ela está sozinha no deque externo. A iluminação provinda do sol começando a se pôr cria um cenário bem romântico.

— Coloque na câmera três — Joel grita. Assisto ao momento em que a câmera foca no casal.

— Uau. Eu achava que não tinha como você ficar ainda mais linda do que estava hoje na piscina. — Flynn pega a mão de Kate. Ela baixa o olhar, observando-o entrelaçar seus dedos aos dela.

Kate sorri e dá uma resposta tímida, como se não estivesse acostumada a receber elogios com frequência. Não consigo imaginar que isso seja verdade.

— Obrigada. Você também não está nada mal.

— No que você estava pensando? Parecia estar a milhões de quilômetros de distância daqui. — Flynn pega uma mecha de cabelo dela e a prende atrás da orelha. Ele não desvia o olhar do rosto dela nem por um segundo. É difícil assistir àquilo. Sinto uma decepção misturada a uma pontada de ciúmes crescer dentro de mim ao ver outro homem tocá-la. Contudo, sei que não tenho direito algum de me sentir assim.

Ela hesita, desviando o olhar por um segundo.

— Desculpe. Só estava pensando em ontem à noite.

Eu sabia. Você também está pensando em mim, não está?

— Você deveria estar pensando em amanhã, não ontem. — Flynn inclina um pouco mais a cabeça para baixo, buscando novamente o olhar dela.

— O que tem amanhã? — ela pergunta, inclinando a cabeça para o lado.

— Nosso encontro.

O babaca abre um sorriso tão grande que sinto vontade de arrancar aquela satisfação da cara dele no tapa.

— Você quer que eu vá ao primeiro encontro na ilha com você?

— Corta! Câmera três, escurecer — Joel grita e a imagem que estou assistindo na tela desaparece, junto com a minha esperança.

Uma hora depois, quando Miles finalmente volta do set, sinto-me desapontado.

— Você estava assistindo? — pergunta, animado.

— Assisti um pouco — respondo em um tom seco. Nunca fui do tipo que esconde muito bem as emoções. Mas Miles está nas nuvens e nem sequer percebe.

— É tanta química rolando que o set pode até explodir.

— Que ótimo, Miles.

— Estamos em um intervalo de quinze minutos e, depois, Flynn vai anunciar quem escolheu para o primeiro encontro na ilha. Vou conseguir terminar tudo em uma hora, e então poderemos voltar para o estúdio.

— Ótimo. — Meu irmão não identifica o sarcasmo no meu tom.

Joel sai da casa no mesmo instante em que Miles entra. Sento-me ao lado dele e decido, contra meu bom senso, assistir à cena final. As câmeras circulam e capturam interações aleatórias entre as concorrentes antes de finalmente pararem em um casal ao filmar a parte de fora da casa, perto da área da piscina. Flynn aparece em cena novamente, só que, dessa vez, está com Jessica.

Meu interesse fica aguçado novamente quando ela pousa as duas mãos no peito dele. Ela o encara com olhos grandes e semicerrados, cercados por cílios pretos compridos que contrastam com suas íris azuis brilhantes. Ela é mesmo muito atraente. Uma tremenda gata, com curvas que irradiam sensualidade. Aparentemente, Flynn acha a mesma coisa.

— Eu adoraria te conhecer melhor a sós — ela murmura para ele em uma voz envolvente e sedutora, cheia de segundas intenções. Normalmente, ela seria exatamente o tipo de mulher pela qual eu me interessaria.

Flynn parece cair nas garras dela.

— Eu também adoraria te conhecer melhor. — Ele afaga os ombros nus dela antes de continuar, mas dá para ver que a interação é diferente de como foi com Kate. Menos íntima. — Teremos muitos encontros a sós pela frente.

Porra! Ele está se desvencilhando.

Sem pensar direito antes de abrir a boca, viro-me para Joel e faço algo que não é nem um pouco do meu feitio. Na verdade, isso é mais a cara do Miles.

— Diga ao Flynn que leve a Jessica para o encontro na ilha — exijo.

Joel franze as sobrancelhas.

— Como é?

— Esse programa é roteirizado, não é?

— Sim... mas...

Não estou a fim de discussão.

— Coloque no roteiro que ele tem que convidar a Jessica para o primeiro encontro — ordeno.

— Posso perguntar por quê?

— Não. — Minha resposta é ríspida.

Joel ergue as sobrancelhas de uma vez.

— Se esse programa for um fracasso, você vai dirigir o próximo projeto da Montgomery Productions. Te dou a minha palavra.

Vendo que estou falando muito sério e que sou, sim, um homem de palavra, Joel não demora muito a acatar meu pedido.

— Câmera cinco, corta! — ele grita no microfone. — Preciso de um momento com o Flynn.

Joel olha para mim, buscando aprovação. Eu o detenho por um segundo quando ele começa a se dirigir para o set.

— Não mencione nada disso ao Miles.

Ele assente e sai andando.

CAPÍTULO QUATRO

KATE

Sem saber se estou decepcionada ou aliviada por Flynn escolher Jessica para o primeiro encontro a sós, jogo no chão minha bolsa com uma muda de roupas que não usei ao entrar em casa.

— Pelo visto, Flynn escolheu outra pessoa, não foi, Miley? — Sadie pergunta, pegando uma garrafa de vinho da geladeira e servindo duas taças. — Que mané.

Jogo minhas chaves sobre a bancada e junto-me a ela na cozinha.

— Na verdade, ele me convidou, mas eu neguei. Disse que preferia vir para casa e dividir uma garrafa de vinho branco barato com a minha melhor amiga. — Pego a taça que ela acabou de servir antes que dê um gole.

— Eu não duvidaria disso. — Ela estreita os olhos, me analisando.

— Ele escolheu a Jessica. — Suspiro e sento-me no banco alto do outro lado da bancada.

Sadie se inclina para mim.

— Você não está violando seu contrato ao revelar para mim quem ele escolheu?

Tomo um gole do vinho.

— Minha advogada me aconselhou a violar aquela porcaria sempre que eu tiver chance.

— Bom conselho. Aposto que a sua advogada também tem um belo par de peitos.

— O estranho é que... eu achei mesmo que ele ia me escolher. Ele praticamente me disse que ia fazer isso.

— Então, o que aconteceu?

— Não sei. Acho que ele mudou de ideia quando deu uma olhada nos peitos da Jessica naquele vestido.

— Bem, ele não sabe o que está perdendo. — Sadie ergue sua taça em um brinde silencioso antes de beber.

— Tudo bem. Eu preciso levar meu carro para a oficina amanhã. E vou ver se consigo pegar um turno no cassino à noite, já que estarei de folga até segunda-feira. Você pode me dar uma carona até o estúdio de manhã? Posso pegar uma carona com outra pessoa até a oficina, depois que terminar.

— Claro. Mas se o Sr. Bundinha Gostosa estiver lá, você tem que me apresentar a ele.

— Miles? — pergunto, mas sei de quem ela está falando. Ela ficou obcecada com a bunda dele desde que foi comigo à etapa de entrevistas durante o processo de inscrição para o programa. Algumas mulheres têm um fraco por covinhas, outras curtem ombros largos ou homens altos. Sadie é do tipo que curte bundas.

— Quem mais?

— Tem algo estranho naquele cara. Ele é legal e tudo, mas eu não confio nele. Mantenho distância.

Sadie dá de ombros.

— Não quero me casar com ele. Só tirar a roupa dele. — Ela toma um gole de vinho. — E enterrar minhas unhas naquela bunda gostosa enquanto ele me come.

— Como você consegue advogar no meio artístico? A maioria dos seus clientes não são atores lindos? Deve ser difícil conseguir trabalhar direito com essa mente suja o dia todo.

— Nem me fale. — Ela expira audivelmente e, juntas, esvaziamos a garrafa de vinho antes de irmos dormir.

Nós duas tivemos um longo tempo de abstinência autoimposta. O motivo de Sadie foi para se recuperar do sofrimento que seu ex-noivo lhe causou quando terminou com ela. Já o meu sofrimento não foi causado por um homem. Bom, pelo menos não no mesmo contexto que Sadie.

Chego adiantada para a reunião de produção quando paramos no estacionamento do estúdio. O passar silencioso dos minutos no painel do carro captura a minha atenção no momento em que os números mudam. 11:11. Quatro números iguais. Fecho os olhos e faço um pedido. O dia hoje talvez seja melhor do que eu esperava, afinal.

— Obrigada pela carona. — Começo a abrir a porta e Sadie desliga o motor.

— Eu vou entrar com você.

— Você quer mesmo conhecê-lo? Ele é um pegador.

— Espero que ele queira me pegar, então.

Entramos no estúdio e seguimos em direção à sala de reuniões onde as concorrentes restantes se encontrarão para discutir o cronograma de gravações. Obviamente, Flynn e Jessica não estarão presentes, pois terão o dia de folga para se recuperarem do encontro a sós na ilha. Acho que qualquer homem precisa de um dia para se recuperar depois de um encontro com aquela mulher.

Ao seguir pelo corredor comprido em direção à sala de reuniões, paro de repente ao avistar uma pessoa vindo em disparada na minha direção, digitando em seu celular, a cerca de cinco segundos de se chocar contra mim. Sadie esbarra em mim por trás quando paro de repente.

— Mas que...? — Ela está prestes a gritar comigo quando avista o homem que me fez paralisar. Ela arfa, em vez de terminar a frase. O som chama a atenção do homem ocupado.

A aparência e a postura casuais da outra noite desapareceram. Cooper é a imagem de puro poder e autoridade em um terno de três peças feito sob medida. Seus cabelos cheios e um pouquinho compridos roçam em seu colarinho, conferindo-lhe a aparência de um modelo vestido para uma campanha publicitária da Armani. Sinto frio na barriga antes mesmo de ele dizer uma palavra.

— Kate? — Ele elimina a distância entre nós e estende a mão para mim, com a palma para cima.

Trêmula por reencontrá-lo sem aviso, coloco a mão na sua. Meu pulso reage por conta própria, enquanto meu estômago revira de nervosismo, como se eu fosse uma adolescente. Fico encarando-o em silêncio, minha mente cheia de pensamentos que não consigo organizar e transformar em palavras.

— Kate? — ele repete, com preocupação na voz.

— Cooper. Eu... eu... você me pegou de surpresa. Não esperava te encontrar aqui.

— Eu também não esperava te encontrar aqui. — Ele sorri. — Mas que bom que encontrei.

Seus olhos estão cheios de diversão, obviamente demonstrando a satisfação masculina de me ver nervosa.

Quebro nosso contato visual para recuperar a compostura e aproveito para vê-lo por completo. Ombros largos e fortes, o modo como sua camisa está enfiada na calça, que abraça perfeitamente sua cintura esguia. Desço mais o olhar e fico ainda mais ruborizada do que no momento em que nos encontramos.

Ele ergue uma sobrancelha diante da minha inspeção cuidadosa. Um sorriso torto agracia seu rosto quando ele diz:

— Vamos tomar um café.

— Café? — repito, ainda incapaz de compreender até a mais simples das conversas. Qual é o meu problema?

— Sim. Você toma café? Se não, posso te comprar um chá. Ou água. Você bebe água, não é? — ele brinca.

— Ela bebe café — Sadie intervém por trás de mim. Tinha me esquecido completamente de que tinha mais alguém no corredor. Ou no Universo, na verdade.

Cooper sorri, dirigindo-se a Sadie, em vez de a mim.

— Bom saber. Como ela gosta do café?

— Com creme e sem açúcar.

Ele assente, sorrindo. Os dois fazem uma troca silenciosa.

Felizmente, Sadie me desperta do meu torpor.

— Tenho que ir, Kate. Você quer que eu te busque?

— Não, tudo bem. Vou arranjar uma carona.

— Tem certeza?

— Eu a levo — Cooper responde.

— Você nem sabe aonde eu vou — digo.

— Não importa.

— Tchau, sra. Biel-Timberlake. — Sadie sai andando com um sorriso cheio de satisfação.

— Então... café? — ele pergunta, já me guiando com a mão pousada na parte baixa das minhas costas.

— Claro.

Estou adiantada e tomar uma xícara de café não é um encontro. Pelo menos, é o que justifico mentalmente.

Damos apenas alguns passos pelo corredor antes do celular de Cooper começar a tocar. Ele murmura algo que não entendo antes de pedir licença para atender.

— O que é?

Eu odiaria estar do outro lado da linha.

— Não. Você não pode oferecer isso. Todos os sindicatos vão começar a encher o nosso saco, se você fizer isso. Não é negociar, é jogar a toalha. — Ele faz uma pausa, escuta por um momento e, então, resmunga: — Jesus, Evan. Estou indo para aí. Não. Não os deixe ir embora. Peça para esperarem.

Ele se vira para mim.

— Desculpe. Tenho que ir. A que horas você vai embora?

— Acho que às cinco — chuto, já que realmente não faço a menor ideia de quanto tempo uma sessão de planejamento de um reality show demora. Era uma tolice da minha parte achar que reality shows condiziam com a realidade.

— Eu te pego aqui.

— Obrigada. Mas você não tem que fazer isso. Posso arranjar uma carona.

Ele corta o meu caminho, parando na minha frente e interrompendo meus passos. Seus olhos fitam minha boca por um longo momento e, então, seus lábios se curvam para cima quando seu olhar encontra o meu.

— Eu vou te levar — ele diz em uma voz rouca. — Só isso vai ser capaz de me ajudar a manter a sanidade hoje. Pensar em te ver de novo mais tarde.

Como vou discutir com isso?

Sentada a uma mesa comprida na sala de reuniões com duas fileiras, os "talentos" na frente e a equipe atrás, escuto Miles Montgomery passar horas detalhando sua visão. Ele determina o que somos. Quem somos. Acho que eu deveria ficar feliz por ele ter me nomeado "a garota comum", principalmente diante do fato de que no meio das garotas há uma "puta da cidade" e uma "fofoqueira bêbada". Ele nos dá esses títulos como se fosse um rei e nós fôssemos suas lacaias submissas. Não fui com a cara de Miles no dia em que o conheci, e depois de hoje, sou ainda menos fã dele.

    Pego-me sonhando acordada durante boa parte da reunião, minha mente divagando repetidamente para uma pessoa: Cooper. Ele é ainda mais atraente do que eu me lembrava. Foi muito difícil desviar a atenção dos seus olhos verdes cativantes. E o jeito como ele falou hoje, o domínio que demonstrou, enfatizou ainda mais o quão sexy ele é.

    Como se pudesse ler a minha mente, Miles joga um arquivo sobre a mesa.

    — Isto, senhoras e senhores, é uma cópia do contrato de vocês. Tirando o teor jurídico, é o essencial que vocês precisam saber. — Ele gesticula para sua assistente, que apaga as luzes.

    A tela de um projetor surge em um lado da sala. Os primeiros tópicos preenchem uma página inteira. Miles lê cada um em voz alta.

"VOCÊ É UM PERSONAGEM EM UMA PEÇA VAGAMENTE ROTEIRIZADA. NÃO TEM LIBERDADE DE ESCOLHER OUTRO.

ESQUEÇA A PRESENÇA DAS CÂMERAS. NÃO SUSSURRE; PRECISAMOS CAPTAR O SEGREDO QUE VOCÊ ESTÁ CONTANDO.

DISCUTIR QUALQUER COISA QUE NÃO FOI AO AR COM QUALQUER PESSOA FORA DO PROGRAMA É UMA VIOLAÇÃO DO SEU CONTRATO.

CÂMERAS E CELULARES SÃO PROIBIDOS. VOCÊ NÃO PODE TER CONTATO EXTERNO DE QUALQUER TIPO DURANTE O TEMPO EM QUE ESTIVER GRAVANDO.

NAMOROS OU RELAÇÕES SEXUAIS DE QUALQUER NATUREZA QUE NÃO SEJAM COM O SOLTEIRO OU UMA COLEGA PARTICIPANTE SÃO PROIBIDOS ATÉ O ÚLTIMO EPISÓDIO IR AO AR.

A VIOLAÇÃO DE QUALQUER TERMO DESSE CONTRATO RESULTARÁ NA PERDA DO PRÊMIO E VOCÊ PODE SER, E SERÁ, PROCESSADO POR QUEBRA DE CONTRATO."

Ele sorri como se estivesse curtindo muito aquilo. Tem algo nesse sujeito que me faz ter vontade de tomar um banho depois de simplesmente passar um tempo no mesmo ambiente que ele.

Estou do lado de fora conversando com Ava quando Cooper estaciona ali em frente em um Porsche clássico conversível. Ela arregala os olhos quando ele sai do carro e se dirige até mim como se estivesse em uma missão.

— Pronta? — ele pergunta de maneira profissional. Sua mão já buscando a parte baixa das minhas costas é o único indicativo de que ele poderia ser mais do que somente a minha carona.

— Sim. — Abro um sorriso um pouco cansado para Ava. — Te vejo amanhã.

Ela ainda está boquiaberta quando nos afastamos.

Cooper permanece em silêncio ao abrir a porta do carro para mim e me esperar entrar antes de ir até o lado do motorista e começar a sair da vaga apressado.

— Se estiver com pressa, eu posso chamar um táxi — ofereço, mas ele já está saindo em disparada.

— Desculpe. Só quero sair logo daqui. O dia foi longo.

Ele flexiona a mão, mudando para a terceira marcha no câmbio, e por mais ridículo que pareça, até mesmo o simples fato de ele assumir o controle do carro faz coisas comigo. *Qual é a droga do meu problema?*

— Está tudo bem? — pergunto, virando-me para observá-lo dirigir. Há tensão em seu rosto... na forma como sua mandíbula perfeita está cerrada.

— Está melhor agora. — Ele me lança um sorriso sexy.

Após seguirmos pelo trânsito e alcançarmos a rodovia, ele vira para a direção leste, ao invés da oeste.

— Hã... eu moro na outra direção.

— Não vou te levar para casa — ele diz com um sorriso que chega até seus olhos, que estão cobertos por óculos de sol agora, mas posso imaginar os girassóis crescendo conforme seu sorriso se alarga.

— Para onde está me levando?

— Para comer alguma coisa.

— E você não vai se dar ao trabalho de perguntar se eu quero ir? — Ergo as sobrancelhas, mais intrigada do que ofendida por sua suposição.

— Esta é a terceira vez que te chamo para sair. Na primeira vez, você me rejeitou. Na segunda, fomos interrompidos. Então, não vou hesitar e correr mais riscos.

— E se eu te pedisse para me levar para casa agora mesmo?

Ele me olha rapidamente antes de voltar a atenção para a estrada.

— Eu te levaria para casa.

Sua resposta firme solidifica o que senti desde que o vi pela primeira vez. Por baixo daquele exterior autoritário, existe um cavalheiro. A combinação é sexy pra caramba.

— Acho que estou com um pouco de fome...

Cooper dá risada.

— Você é difícil, não é?

— Isso é um problema?

— Nem um pouco. Coisas boas não costumam vir facilmente. E eu adoro um desafio.

Sinto uma agitação na boca do estômago. Penso em discutir com ele por um segundo, dizer que não sou um desafio a ser conquistado. Mas, em vez disso, relaxo no assento, decidindo curtir o vento nos meus cabelos e o homem lindo sentado ao meu lado.

— Então, você trabalha na Mile High? — pergunto, quebrando o silêncio confortável.

— Não. — Sua resposta é rápida, quase como se a mera ideia fosse um insulto.

— Você só fica de bobeira por lá usando traje de negócios e aparece para jogar cartas de vez em quando? — indago, esperando que ele preencha os espaços em branco.

— Algo assim. — O canto da sua boca repuxa um pouco, mas ele tenta esconder sua diversão.

Ao pegarmos a deslumbrante Pacific Coast Highway, Cooper pisa fundo no acelerador e a potência do carro alimenta a minha adrenalina. A vibração do motor combinado ao lindo sol do entardecer me aquecendo enquanto o vento bate nos meus cabelos é revigorante. Libertador. Me dou conta de que é algo que não sinto há muito, muito tempo. Recosto-me no assento, fecho os olhos e permito-me afundar na sensação.

Cooper estende a mão e puxa a minha delicadamente, colocando-a no câmbio manual e fechando meus dedos em volta dele, antes de posicionar sua mão sobre a minha. Nossos olhos se encontram por uma fração de segundo e nós dois sorrimos.

— Gostou do carro?

— Gosto de como estou me sentindo agora — respondo sinceramente. A mão de Cooper aperta a minha.

Pouco tempo depois, saímos da rodovia e seguimos por um caminho menos comum por um tempo até pararmos em um estacionamento. Fico surpresa ao ver que estamos em um *food truck*. Isso parece mais o meu estilo do que o que eu imaginaria para o sr. Terno Feito Sob Medida. Ele dá a volta no carro e abre a minha porta, oferecendo-me sua mão.

— Não era o que eu estava esperando — digo.

— Às vezes, as melhores coisas da vida são inesperadas.

O estacionamento contém meia dúzia de mesas de piquenique e o *food truck* parece ter sido bem glorioso há... pelo menos uma década. Cooper não solta minha mão ao caminharmos até o homem e a mulher que estão discutindo bem alto dentro do trailer.

— Ah! *Señor* Cooper. Quanto tempo. Por onde tem andado? — pergunta o homem com um sotaque forte.

— Ocupado, Carlos. Ocupado.

— Você trabalha demais. Igual ao seu pai. Que Deus o tenha. — O homem faz o sinal da cruz.

A esposa do homem sorri para mim e fala com Cooper em espanhol.

— *Esta es su novia? Ella es hermosa.* — As únicas palavras que compreendo são *ella es hermosa*: ela é bonita.

— *Sí, ella es muy hermosa* — Cooper diz, estreitando os olhos para mim com uma expressão maliciosa. — *Y estoy trabajando en la parte novia.*

— Ahh. — A mulher sorri para mim e, então, diz para Cooper. — *Ella no tiene oportunidad.* — Ela ri.

— O que ela disse? — pergunto a Cooper.

— Ela disse que você não tem chance.

— De quê?

Ele ignora a minha pergunta.

— Eles fazem as melhores *tapas* da Costa Oeste.

— Você encontrou algum lugar melhor na Costa Leste? — Carlos interrompe, parecendo muito ofendido.

— É só um modo de falar, Carlos. Só modo de falar — Cooper fala, achando graça. — Eles têm saladas, se você preferir — me avisa enquanto analiso o cardápio.

— Eu gosto de comida de verdade.

Ele sorri como se eu tivesse acabado de lhe dar a resposta que esperava.

— Dois *Platos Combinados*.

— *Dos cervezas, por favor* — complemento, e Cooper arqueia uma sobrancelha. Dou de ombros. — Não fique muito impressionado. Eu só sei pedir duas cervejas e perguntar onde fica o banheiro. — Nos sentamos a uma das mesas de piquenique com nossos pratos fartos. O cheiro é incrível. — Então, quantos outros idiomas você fala?

— Dois: francês e italiano. E o que você acabou de fazer?

— Nada.

— Eu vi você batendo os nós dos dedos na mesa. Acabou de bater na madeira?

Eu faço tantas coisas no piloto automático que realmente nem reparei. Acho que a maioria das pessoas com quem convivo já estão acostumadas ou não prestam atenção suficiente para notar minhas pequenas peculiaridades. Dou de ombros, tentando agir casualmente.

— É para dar boa sorte.

— Achei que fosse só uma expressão, não realmente um gesto.

— É um gesto — digo na defensiva.

— Acho que é um lance mais seu do que meu.

— Qual é o seu lance, então?

Ele não responde. Bom, pelo menos não verbalmente. Mas seus olhos focam na minha boca e seus lábios se curvam discretamente formando um sorriso sugestivo quando seu olhar retorna ao meu... Caramba, é tão sexy. Sinto cócegas por dentro só de pensar no que pode ser o *lance* dele.

— Então. Três idiomas. — Pego uma das *tapas* e levo à boca. — Mauricinho de escola particular?

Cooper dá risada da minha tentativa totalmente óbvia de mudar de assunto, mas entra na onda mesmo assim.

— Na verdade, foi exatamente o contrário. Meu pai achava que o nosso sistema escolar era segregado demais, então nos colocou em uma escola pública que ficava em uma área de baixa renda. Ele achou que isso nos ensinaria sobre a vida real mais do que passar nossos dias com um bando de riquinhos.

— Nossa. Não estava mesmo esperando essa resposta.

— Eu te falei que você deveria ter cuidado com as suas expectativas.

Dou uma mordida.

— Ai, meu Deus. Isso é uma delícia.

— Eu não te enganaria.

Devoro duas *tapas* pequenas.

— Como você encontrou esse lugar?

— Carlos e Glorya estão aqui há quase trinta anos. Era o lugar favorito dos meus pais. Meu pai sempre contava para todo mundo que se apaixonou pela minha mãe porque ela nunca pedia salada.

— Mulher inteligente.

— Minha mãe dizia que ele a trazia aqui porque era pão-duro.

— Qual era a verdade?

Ele sorri.

— As duas coisas.

Quando estendo a mão para tomar o último gole da minha cerveja depois de ter devorado quase tudo do meu prato, os dedos de Cooper circulam meu pulso.

— São tão pequenos.

Tenho que piscar algumas vezes para despertar dos pensamentos sacanas que me surgem causados pela imagem da sua mão em torno do meu pulso. Engulo em seco.

— Isso é um problema?

— Nem um pouco. Só estava pensando que provavelmente consigo segurar os dois com uma só mão.

Nervosa, ignoro seu comentário e mudo de assunto.

— Pela conversa, parece que você não vem aqui há um tempo, não é?

Ele assente e olha em volta.

— É, faz muito tempo mesmo.

— Ocupado demais sendo um magnata?

— Um magnata, hein? — Ele ergue uma sobrancelha e abre um sorriso. — Como você sabe que sou um magnata?

— Dá para ver. — Faço uma pausa, mas Cooper nem confirma, nem nega minha suposição. — Estou errada?

— Não, não está errada. E o que você faz? Além de jogar cartas?

— Jogar cartas é o meu trabalho, atualmente — digo, tentando agir como se fosse uma escolha que fiz, e não algo que detesto fazer todos os dias. Eu preferia estar terminando meus estudos a passar as noites em um salão de altas apostas, virando cartas para homens que distribuem notas de cem como se fossem balas. Principalmente diante do fato de que a maioria deles parece achar que suas pilhas de fichas me impressionam.

— Você é crupiê? — Ele não parece surpreso. Afinal, eu contei a ele quem era meu pai.

— Por enquanto. Eu estava estudando, mas precisei dar um tempo.

Ele assente, aceitando minha resposta sem estender o assunto.

Mais uma hora se passa como se fossem apenas cinco minutos. Nossa conversa pula de tópico para tópico, mas há um frenesi no ar que faz tudo parecer ter um teor sexual. Ele é divertido e em alguns momentos, suas insinuações cheias de flerte são intencionais, mas a minha mente fica querendo ver algo obsceno em todas as coisas que ele diz.

Finalmente, vejo a hora no meu relógio.

— Droga. Não tinha percebido que já era tão tarde. Tenho que trabalhar esta noite.

Ele assente e me oferece a mão para me ajudar a levantar. Ele não desfaz o contato e caminhamos para o carro com nossas mãos entrelaçadas, fazendo-me sentir uma adolescente de novo. Cooper abre a porta do carro para mim e eu paro por um segundo antes de entrar.

— Eu provavelmente teria passado direto por esse lugar sem notá-lo. É meigo da sua parte vir ao lugar favorito dos seus pais.

— Tenho quase certeza de que nunca fui chamado de meigo por uma mulher — ele diz e, com um sorriso perverso, complementa: — Mas se você gosta de meigo, por mim tudo bem.

Sinto meu coração pesar quando paramos em frente ao meu prédio. Cooper sai do carro primeiro e vem abrir a porta para mim.

— Obrigada por me sequestrar.

— Disponha — ele responde. — Você vai aceitar sair comigo agora ou vou ter que te sequestrar de novo? — Ele dá um passo adiante, ficando mais próximo de mim. — Só esse gostinho não foi suficiente.

Fecho os olhos, com desgosto. Tudo nesse homem parece perfeito, e mesmo assim, tenho que rejeitá-lo. De novo. Quando assinei o contrato do programa, não pensei no que aconteceria se, por acaso, eu conhecesse alguém. Muito provavelmente porque fazia um ano que não conhecia ninguém que valesse a pena. Mas é claro que justo agora conheço um homem que me deixa com frio na barriga. E não posso contar a ele sobre o programa. Assim como namorar outras pessoas, revelar o meu envolvimento com o programa também é uma violação dos termos.

Abro os olhos, sentindo decepção e arrependimento em relação ao que devo fazer, e me deparo com um mar de intensidade verde que ameaça me afogar em luxúria, dificultando ainda mais o que tenho a dizer.

— Não posso.

— Não pode? Ou não quer? — Cooper pergunta, percebendo a minha pouca convicção e escolha de palavras.

— Não posso.

Eu sei que seria mais fácil mentir e dizer que não quero, mas algo me diz que ele perceberia na hora.

— Por quê? — Ele se inclina mais um pouco para mim. Nossos corpos não estão se tocando, mas o calor emanando da sua pele incita a minha. Ou talvez seja o calor do meu corpo que está despertando o dele. De qualquer forma, não consigo pensar direito com esse homem lindo tão perto de mim.

— Eu... eu... só não posso.

— Não pode sair comigo?

Balanço a cabeça.

Ele se aproxima para sussurrar no meu ouvido com a voz rouca e áspera, enquanto seu hálito quente desencadeia um arrepio pelo meu corpo que não consigo sequer tentar esconder.

— Você pode me beijar?

Distraída demais para formular um pensamento coerente, não respondo imediatamente.

Cooper recua a cabeça lentamente, a barba por fazer roçando de leve na minha pele sensível, até estarmos cara a cara. Seus olhos ardentes fitando os meus com intensidade, combinados a um corpo firme e musculoso a apenas centímetros de distância, faz com que seja fácil esquecer que ele é proibido. Ilícito. Violação total das regras do meu contrato. Isso só me faz querê-lo ainda mais.

Engulo em seco, sentindo minha boca seca de repente. Inconscientemente, passo a língua pelos lábios para umedecê-los, preparando-me para finalmente falar. Os olhos de Cooper descem, seguindo o movimento da minha língua. Quando seu olhar finalmente reencontra o meu, abro a boca para falar no mesmo instante em que seus lábios encontram os meus.

Nem me dou ao trabalho de tentar protestar, me rendendo imediatamente à ferocidade de um beijo que faz o meu corpo inteiro pegar fogo. Nossas línguas se encontram rapidamente, a sua conduzindo a minha de um jeito levemente bruto que me excita. Com delicadeza, a princípio, os contornos rígidos do seu corpo se pressionam em cheio contra as curvas macias do meu. Então, subo as mãos e infiltro os dedos nos cabelos da sua nuca que chegam até o colarinho. Cooper rosna quando puxo os fios, pressionando-se com mais força em mim, aprofundando o beijo ao passarmos da fase experimental para agarrarmos um ao outro fervorosamente.

Estamos ofegantes quando interrompemos o beijo. Ele puxa meu lábio inferior entre os dentes, reivindicando-o rispidamente antes de soltar minha boca.

— Uau — murmuro, com a mente ainda enevoada conforme abro os olhos. Cooper passa o polegar delicadamente no meu lábio inferior inchado, encontrando meu olhar novamente antes de ficar alternando entre fazer isso e fitar minha boca rapidamente, como se estivesse dividido entre me beijar de novo e dizer alguma coisa.

— Viu? Não foi tão difícil assim — ele diz com a voz rouca. Um dos cantos da sua boca se curva para cima em um meio-sorriso sexy. — E essa, Kate, não será a última vez que isso acontece. Isso eu garanto.

Minhas pernas bambas me carregam até as escadas, mas sinto os olhos de Cooper em mim a cada passo que dou. Quando chego ao último degrau, cometo o erro de olhar para trás. Ele está recostado no carro, braços cruzados contra o peito, observando-me intensamente com aqueles olhos verdes perfurantes. Olhos que me dizem que ele é um homem que cumpre suas promessas.

Dentro do meu apartamento, apoio a cabeça contra a porta por alguns minutos enquanto a névoa de luxúria se desfaz e meus joelhos recuperam a força. Relembro a promessa de Cooper e toco meus lábios, que ainda estão inchados. E tudo em que consigo pensar é: *Puta merda.*

CAPÍTULO CINCO

COOPER

— Sr. Montgomery? — Helen coloca a cabeça para dentro do meu escritório, hesitante. — Os chefes da divisão já estão sala de conferências para a reunião de propostas semanal.

Olho para o meu relógio e, depois, para Helen.

— Diga a eles que estarei lá em alguns minutos.

Helen parece confusa. Eu nunca me atraso, e ela sem dúvidas está se perguntando por que vou me atrasar hoje, já que estou sentado à minha mesa há uma hora sem fazer absolutamente nada. Não estou conseguindo me concentrar esta manhã. Ela assente e não diz mais nada.

— Helen? — eu a chamo antes que ela volte para sua mesa. — A que horas será a reunião de produção do Miles hoje?

— Não sei exatamente. Vou fazer uma ligação rapidinho.

Alguns minutos depois, ela retorna ao meu escritório e me entrega alguns papéis.

— Este é o cronograma da próxima semana. Parece que a reunião de produção começou há alguns minutos.

Me levanto.

— O senhor esqueceu o seu paletó — Helen aponta enquanto me dirijo à porta.

— Remarque a reunião de propostas para esta tarde.

— Sério? — Ela parece chocada. Eu raramente rearranjo horários, principalmente quando se trata de reuniões semanais. Outro traço que herdei do meu pai. *Não cancele reuniões, pois isso diz às pessoas que há algo mais importante do que elas.* Hoje, o caso é exatamente esse.

— Marque para o fim da tarde. Posso demorar um pouco.

A reunião de produção de Miles já está a todo vapor quando entro despercebido. Pego um bloco e um caderno da pilha que há em uma mesa nos fundos da sala, como se eu fosse realmente fazer alguma anotação em relação ao que quer que ele esteja falando. Ele está tagarelando sobre a arte da sexualidade, mas não ouço uma palavra direito. Meu irmão nota minha presença e acena, ficando ainda mais animado em sua apresentação. Ele sempre foi o exibido da família. Fico surpreso por ele não ter preferido trabalhar em frente às câmeras.

Faço um aceno de cabeça para ele e dou uma procurada pela sala, pousando meus olhos imediatamente nela. Diferente das outras mulheres, que estão devorando cada palavra de Miles, Kate está rabiscando alguma coisa no bloco de papel diante de si, sem prestar um pingo de atenção. Isso me faz sorrir.

— Vamos começar com um exemplo do que *não* é sexy. Já temos alguns clipes editados do programa. Não estamos mais no primeiro de dia de gravações, senhoritas. Já está na hora de esquecer as câmeras. — Miles gesticula para sua secretária e a tela escondida na parte da frente da sala começa a descer.

O vídeo começa com um beijo tão desajeitado que fico desconfortável só de assistir. Jenny Clark e eu nos saímos melhor do que isso atrás da lixeira dos fundos da nossa escola na sexta série. Bom, pelo menos é assim que me lembro do meu primeiro beijo.

Um segundo beijo surge na tela, dessa vez um pouco melhor, mas a mulher olha diretamente para a câmera no instante em que acaba. Esse não é exatamente o clima voyeurístico que o meu irmão quer. Alguns outros beijos passam na tela, e nenhum prende a minha atenção por muito tempo.

Fico observando Kate olhar de relance para a tela de vez em quando, mas parece estar absorta no que quer que esteja rabiscando ou desenhando. Um dos cantos da sua boca se curva para cima levemente enquanto seu lápis desliza na folha. Isso me deixa curioso. Então, de repente, seu lápis para, ela ergue a cabeça e nossos olhares se encontram. E se sustentam. Ela pisca algumas vezes, quase como se estivesse tentando descobrir se estou realmente ali, arregalando os olhos quando finalmente se dá conta de que estou, sim, do outro lado da sala.

Contente com sua reação, abro um sorriso e vejo-a ficar nervosa. Ela desvia o olhar para conferir se Miles está ciente da nossa interação antes de voltar sua atenção para mim. Meu irmão está completamente alheio. Está ocupado pausando o vídeo para repreender a coitada que foi pega beijando desconfortavelmente o solteirão mané.

Sem saber o que fazer, Kate tenta me ignorar. Seus olhos percorrem toda a sala; para Miles, depois para mim, depois para seu bloco de papel, depois de novo para mim. Meu olhar nunca vacila. Ela se remexe na cadeira quando se dá conta de que não pretendo desviar minha atenção tão cedo.

Casualmente, começo a me afastar de onde estou, próximo à porta. Os olhos de Kate se arregalam quando ela percebe que estou andando em sua direção. Paro a alguns passos atrás dela, que coloca uma das mãos sobre o bloco de papel para cobrir seu desenho, mas consigo ver antes que ela faça isso. A página está coberta por diferentes caligrafias da letra C. Mais uma vez, estou de volta à sexta série. Jenny costumava rabiscar meu nome em todos os seus cadernos. Abro um sorriso triunfante. A inquietação de Kate em sua cadeira fica cada vez mais perceptível quando me aproximo um pouco mais por trás dela.

Já nem sei mais do que Miles está falando... até que o rosto de Kate aparece na tela.

— Bem, senhoritas. Nós aprendemos como é um beijo ruim, agora vamos aprender como é um beijo bom.

Miles faz um aceno de cabeça. Sua assistente dá play no vídeo e a cena começa:

— Você sabia que na maioria dos reality shows de namoro, o primeiro beijo acaba sendo o último? — pergunta Flynn, o solteirão que aprendi a odiar. Ele pega a mão de Kate.

Ela olha para baixo, observando-o entrelaçar seus dedos nos dela.

— Não, eu não sabia disso. Mas me parece que você vai querer ser seletivo na hora de conceder essa honra tão cobiçada. — Há um indício de sarcasmo em sua voz.

— Ah, eu sou seletivo, sim. Estou guardando o beijo para a garota certa.

Kate estreita os olhos.

— Então você não beijou ninguém ainda? Não é isso que as garotas estão dizendo.

O rosto de Flynn demonstra surpresa.

— De acordo com os rumores, você já beijou bem mais do que apenas uma.

— Não é verdade — ele protesta.

Kate olha para o babaca de cabelos compridos.

— Por que elas mentiriam?

— Estratégia, eu acho.

— Hum. Pensar em beijar alguém logo depois que ele beija outra pessoa é meio repugnante.

Com a mão ainda entrelaçada à de Kate, o Babaca a envolve pela cintura, puxando-a para perto.

— Bom, eu não beijei mais ninguém, Kate. — Ele faz uma pausa, esperando-a erguer o olhar. — Estava guardando para quem eu achasse que poderia ser meu último beijo no programa.

Kate abre a boca para dizer alguma coisa, mas o Babaca não lhe dá chance. Ele junta sua boca à dela e a beija. A princípio, é um pouco tenso; ele está beijando-a, mas ela não sabe bem o que fazer. *Vamos, Kate, não retribua o beijo.* Então, a realidade me atinge como um soco. O corpo dela relaxa contra o dele e ela retribui o beijo. *Ela beija aquele filho da puta.* Percebo que Kate me olha de relance algumas vezes, mas não desvio meu olhar furioso da tela. O barulho alto do momento em que quebro o lápis que estou segurando ecoa pela sala dois segundos antes de eu sair de lá.

De volta ao meu escritório, fico andando para lá e para cá antes de passar as mãos pelo cabelo e puxar os fios ao gritar rispidamente para Helen:

— Vá procurar Kate Monroe. Ela está na reunião de produção do meu irmão. Espere até acabar e traga-a para o meu escritório.

CAPÍTULO SEIS

KATE

— Srta. Monroe? — uma mulher que parece muito gentil pergunta quando saio da reunião de produção.

— Sim?

— Meu nome é Helen. Pode vir comigo?

— Hã... claro. Aonde vamos?

— O sr. Montgomery gostaria de vê-la.

Viro-me e olho novamente para a sala de reuniões.

— Ele me pediu para levá-la até seu escritório depois que a reunião acabasse.

— Ah.

Merda. Miles sabe. Ele deve ter reparado em como nós dois estávamos nos olhando. O cara provavelmente ficaria animadíssimo se eu estivesse dando uns amassos com alguma outra candidata durante a reunião, mas posso ser demitida por ao menos flertar com um dos seus colegas.

Juntas, Helen e eu seguimos para um elevador e subimos até o último andar do prédio. Ela me leva até uma porta aberta que fica em um conjunto de escritórios luxuosos. É muito mais chique do que eu esperava de Miles. Com mais classe. Teria arriscado que ele seria mais do tipo mesa de metal e tapete surrado. A ostentação sofisticada e intimidadora desse lugar não combina com ele.

THROB

— A srta. Monroe está aqui — Helen anuncia e dá um passo para o lado para me dar espaço.

Entro trêmula, apreensiva. Eu preciso muito chegar ao top quatro.

— Você gostou de beijá-lo? — A voz me pega de surpresa.

— Cooper? — Ergo o olhar, confusa.

Ele vem até mim.

— Gostou? — Ele invade meu espaço pessoal, mas não me mexo.

— Onde está o Miles?

— Pouco me importa onde está o Miles. Responda a minha pergunta.

— Mas...

— Por favor, Kate. Apenas me responda.

— Eu não estou entendendo.

Ele dá mais um passo à frente. Dou um passo para trás.

— Você gostou de beijá-lo? É uma pergunta simples, Kate. Sim ou não? — Sua voz está rasa, monótona, mas não do tipo que te faz achar que as palavras não são importantes. Exatamente o contrário. O modo como são ditas em um tom tão controlado me faz achar que a resposta importa muito e ele está se controlando para fazer a pergunta.

— Não é uma pergunta simples. Não há nada simples no que estou fazendo.

Mais um passo à frente. E eu, mais um passo para trás.

— Quando você o beijou, sentiu a mesma coisa que sentiu quando te beijei ontem?

Não respondo.

Ele dá mais um passo na minha direção.

Recuo mais uma vez. Minhas costas atingem a parede atrás de mim.

Cooper se inclina para mim, apoiando os braços na parede, um em cada lado da minha cabeça. Olho para a direita, depois para a esquerda. Seu olhar se mantém implacável, até mesmo quando evito fazer contato visual.

— Você não está me respondendo.

Não sei como responder, então, não o faço. Pelo menos, não com palavras. Em vez disso, me entrego ao que estou sentindo e deixo meu corpo lhe dar a resposta. Minha boca elimina a pequena distância entre nós e eu, literalmente, devoro os lábios dele.

Posso ter iniciado o beijo, mas demora menos de um segundo para Cooper assumir o controle. Com um rosnado, ele me prende contra a parede e me devora. Envolve meus cabelos com tanta firmeza em seus dedos que eu não conseguiria escapar mesmo se quisesse. Mas isso é irrelevante, porque não existe outro lugar onde eu preferia estar nesse momento.

— Uau — ofego quando nos separamos para recuperar o fôlego.

— Nossa, Kate — ele diz com a voz baixa e densa, seu peito subindo e descendo.

— Não — sussurro. Cooper me questiona com o olhar. — Não, eu não senti a mesma coisa quando beijei o Flynn.

— Quem?

— Flynn... o solteiro.

— Ah. Me acostumei a chamá-lo de Babaca.

Cooper continua sério, mas isso não me impede de rir. Na verdade, sua postura severa me faz cair na gargalhada. Ele não parece feliz ao ver que estou me divertindo às suas custas.

— Babaca? Sério? — Continuo rindo.

Ele tenta permanecer sério, mas vejo o canto da sua boca repuxar.

— Tenho alguns outros nomes, caso você queira experimentar qual combina melhor.

Balanço a cabeça.

— O que ele fez para você criar um dicionário de apelidos para ele?

— Ele está me atrapalhando.

Percebo que Cooper não se moveu do lugar e, de repente, me dou conta de onde estou.

— Hã... onde está o Miles?

— Deve estar fazendo o teste do sofá com uma das candidatas do programa.

Sem dúvidas, Miles é do tipo que faz teste do sofá. Sorrio e olho em volta.

— Mas ele não estaria fazendo isso nesse escritório?

— No meu escritório? Miles tenta me evitar a todo custo, na maioria dos dias.

Recuo minha cabeça, confusa.

— Este não é o escritório do Miles?

Cooper franze o cenho.

— Mas Helen disse que o sr. Montgomery queria me ver e me trouxe para cá.

Cooper inspira com força e, em seguida, solta o ar pela boca.

— Sente-se.

— Ok, agora estou pronta — diz Sadie ao me entregar uma taça de vinho bem cheia. Ela tira seus sapatos de salto alto e se acomoda no sofá para ouvir a história do meu dia bizarro.

— Você sabe que não deveria encher a taça até a boca, não é?

Ela dá de ombros.

— Sou eficiente. Se eu servir meia taça agora, vou ter que me levantar de novo daqui a cinco minutos.

Bom argumento. Dou um belo gole no vinho e começo.

— Cooper é irmão do Miles.

Sadie é advogada; não demonstrar surpresa é seu forte. Mas seus olhos se arregalam quando lhe dou essa informação.

— Nós vamos precisar de mais uma garrafa de vinho.

— Comprei a caminho de casa.

— Então, ele sabe que você está no programa?

— Aham. Ele não sabia quando jogamos cartas na semana passada, mas me viu em algumas filmagens do programa e me reconheceu.

— E?

— E eu o beijei quando estávamos no escritório dele.

— Como é o escritório dele?

— Sério? É isso que você quer saber? Não como foi o beijo ou se estou violando o contrato, e sim como é o escritório dele?

— Dá para saber muita coisa sobre um homem pelo escritório dele.

Dou mais um gole nada elegante no meu vinho.

— O escritório é lindo. Sofisticado, com vista para a cidade. Esbanja poder.

— Bacana. Aposto que ele fode como se fosse seu dono.

Pensar em como ele deve ser na cama é o suficiente para me fazer perder o fio da meada.

— Prossiga — Sadie insiste, mas não o faço imediatamente. — Você esqueceu o que ia falar porque estava pensando nele te fodendo como se fosse seu dono, não é? — Minha melhor amiga abre um sorriso sugestivo.

— Cala a boca. — Faço uma pausa. — Enfim, eu não sei o que fazer.

— Bom, transar com ele. Óbvio.

— Queria que fosse fácil assim.

— O que ele tinha a dizer sobre tudo isso?

— Ele disse que não se importava se eu estivesse quebrando as regras. Ele quer me conhecer melhor.

— E por "te conhecer melhor", ele quis dizer que quer começar por dentro de você. Eu vi o jeito que aquele homem te olhou. Quase tive que vir para casa e trocar a minha calcinha molhada. — Ela faz uma pausa. — Mas eu só a tirei mesmo. É tão empoderador andar pelo trabalho de saia e sem calcinha, você não acha?

— Podemos voltar ao meu problema? Lidar com o seu vai demorar anos.

Sadie dá de ombros.

— Então, vocês dois ficam de boca fechada. Qual é o problema?

— Tirando a parte do contrato e o fato de que Miles pode me processar e me arrancar mais dinheiro do que eu provavelmente vou ganhar a minha vida inteira, eu acho que não consigo me envolver com dois caras ao mesmo tempo. Mesmo que eu não vença o programa, preciso muito chegar ao top quatro para receber dinheiro suficiente para ganhar tempo e conseguir o restante que a minha mãe precisa.

— Falta quanto tempo para acabar o programa?

— Sete semanas.

— Então, diga ao Cooper que você precisa de alguns meses.

Bebo o restante do meu vinho.

— Algo me diz que isso não vai dar muito certo... pedir ao Cooper que espere enquanto eu saio com outra pessoa.

— Que escolha ele tem?

— Não sei. Mas Cooper Montgomery não é o tipo de homem a quem você pode dar um ultimato.

CAPÍTULO SETE

COOPER

— Achei que aquela reunião idiota nunca terminaria — resmungo, acompanhando os passos de Kate conforme ela segue pelo corredor após sua reunião de produção matinal.

Ela sorri e continua andando.

— Você ficou esperando por muito tempo?

— O suficiente para perder a paciência. Me encontre no meu escritório em dez minutos.

Ela para de repente. Demoro alguns segundos para me dar conta de que não estou mais ao lado dela.

— Que mandão, hein?

— Posso te mostrar o que é ser mandão bem aqui no corredor mesmo, se preferir. — Arqueio uma sobrancelha.

— Coop! — A voz de Miles ecoa pelo corredor. Aceno para ele e, em seguida, volto minha atenção para Kate.

— Meu escritório em dez minutos ou você prefere o corredor?

Ela olha na direção em que Miles vem chegando e depois para mim, tomando a decisão certa rapidamente.

— Seu escritório.

Sorrio, me vangloriando com a minha vitória, e me viro no instante

THROB

83

em que meu irmão se aproxima. Kate sai andando, mas Miles a detém.

— Kate, já conheceu o meu irmão?

— Hã... acho que não. — Ela se vira cautelosamente.

— Prazer em conhecê-la. — Estendo a mão e meus dedos acariciam sua palma discretamente. Ela arregala os olhos e desfaço nosso cumprimento bem devagar, soltando sua mão.

— Kate é uma das candidatas do *Throb*. — Miles pousa a mão no ombro de Kate. Luto contra a vontade de retirá-la dali para ele e apenas assinto. — Ela é uma das favoritas do Flynn. Uma forte candidata ao top quatro, quando teremos encontros que durarão a noite toda com o solteiro.

Com a mão de Miles ainda no ombro de Kate e a ideia dela ao menos perto do tal Flynn, sinto que preciso dar o fora daqui.

— Você queria alguma coisa, Miles? Tenho uma reunião. — Checo meu relógio e, em seguida, olho sugestivamente para Kate. — Em oito minutos.

— Se atrase um pouquinho. Preciso falar de negócios. — Falar de negócios significa que ele precisa de algo de mim.

— Não posso. Estou no meio de um assunto muito urgente. Preciso resolver até o fim da manhã. Ligue para Helen e marque um horário.

Faço um aceno de cabeça rápido para Kate e sigo para o elevador.

— Kate Monroe está aqui para vê-lo. — A voz de Helen ecoa pelo interfone.

— Mande-a entrar. E segure as minhas ligações.

— Pensei que eu ia te ligar essa noite para podermos conversar — Kate diz ao entrar no meu escritório.

— Mudança de planos. — Fecho a porta atrás dela e tranco. O clique alto da fechadura chama sua atenção. Ela se vira para dar uma olhada na porta e, depois, para mim.

— Está trancando as pessoas lá fora, ou a mim aqui dentro? — Arqueia uma sobrancelha.

— As duas coisas. Venha cá. — Movimento meu dedo.

— Você é mesmo mandão.

— Isso te incomoda? — Elimino a distância entre nós.

— Depende.

— De quê? — Afasto os cabelos do seu rosto.

— Do que te faz ser mandão.

Ergo uma das suas mãos e beijo os nós dos seus dedos.

— Só você.

— Só eu? — O desafio em sua voz suaviza conforme nossos olhos se encontram. Faço que sim.

— Me beije.

— Mandão.

— Difícil.

— Eu não sou dif... — Ela não tem a chance de terminar seu protesto antes que minha boca encontre a sua.

— Uau — ela diz quando a solto cinco minutos depois, e isso me faz sorrir. Notei que ela disse isso toda vez que a beijei. Quase como se o efeito desse gesto a surpreendesse. — Você é muito bom nisso.

— Não. Nós dois somos muito bons juntos — retruco. — Já posso sentir.

Puxo-a para mim e a abraço com firmeza contra meu peito. Nenhum de nós diz uma palavra por alguns minutos.

THROB

— Cooper? — Sua voz é baixa, mas essa simples palavra de duas sílabas já me indica que ela está prestes a me comunicar algo que não quero ouvir. Afrouxo meu abraço ao seu redor.

— Hum? — Dou um beijo no topo da sua cabeça.

— Precisamos conversar.

CAPÍTULO OITO

KATE

— Eu gosto muito de você, de verdade. Mas...

Cooper ergue uma mão.

— Não faça isso.

— Isso o quê?

— Esse discurso de "eu gosto muito de você".

Bem, lá se vai o que passei metade da noite planejando dizer.

Cooper cruza os braços no peito.

— Sente-se.

— Mandão — murmuro, mas sento mesmo assim.

— É por causa do programa?

Faço que sim.

Cooper anda de um lado para o outro ao falar.

— Desistir é uma opção?

Com pesar, balanço a cabeça negativamente.

— Não sei se quero ouvir a resposta, mas vou perguntar mesmo assim. Você sente alguma coisa por *ele*? — Cooper passa os dedos pelos cabelos e diz a palavra *ele* com puro desdém.

— Por quem? O Babaca?

A boca de Cooper se repuxa nos cantos.

— Sim, pelo Babaca.

— Ele é muito legal. — Ele cerra a mandíbula. — Mas não é isso.

— Você está presa a um contrato?

— Sim.

— Eu falo com o Miles. Ele me deve uma. Ou mil e uma. Já perdi as contas.

— Não. Você não pode fazer isso.

— Por que não?

— Porque eu preciso ficar no programa.

— Você quer exposição? Eu digo a ele que você precisa ficar no programa, mas não vai seguir os termos que a mente deturpada dele criou.

— Eu não quero exposição.

Cooper para.

— Então, o que é?

— Eu preciso vencer.

— Por quê? Se você não quer o prêmio?

— Não é do solteiro que eu preciso.

— É um motivo financeiro?

Assinto. De repente, me sinto uma prostituta.

O relógio vai passando, longos segundos durante os quais o silêncio paira no ar, e nenhum de nós profere uma palavra. Por fim, quebro o gelo.

— Eu não posso sair com dois homens ao mesmo tempo. Preciso manter o foco e não vou conseguir fazer isso se continuar a te ver.

Quando vejo a decepção em seu rosto, sinto como se alguém tivesse pisado no meu peito.

— Quanto falta para o programa acabar? — ele pergunta.

— Sete semanas e dois dias. — Não que eu esteja contando.

Ele solta uma expiração pesada pela boca, aquiesce e me dá um abraço forte antes de nos despedirmos. Quando me solta, preciso de todas as minhas forças para conseguir sair pela porta.

CAPÍTULO NOVE

KATE

Quanto mais conheço Flynn, mais encontro motivos para gostar dele. Então, por que fico resistindo a intensificar um pouco as coisas? Ele é um completo cavalheiro comigo. Deixa as coisas rolarem aos poucos, sem forçar, entregando a decisão do próximo passo nas minhas mãos. Nós definitivamente nos conectamos, porém, tem algo me impedindo de aceitar sermos mais que amigos. *Maldito seja, Cooper Montgomery*. Faz uma semana desde que o vi, e ainda não consegui tirá-lo da minha mente.

— Terra para Kate. — Flynn bate seu ombro no meu.

— Desculpe. Dormi demais e não tive a chance de tomar café ainda.

— Bom, precisamos consertar isso. Al, você pode parar na próxima Starbucks, por favor? — Flynn pergunta ao motorista do ônibus.

Sorrio.

— Não precisa fazer isso.

— Você vai precisar de café para o desafio de hoje. — Ele me lança uma piscadela.

— Sabe qual é o desafio de hoje?

— Aham. Não é o meu favorito. Você vai entender em breve. Mas preciso que desperte para poder ganhar. — O ônibus para no estacionamento de um centro comercial. Há uma Starbucks logo ali. — Al, pode ver se mais alguém quer alguma coisa?

Me levanto, pronta para entrar lá e pegar meu café.

— Sente-se. Eu pego para você.

Sorrio, mas não por causa da gentileza de Flynn. *Sente-se* me lembra do mandão do Cooper.

Flynn retorna com meu café, e está exatamente como gosto de tomá-lo, embora ele não tenha me perguntado. O motorista do ônibus entrega os pedidos das outras pessoas. Diante dos olhares que recebo de algumas das garotas, você pensaria que Flynn tinha me entregado um anel de noivado em vez de um copo de café.

— Então, você vai me dar alguma dica sobre o desafio de hoje? — sussurro quando Flynn senta ao meu lado, com o braço casualmente apoiado no encosto do meu assento. Seus dedos acariciam delicadamente a pele exposta do meu ombro.

— Que tal eu te dar três dicas e ver se você consegue adivinhar?

— Fechado. — Viro-me, dando a ele minha atenção total.

— Um: você é muito boa nisso. Mas faz um tempo que não fazemos isso e sinto falta.

— Hummm... estou intrigada.

— Dois: espero que ninguém queira o seu hoje.

— Você precisa dar dicas melhores.

Os olhos dele cintilam.

— Três...

Ele se inclina e me dá um beijo suave nos lábios. É um beijo inocente; ele apoia a testa na minha conforme o ônibus desacelera até parar.

Todos se amontoam para ver pelas janelas onde estamos. Píer de Santa Mônica. Um minuto depois, Miles sobe no ônibus e nos explica o desafio de hoje.

— Senhoritas. Sejam bem-vindas ao Píer de Santa Mônica. O desafio de hoje vai garantir a uma candidata sortuda imunidade esta semana e ela não poderá ser eliminada. Como restam apenas seis mulheres, a vencedora participará de somente mais uma cerimônia de eliminação antes de chegar ao cobiçado top quatro de finalistas. Vou deixar o namorado de vocês contar o que vamos fazer aqui no píer.

Flynn se levanta.

— Podem ter certeza de que não fui eu que escolhi isso. — Ele me olha de relance antes de continuar. — O desafio de hoje é ganhar mais dinheiro do que eu. Cada um de nós terá uma barraca e vamos ver quem é o melhor vendedor.

— O que vamos vender? — Jessica pergunta, duas fileiras atrás de mim.

— Vocês irão se vender, Jessica. Cada um de nós ficará encarregado de uma barraca do beijo. Um beijo por um dólar. A vencedora tem que ganhar mais dinheiro do que eu e do que as outras concorrentes.

— Como vamos vender mais beijos do que você? Quero dizer, olha só para você — Jessica ronrona.

— Tenho certeza de que você vai arrasar, Jess.

Ao sairmos do ônibus, Miles entrega um hidratante labial para cada uma e abre um sorriso depravado de orelha a orelha.

— É sério isso? — Sadie gesticula para a barraca de Jessica, onde a fila deve ter mais de cem pessoas.

Cada uma teve direito a fazer um telefonema e pedir para um amigo trazer apenas um item que nos ajudasse no desafio de hoje. Jessica recebeu um top de biquíni de sua amiga... se é que dá para chamar assim.

Tecnicamente, eu acho que "top de biquíni" é generoso demais; está mais para tapa-sexo. Eu? Eu pedi a Sadie que me trouxesse uma caixinha de balas de menta. Não foi o meu plano mais bem pensado.

Dou um beijo na bochecha de um garoto e guardo seu dólar na caixa ao meu lado. Minha fila até que está decente, considerando o fato de que estou usando uma blusa de alças que cobre os meus seios. Olho para a barraca de Jessica. Tenho que dar esse crédito a ela; a garota sabe como fazer. Toda vez que ela se inclina para frente para alcançar os caras que já estão com a língua a postos, a polpa da sua bunda fica à mostra em seu short minúsculo, quase tanto quanto seus seios naquele top lamentável. Cada homem recebe um beijo bem dado nos lábios. Até os garotos de catorze anos. Muitos terão sonhos molhados esta noite em Santa Mônica.

Duas horas mais tarde, o diretor anuncia um intervalo de quinze minutos para que a equipe e as candidatas possam usar o banheiro.

— Como estão indo as coisas? — pergunto a Flynn quando nos encontramos no corredor ao sairmos dos nossos respectivos banheiros.

— Tirando a senhora de sessenta anos que enfiou a língua na minha garganta e a garota de quinze anos que deixou chiclete nos meus lábios? Nada mal. E com você?

Dou risada.

— Teve um homem de setenta anos que tirou uma selfie de nós dois nos beijando para mandar para a esposa dele porque ela o irritou hoje de manhã, e já beijei o mesmo garoto de treze anos na bochecha onze vezes. Ele fica voltando para a fila e sempre tenta virar o rosto para que eu acabe beijando a boca dele.

— O moleque tem bom gosto. Eu teria entrado na sua fila algumas dezenas de vezes quando tinha essa idade, também.

— E na da Jessica? — provoco.

— Que nada. Prefiro o tipo garota comum. Gosto de usar a minha imaginação para visualizar o que está por baixo da blusa. — Flynn desce o olhar, começando nos meus pés e subindo aos poucos, demorando-se nos meus seios antes de fazer contato visual novamente.

— Gosta do que está imaginando? — Arqueio uma sobrancelha.

— Mas do que você pensa. — Ele pisca.

CAPÍTULO DEZ
COOPER

Meu carro pega a Pacific Coast Highway como se tivesse vida própria. Mantive distância durante a última semana, pelo menos pessoalmente. Isso não me impediu de ficar obcecado pelas filmagens que mandava Helen deixar na minha mesa todos os dias às sete da manhã. Estou começando a me sentir um voyeur, desacelerando as partes em que Kate aparece na tela, analisando cada movimento seu quando está perto do Babaca.

Já estive com mulheres que se tornaram possessivas cedo demais. Isso me faz cortar os laços rapidamente e considerá-las perseguidoras quando fico sabendo que elas sabiam onde eu estava na noite anterior sem que eu tivesse dito. Contudo, aqui estou eu, estacionando no Píer de Santa Mônica como o perseguidor que me tornei. Assisti às filmagens desta manhã e disse a mim mesmo que iria somente dar uma volta de carro com o teto retrátil aberto para espairecer. Estou enganando até a mim mesmo.

Há uma pequena multidão à esquerda. Não é difícil encontrar o set de gravação quando vejo uma horda de pessoas, a maioria sendo homens e garotos. *Barraca do beijo.* Que vontade de dar uma surra em Miles. Já é difícil o suficiente pensar em Kate beijando o Babaca, imagine algumas centenas de caras fazendo fila. Valeu, Miles. Mandou bem, maninho.

— Me parece que essa façanha está sendo um sucesso — digo para Miles de maneira desdenhosa quando consigo finalmente atravessar a multidão de babacas cheios de tesão.

— Publicidade grátis. Isso vai estar em todos os noticiários esta noite. — Meu irmão abre um sorriso radiante cheio de orgulho.

— O que a vencedora ganha?

— Imunidade na competição. Não poderá ser eliminada esta semana.

— Então não vai precisar ficar se humilhando aos pés do solteirão idiota para conseguir ficar mais alguns dias?

— Qual é o seu problema com o Flynn? Ele é um cara bacana. — Miles me olha, finalmente desviando a atenção de sua produção tão valiosa.

— Um cara bacana? Que tipo de cara vai a um programa de televisão para sair com vinte mulheres?

— Nem todo mundo vive uma vida de ouro e tem mulheres se jogando aos seus pés, meu irmão.

Eu o ignoro. Meus olhos focam em somente uma coisa. Do outro lado do píer, Kate sorri e dá um beijo na bochecha de um garoto, mas ele tenta virar a cabeça para que ela acerte seus lábios. Ele quase consegue. Kate se inclina e sussurra algo para o garoto, e isso o faz abrir um sorriso radiante. Dois segundos depois, ele corre para o fim da fila novamente, pegando um dólar do bolso. Sorrio ao vê-la dando beijos inocentes nas bochechas de alguns adolescentes. Então, um marombeiro que deve ter escapado de Venice Beach se aproxima da barraca. Cerro os dentes com tanta força que fico com dor de cabeça instantaneamente.

— Eu vi você saindo do estacionamento com a Kate no seu carro outro dia. — Miles se vira para me observar.

Dou de ombros, mantendo meu olhar à frente e tentando soar casual.

— Eu a encontrei com o capô aberto. Problemas no carro. Dei uma carona a ela.

— As câmeras a adoram. Mas ela parece ter perdido um pouco do interesse no Flynn. Acho que precisamos colocar no roteiro que ela deve voltar ao clima.

— É perturbador o jeito que você acha que é um mestre de marionetes, Miles. — Viro-me para lançar um olhar irritado para o meu irmão.

— Desça desse seu pedestal, Coop. Somos muito parecidos. Nós dois contratamos pessoas e esperamos que elas desempenhem o que pedimos. Nós as colocamos no mundo do entretenimento.

— Eu espero que elas *atuem*, Miles. Elas sabem no que estão se metendo.

— Assim como essas mulheres aqui. Você acha mesmo que alguma delas é ingênua? Olhe só para elas. — Meu irmão olha em volta do píer. — Estão todas participando de um jogo. Ninguém está forçando nenhuma delas a estar aqui. Na verdade, parece que estão curtindo bastante. Estou vendo sorrisos atrás dessas barracas, não correntes prendendo-as lá.

— Talvez elas não tenham escolha.

— Tenho certeza de que uma prostituta de rua diz a mesma coisa para si mesma logo antes de ficar de quatro em algum beco todas as noites.

— Faltam dez minutos, pessoal! — o diretor grita em um megafone.

— Vou entrar na fila. Tenho que colocar um dólar na barraca daquela que eu quero que fique.

— Em qual fila você vai entrar?

— Da Jessica. — Miles acena com a cabeça em direção à barraca dela. A mulher está usando um pedacinho de tecido como top. Seus seios parecem estar prestes a rasgar as tiras que estão segurando tudo no lugar. O programa está a segundos de passar de proibido para menores de catorze anos para proibido para menores de dezoito.

— Por que você não gasta um dinheirinho? Se você for em duas filas, talvez uma delas não se importe com uma mão boba — ele diz sorrindo, completamente alheio à carranca no meu rosto.

Dez minutos depois, estou quase na frente da fila. Kate e eu estamos brincando de gato e rato com nossos olhares desde que o dela me encontrou. Espero pacientemente o cara na minha frente colocar seu dólar na caixa e, então, finalmente chega a minha vez.

— Não imaginava que você seria o tipo de homem que paga por um beijo — ela brinca.

— Há uma primeira vez para tudo.

— Vai custar um dólar, por favor, senhor. — Kate estende sua palma.

— Então, você não vai ter que puxar o saco do Babaca se ganhar?

— A vencedora ganha imunidade e o *Flynn* não poderá eliminá-la esta semana, se é isso que quer dizer — ela me desafia.

— Tem um limite para quanto um homem pode pagar por um beijo?

— Acho que não. Mas custa apenas um dólar.

Enfio a mão no meu bolso e retiro um bolo de notas de cem, sustentando nosso contato visual ao enfiá-las dentro da caixa.

— Pronto. Agora, faça valer o meu dinheiro. — Inclino-me para ela.

— Mandão. — Ela suspira.

Junto minha boca à dela e não paro até o diretor gritar que o tempo acabou.

Vê-la hoje só piorou tudo. Beijá-la. No momento, valeu a pena, sentir a maneira como ela se derreteu contra mim e me deixou consumi-la, sem recuar, mesmo que qualquer um pudesse nos ver. Mas o resplendor já enfraqueceu e agora estou sentado em casa sozinho, como uma garota sofrendo por um garoto que não lhe dá a mínima. Depois de todas as mulheres que namorei no decorrer dos anos, a que me faz querer rastejar atrás dela é justamente a que decidiu se afastar.

O interfone toca.

— Tem um Damian Fry aqui para vê-lo, sr. Montgomery. — A desconfiança na voz de Lou é alta e clara.

— Pode mandar subir.

Damian Fry definitivamente não é o tipo de pessoa que costumo convidar para uma visita. Só usei seus serviços uma vez na vida. Um ator com um vício fodido em cocaína não estava comparecendo às gravações de um filme de alto orçamento que estávamos produzindo. Todo mundo sabia que ele tinha um problema, mas eu precisava ter provas para desfazer o contrato multimilionário dele. Damian não só conseguiu provar o problema com drogas em vídeo, como também descobriu que o ator estava transando com a esposa do diretor. Damian conseguiria encontrar os podres da pessoa mais santa do mundo.

— Entre.

Está fazendo quase trinta e dois graus lá fora, mas ainda assim, ele está usando mangas compridas e calça, de preto dos pés à cabeça, e cheira a bebida do dia anterior e cigarro. Não me admira Lou ter ficado desconfiado.

— Apartamento bacana. — Damian mede a minha fortuna em trinta segundos. Tenho quase certeza de que o preço que ele ia me cobrar acabou de dobrar. Devia ter marcado com esse filho da mãe no meu escritório.

— Valeu. — Vou direto ao ponto. — Preciso que você faça um serviço para mim. Mas tem que ser na mais extrema discrição.

— Discrição é a minha especialidade. — Ele sorri.

— Não diga uma palavra ao meu irmão.

Seu sorriso aumenta, zombeteiro.

CAPÍTULO ONZE

KATE

— Quer dançar? — Flynn me oferece a mão.

Estou sentada no sofá desde que o jantar acabou. A palavra que melhor descreve o meu temperamento no momento é *amuado*.

— Hã... não tem música tocando.

Seu sorriso de menino ajuda a melhorar meu humor sombrio.

— Não precisa.

Aceito a mão que ele está oferecendo e me levanto.

— Você tem o costume de dançar sem música?

— Ah, eu não disse que não haveria música. Só concordei com o fato de que não havia nenhuma tocando.

Flynn me abraça pela cintura e me puxa para perto de si, começando uma dança lenta. Conduzindo meu corpo perfeitamente, ele se move em um ritmo acalentador até minha cabeça pousar em seu peito. Acho que sinto seus lábios roçarem o topo da minha cabeça, mas não tenho certeza.

Com a voz suave como um sussurro, ele começa a cantar uma balada. Já o ouvi cantar rock antes, sabia que ele tinha uma voz bonita. Mas a maneira como ele cantarola as palavras dessa linda canção é de tirar o fôlego. A letra fala sobre um filho que tem que salvar a mãe. Cada palavra é tão crua; me dá a certeza de que ele está falando da própria mãe.

Do you know who I am?
Você sabe quem eu sou?

When I see you today
Quando eu a vir hoje

I'm still the same
Eu ainda sou o mesmo

When I see you today
Quando eu a vir hoje

Let me help you find your way
Deixe-me ajudá-la a encontrar seu caminho

You've given me plenty
Você me deu tanto

Now it's my turn
Agora é a minha vez

Let me help you find your way
Deixe-me ajudá-la a encontrar o seu caminho

When I see you today
Quando eu a vir hoje

Continuamos nos balançando, mesmo depois que ele termina de cantar a música. Por fim, Flynn recua um pouco, apenas o suficiente para me olhar, com nossos corpos ainda se tocando. Sinto minha boca ficar seca de repente diante do jeito como ele está me olhando. Suas pálpebras estão caídas e seus olhos contém um calor inconfundível quando descem para minha boca e se demoram por um momento. Ele umedece os lábios, e eu juro que meu coração começa a martelar tão forte que consigo ouvir o sangue pulsando nos meus ouvidos. Bem lentamente, ele começa a baixar a cabeça, seus olhos me observando, pedindo permissão silenciosamente. Nossos rostos estão quase alinhados quando, feito uma agulha arranhando um disco até ele parar de repente, alguma coisa me faz acabar com o clima quando falo.

— Você acha que vai chover mais tarde?

Por dentro, eu me dou um cascudo na cabeça por soar como uma bocó. Não dava para pensar em algo menos óbvio?

Flynn fecha os olhos e apoia a testa na minha, dando risada ao responder:

— Está preocupada por não ter trazido botas de chuva?

Um câmera se aproxima e nos interrompe, pedindo que nos desloquemos para outra área onde a luz está melhor. Fico grata pela mudança rápida de clima que isso proporciona.

— Quer ir dar uma volta na praia? — Flynn pergunta, soltando-me dos seus braços, mas mantendo sua mão entrelaçada à minha.

— Claro.

— Quer ir se trocar?

Olho para o vestido longo que estou usando. O sal provavelmente vai destruí-lo.

— Que nada. É deles, não meu.

Flynn sorri.

Caminhamos pela beira da praia por meia hora, enquanto a água morna se aproxima de vez em quando e molha nossos pés.

— Então, quem é ele? — Flynn pergunta após um silêncio longo e confortável.

Olho em volta. Não há mais ninguém na praia.

— O cara de quem você não consegue desapegar o suficiente para me dar uma chance de verdade.

Olho para trás, procurando o câmera ofegante que estava nos seguindo. O equipamento pode captar nossa conversa a uns trinta metros de distância.

— Ele deve estar estatelado no cais a quase um quilômetro daqui — Flynn diz, lendo a minha mente. — Ele provavelmente está nos xingando por fazê-lo se exercitar mais do que já se exercitou em anos.

— Ah.

— Então, quem é ele? Ex-namorado ou noivo?

— Nenhum dos dois, na verdade.

— Caramba. — Flynn coloca uma mão no peito. — Você está acabando comigo. Pelo menos finja que tem um cara maravilhoso te esperando nos bastidores. — Ele sorri.

— O problema não é você. Sério, não é.

— Essa conversa está ficando cada vez pior. O que vem em seguida? "Não é você, sou eu"? Como se eu nunca tivesse mandado uma dessas antes. Você está arruinando a minha autoestima.

Dou risada.

— Acho que a sua autoestima está muito bem, obrigada, astro do rock.

— Estava. — Ele se vira e começa a andar de costas, segurando minhas duas mãos. — Até eu te conhecer.

— Que fofo. Mas você teve vinte mulheres se jogando em cima de você. Acho que vai se recuperar rapidinho.

— Dezenove — ele me corrige. — Mas eu gostaria muito de convencer a número vinte a fazer o mesmo.

— Você teve dezenove mulheres correndo atrás de você. Por que precisa da número vinte?

— A número vinte é tudo de que eu preciso. As outras dezenove não servem para mim a longo prazo.

— Acho que você só está procurando uma massageada no ego.

— Não é o meu ego que eu quero que você massageie. — Ele balança as sobrancelhas sugestivamente.

As ondas se aproximam, cobrindo meus pés. Chuto um pouco de água na direção de Flynn, pegando-o de surpresa. Ele replica minha ação e, quando dou por mim, estamos ensopados dos pés à cabeça. Uma hora mais tarde, voltamos para a casa de braços dados, encharcados, sorrindo e instigando um escândalo que nem sabíamos que estava se formando.

CAPÍTULO DOZE

COOPER

Tatiana Laroix é a *garota tendência* de Hollywood. Mas, mesmo assim, precisa marcar um horário para passar por Helen. Graças a Deus. Achei que, a essa altura, ela já estaria correndo atrás de algum cara tão fascinado por si mesmo nas grandes telas quanto ela. Não estou com essa sorte.

— Ela disse que está gravando as cenas do trailer no estúdio três e precisa falar com você. Não ficou feliz por ter sido barrada. De novo. — Helen me entrega uma pilha de recados. — James Cam também está nessa pilha. Disse que precisa falar com o senhor esta manhã urgentemente. Acho que os dois estão interligados.

Solto um grunhido. James Cam é o diretor do filme da Montgomery Productions que Tatiana acabou de estrelar. Os dois não concordavam em nada. Pensei que as disputas mesquinhas entre os dois tinham finalmente acabado quando encerramos a produção, mas então, surgiu a necessidade de fazer algumas regravações para o trailer, e tivemos que convocá-los novamente por alguns dias.

Retorno a ligação de James. Ao que parece, Tatiana está se recusando a gravar o que ele quer, alegando não ser a visão artística que ela tinha em mente para o trailer. *Atrizes*.

Dois meses atrás, cometi o erro de levar Tatiana a uma cerimônia de estreia. No fim da noite, eu já sabia que aquele seria o nosso único encontro.

O jeito como ela falava com as pessoas, com sua fama repentina já subindo à cabeça. Durante o *after party*, ela deslizou os dedos na minha coxa por baixo da mesa.

Encerrei a noite cedo, em relação aos padrões de Hollywood, pelo menos, e disse a ela que precisava ir embora, ter uma boa noite de sono. Mas ela não se tocou. Em vez disso, tentou abrir a minha calça enquanto eu lhe dava uma carona para casa.

Não tive como evitá-la em nenhuma das festas relacionadas ao filme quando finalmente terminamos a produção. Ela estava sempre ao meu lado, sua mão segurando meu braço de maneira possessiva, mesmo que o gesto não fosse retribuído.

Disse a ela que estava ocupado nas vezes que me ligou depois disso. Então, ela apareceu no meu apartamento sem avisar. Estava quase aos prantos, chateada por causa de uma briga com um diretor, então a deixei entrar. Foi um limite que eu não deveria ter atravessado. Ela era mais agradável quando não estava se exibindo em público, mas, ainda assim, não era para mim. Depois, ela foi ao meu apartamento mais uma vez e, agora, veio ao meu escritório.

— Helen, vou até o estúdio três. Se eu não voltar em meia hora, me ligue para me ajudar a sair de lá.

Ela sorri.

— Miles está logo ao lado, no estúdio dois, gravando alguns comerciais. Ele perguntou se o senhor poderia passar lá. Eu disse a ele que o senhor estava com o dia cheio, mas já que vai lá…

O dia só melhora. Passei os últimos dez dias evitando qualquer coisa relacionada ao *Throb*. Isso não me ajudou a tirar Kate da cabeça, mas pelo menos consigo focar um pouco melhor no trabalho.

— Podemos falar sobre isso aqui mesmo? — Tento não soar tão impaciente quanto me sinto. — Meu dia está lotado hoje, Tatiana.

— Você tem que comer — ela ronrona, pousando as duas palmas no meu peito. *É, mas eu prefiro comer sozinho.* — É importante, e nós... — Ela olha para a equipe ao redor. — Precisamos conversar em particular.

O estúdio com cenário montado e equipe de produção ali esperando devem estar me custando uns dois mil por hora. Olho meu relógio.

— Vamos comer algo bem rápido. Preciso que o pessoal volte ao trabalho.

Ela dá um sorriso vitorioso. Abro a porta, deixando Tatiana passar primeiro. Dou quatro passos e esbarro diretamente em Kate.

E o Babaca.

Nós dois paralisamos, encarando um ao outro.

— Coop. Achei que estivéssemos com pressa — Tatiana diz, vindo rapidamente para o meu lado. Ela olha Kate de cima a baixo e, em seguida, envolve meu bíceps possessivamente com sua mão.

— Kate — cumprimento-a, ignorando Tatiana.

— Cooper — ela fala suavemente. — Hã... este é o Flynn.

— Como vai, cara? — O babaca de cabelo comprido está alheio à minha carranca.

— Cooper Montgomery. — Assinto e aperto sua mão com um pouco mais de força quando nos cumprimentamos.

Kate olha para Tatiana, e só então percebo que tinha me esquecido completamente de que ela estava ali ao meu lado.

— Esta é Tatiana Laroix — apresento finalmente.

Os segundos seguintes são desconfortáveis, e fica ainda pior quando o Babaca passa o braço em torno dos ombros de Kate e diz:

— Estávamos indo comer alguma coisa.

Meus olhos estão grudados no braço que está tocando-a. É difícil conter a vontade de arrancá-lo dali.

— Nós também. — Cerro a mandíbula. — Por que não se juntam a nós?

Kate arregala os olhos, enquanto a mão de Tatiana aperta meu braço.

O almoço acaba sendo menos desconfortável do que eu teria imaginado. O Babaca diz a Tatiana que é muito fã dela e os dois passam a meia hora seguinte falando sobre seu assunto favorito: ela.

— Você deveria ter jogado para o outro lado — digo para Kate. Ela franze as sobrancelhas. — O sal — esclareço. — Você tentou ser discreta, mas eu te vi jogando sal por cima do ombro esquerdo há um minuto.

— Ah. — Ela faz uma pausa. — Mas por que eu deveria ter jogado para o outro lado?

— Esse gesto serve para afugentar o diabo jogando sal nos olhos dele, não é?

Ela enruga o nariz, ainda confusa com o que estou insinuando. Aponto para o sr. Rock and Roll com o olhar. Ela balança a cabeça, mas abafa uma risada.

— Senti sua falta — digo baixinho.

Seus olhos focam no outro lado da mesa, onde estão Tatiana e Babaca. Mas nenhum deles está prestando atenção em nós. Tatiana está ocupada alugando os ouvidos dele tagarelando sobre as similaridades entre gravar filmes e cantar em um palco.

— Eu também — ela sussurra com aflição em seu tom de voz. Com seu garfo, fica remexendo a comida para lá e para cá.

— Então, você pode nos dar uma pista sobre quem são as suas favoritas? — Tatiana pergunta para Flynn quando o rumo da conversa se desvia para o reality show.

— Não. Não tenho permissão. — Ele sorri e pisca para Kate.

Quebrar um dente desse sorriso de galã dele no soco não é exatamente uma opção em um local cheio de pessoas, então escolho um caminho que acho melhor. Deslizo a mão por baixo da mesa e a repouso na coxa de Kate. Ela arregala os olhos, mas disfarça sua surpresa rapidamente. Obrigado pela existência das saias, Deus.

— Você e Tatiana estão trabalhando juntos em algum projeto? — Kate pergunta, suas palavras saindo apressadas, nervosas.

— Estamos quase terminando. Vai sair em outubro. *Sentido Perfeito*. Talvez você já tenha ouvido falar — diz Tatiana. Uma pessoa teria que viver em uma caverna para não ter ouvido falar nele. O livro no qual é baseado é um bestseller, e é o mais aguardado no momento.

Subo um pouco mais a mão pela coxa de Kate.

— Claro. Parece ser ótimo.

Mais um pouco. Estou na metade do caminho entre seu joelho e o quadril.

— Quanto tempo vocês ainda têm no programa? — pergunto a Kate.

— Um pouco mais de... — Minha mão desliza ligeiramente para cima e eu a desço para a parte interna da sua coxa. — Hã... — Ela me olha e, em seguida, se endireita na cadeira e pisca algumas vezes. — Desculpe. Qual foi a pergunta?

Abro um sorriso largo. E subo mais a mão. Consigo sentir o calor que emana do meio das suas pernas.

— Perguntei quanto tempo vocês ainda têm no programa.

Seguro a parte interna da sua coxa e separo mais suas pernas. Ela inspira de um jeito ofegante que, ao que parece, só eu percebo.

— O programa ainda tem mais seis semanas.

— É quase o mesmo tempo que se leva para gravar um filme — Tatiana se intromete.

Subo ainda mais a mão, chegando a roçar levemente a renda da sua calcinha. Kate fecha os olhos e respira fundo.

Meu celular toca, forçando-me a remover a mão.

— Sim, Helen?

Helen me lembra de que eu tenho uma reunião esta tarde e que também pedi que ela me ligasse para me ajudar a escapar se não voltasse em meia hora.

— Obrigado. Já estou indo.

Tatiana aproveita a oportunidade.

— Bem, esta é a minha deixa. Quero um tempinho a sós com o Coop antes de perdê-lo novamente para seu trabalho de administrar um império. Tenho certeza de que você entende o quanto é difícil conseguir um tempo a sós por aqui. — Tatiana lança uma piscadela para Flynn.

Vejo algo faiscar nos olhos de Kate. Ciúmes?

Flynn se levanta.

— Foi um prazer conhecê-los.

— Igualmente.

Babaca.

— Kate. Foi bom vê-la. — Curvo-me, dou um beijo em sua bochecha e sussurro: — Meu escritório. Dez minutos.

CAPÍTULO TREZE

KATE

— Kate. — Miles segura meu braço assim que Flynn e eu nos aproximamos da entrada do estúdio, voltando do almoço. — Joel precisa falar com você, Flynn. Kate e eu temos algumas coisas para discutir. Ela te encontra lá dentro daqui a pouco. — Seu tom é desdenhoso. — Que tal irmos conversar no meu escritório? — Ele faz a pergunta, mas já está me guiando pelo corredor.

Não me surpreendo quando vejo que o escritório de Miles é totalmente diferente do de seu irmão. Tem o mesmo tamanho e formato, contando até mesmo com uma vista parecida, porém tudo é exagerado, ao contrário do de Cooper, que é discreto. As paredes são cheias de pôsteres emoldurados de filmes, as prateleiras contêm vários troféus e prêmios de reconhecimento. Há também uma mesa redonda com uma dúzia de pilhas enormes de manuscritos.

— Sente-se. Gostaria de beber alguma coisa? Quem sabe um coquetel?

Olho para o sofá vermelho para o qual Miles gesticula. *É definitivamente o tipo de sofá onde acontecem vários testes.*

— Não. Estou bem. Obrigada.

Ele serve uma bebida para si e junta-se a mim, ficando um pouco perto demais.

— Como estão indo as coisas, Kate?

— Hã... bem, eu acho. — Não sei exatamente a que ele está se referindo.

— Flynn gosta muito de você. — Ele toma um gole de sua bebida e estende uma mão para afastar meu cabelo para detrás do ombro. — Posso ver por quê. Você é uma mulher linda.

Abro um sorriso forçado, resistindo à vontade de afastar sua mão no tapa.

— Obrigada.

— Você parece estar um pouco estressada ultimamente. As coisas estão um pouco frias entre você e Flynn. Tem algo que eu possa fazer para ajudar? — A perna de Miles encosta na minha, enquanto sua mão pousa no meu ombro.

Instintivamente, eu me inclino para trás, afastando meu ombro do seu toque.

— Estou bem. Não preciso de ajuda. Mas agradeço.

Miles toma alguns goles da bebida, observando-me pela borda do corpo. Seu olhar me deixa desconfortável, mas mantenho-me firme, sem desfazer o contato visual. O brilho em seus olhos muda, o flerte fingido desaparece e ele estreita o olhar.

— Então, permita que eu vá direto ao ponto. Esse reality show é roteirizado. Você e Flynn vão nos dar audiência. Preciso que seja um pouco mais amistosa com ele.

— Um pouco mais amistosa?

— Você sabe o que quero dizer.

— Acho que não sei, não.

— Você é a apostadora aqui, Kate. Quanto acha que fazer o que estou pedindo irá aumentar as suas chances de permanecer no programa?

Levanto-me e abro um sorriso nada sincero.

— Mais alguma coisa?

Ele se recosta no sofá, engole o restante da bebida e abre um sorriso de orelha a orelha para mim.

— Gosto de mulheres que sabem jogar certo. Isso é tudo.

Sentada no meu Jeep, debato comigo mesma mais uma vez antes de dar partida. Faz quase uma hora desde que Cooper foi embora do almoço. Sem dúvidas, ele deve estar cada vez mais impaciente a essa altura. Mas eu simplesmente não posso. Sua mão por baixo da mesa foi o suficiente para me lembrar do que aquele homem me faz sentir. O que não tenho dado a Flynn uma verdadeira chance de me fazer sentir. Não vou conseguir focar em ganhar o prêmio enquanto estiver ao menos perto de Cooper Montgomery. Sem dúvidas, o que preciso agora é de um lembrete do porquê estou participando desse programa.

O caminho de meia hora não ajuda em quase nada a clarear minha mente. Ainda estou pensando no calor que irradiava da mão de Cooper na minha coxa quando paro em frente à casa da minha mãe. Respiro fundo e fecho os olhos por uns bons dez minutos antes de entrar.

— Oi, querida. — Minha mãe levanta e vem na minha direção, arrastando seu cilindro de oxigênio portátil.

— Oi, mãe. — Ela está menos pálida e andando um pouco mais rápido. O novo cilindro está funcionando. — Você parece bem. Como se sente?

— Me sinto ótima.

Ela diria a mesma coisa se seu nível de saturação de oxigênio estivesse abaixo de oitenta e seus órgãos estivessem falhando aos poucos. Ela nunca quer que eu me preocupe.

— Acredito em você, para variar. — Sorrio e dou um beijo em sua bochecha. — Kyle está na terapia?

— Sim. Ele está se dando muito bem. Ainda não houve nenhuma melhora física, mas o ânimo dele melhorou bastante. Depois que você conseguiu colocá-lo naquele experimento clínico, foi a primeira vez que o vi ter esperança desde antes do acidente.

Meu irmão caçula Kyle e eu sempre fomos próximos. Mesmo quando éramos crianças, enquanto outros irmãos estavam ocupados brigando entre si, nós éramos unidos. Mas desde o acidente, nossas vidas ficaram ainda mais entrelaçadas. A minha felicidade não é mais individual... depende totalmente da dele. Saber que ele está apresentando qualquer sinal de melhora, seja física ou mental, deixa meu coração mais leve. Já estou muito feliz por ter vindo.

Geralmente, eu os visito duas vezes por semana para ver como estão, mas com as gravações do programa em horários aleatórios, faz dez dias que não os vejo. Os dois têm assistência quase vinte e quatro horas por dia, mas ainda preciso vê-los de perto para saber se estão bem. Um amigo meu, Mark, se dispôs a passar aqui para ver como eles estavam e me ligou para me contar. Ele estuda o mesmo que eu e está um ano atrás de mim.

— Sabe, o Mark é muito bonito. E está solteiro.

— Por favor, não me diga que ficou interrogando o Mark de novo, mãe. Somos apenas amigos. Você precisa parar de tentar nos juntar.

— Você precisa dedicar mais tempo para ter vida social. Não me lembro da última vez que você falou sobre algum homem.

Uma hora atrás, eu estava sentada ao lado de um homem com quem estou saindo em rede nacional, enquanto outro estava com a mão dentro da minha saia.

— Estou bem, mãe. As aulas têm me deixado bem ocupada.

Ela não faz ideia de que tranquei o curso por um ano e decidi tentar ganhar o prêmio do *Throb*. Por sorte, nenhuma das amigas dela vê reality shows.

— Você pode encontrar o amor quando menos esperar. Às vezes, nos momentos mais inconvenientes.

Assino embaixo.

Sentamos e conversamos por um tempo, até que, inevitavelmente, o assunto chega às finanças. Esse tem sido um tópico desgastante desde que o papai morreu e tudo veio à tona.

— O banco mandou um avaliador aqui. — Ela suspira.

— Do que está falando?

— Ontem, um homem veio olhar a casa.

— Como você sabe que foi a mando do banco?

— Porque ele me disse isso.

Ai, meu Deus. Ser casada com um dos maiores jogadores de pôquer do mundo por trinta anos certamente não afetou minha mãe da mesma forma que a mim. Sempre estou procurando truques escondidos. Mamãe confia demais em qualquer pessoa.

— Ele deixou algum cartão? — Eu tenho poder de representação em seu banco e na empresa de sua hipoteca. Deveriam ter me ligado, se iam mandar alguém em casa. Alguns construtores e investidores em potencial têm bisbilhotado desde que a casa foi penhorada.

— Não.

— Qual era o nome dele?

— Não me lembro. Mas era um pouco estranho. Desses nomes com tom sombrio. — Ela dá de ombros e toma um gole de chá. — Mas combinava com a aparência dele, eu acho.

— Como ele era?

— Era alto, careca... usava preto dos pés à cabeça. Tinha cara de durão, mas era bem gentil. Só um pouco rústico. A princípio, quando ele tocou a campainha, tive certeza de que era um amigo do seu pai. Estou surpresa por você não saber disso. Ele sabia o seu nome. Acho que o banco deve ter informado a ele.

Terminamos nossos chás e continuamos conversando por um tempo. Tenho o tempo tão limitado com a minha mãe que decido não passá-lo me preocupando com algo que não posso mudar nesse exato segundo. Faço uma nota mental para ligar para o banco amanhã.

Passar a tarde com minha mãe reforçou que estou tomando as decisões certas, embora isso não faça com que seja mais fácil esquecer o que senti perto de Cooper mais cedo. Meu coração saltou no peito só de vê-lo. Saber o quanto ele me quer deixou tudo muito mais difícil. Me lembrar de como foi sentir sua mão na parte interna da minha coxa, subindo aos poucos em direção ao calor entre minhas pernas, foi pior ainda. Eu não tenho um pingo de força de vontade perto daquele homem. Não há outra escolha além de manter distância dele. E trabalhar em reacender qualquer que fosse a faísca que Flynn e eu tínhamos antes de Cooper Montgomery entrar na minha vida.

Meu celular vibra quando pego a Pacific Coast Highway. Pressiono o botão no painel e a música que está estrondando é substituída pelo som da voz de um homem.

— Menina? — Eu nunca falei com Frank Mars ao telefone antes, mas, mesmo assim, sei que é ele somente por aquela simples palavra.

— Oi, Frank.

— Está ocupada esta noite?

— Você é casado, Frank. Não posso sair com você.

— Nos meus sonhos, menina. Nos meus sonhos. — Dá para perceber que ele está sorrindo do outro lado da linha. — Ouça, Grip não vai poder vir hoje. O idiota acabou de ligar e falou alguma coisa sobre Bernice estar com bursite. Precisamos de um quarto jogador. Está livre?

Estou, mas também receosa em relação a quem sentará ao meu lado.

— Hã... Ben vai jogar hoje?

— Só pode estar de brincadeira. Você é a fim do Ben? Se gosta de homens mais velhos, eu largo a minha mulher antes mesmo que você consiga dizer "já vai tarde, Sharon".

Dou risada.

— Não se preocupe. Meu coração pertence a você, Frank. Só perguntei para saber se devo levar as abotoaduras que ganhei dele na última vez.

— Sim, traga. Mas eu aposto que ele não consegue recuperá-las. E você também não conheceu Carl ainda. Não vamos deixar escapar para ele quem você é. Ele pode ser o seu otário da noite.

Decepcionada, porém aliviada por saber que Cooper não será um dos quatro jogadores, concordo em ir jogar com eles. Hoje de manhã, eu tinha dois homens que pareciam estar interessados em mim, porém, não tenho nenhum plano para a noite. Sair com um homem que tem outras cinco namoradas faz com que as noites de sexta-feira sejam bem solitárias.

CAPÍTULO CATORZE

COOPER

— Seu pai estaria orgulhoso nesse momento, Cooper — Ben Seidman diz, com uma pilha de papéis diante de cada um de nós. Há etiquetas vermelhas e verdes aparecendo pelos lados, indicando as dezenas de lugares em que nós dois precisamos assinar para formalizar o acordo.

Ben tem razão. Meu pai estaria orgulhoso. Filmes coproduzidos são uma raridade no ramo cinematográfico, principalmente quando as duas produtoras estão em primeiro e segundo lugar na lista das maiores do mundo. Mas se têm duas empresas que funcionam bem juntas são a Diamond Entertainment e a Montgomery Productions. O melhor amigo do meu pai é um oponente formidável e será um parceiro de produção cinematográfica ainda melhor.

— Aquele filho da puta do Grip — Ben resmunga ao chegar ao final da pilha de papéis. — Aquele velho cretino já era um pau mandando antes de se aposentar, e agora está praticamente acorrentado à Bernice.

Tinha me esquecido de que é noite de jogar cartas.

— Precisam de um quarto jogador?

— Não. Frank arranjou alguém. Você não tem um encontro romântico ou alguma outra coisa melhor para fazer do que sentar a uma mesa e perder todo o seu suado dinheirinho, de qualquer forma? — Ele assina o último documento e joga sua caneta sobre a mesa, recostando-se na cadeira. — Não existe mais nada sagrado? Jack e eu nunca pulamos uma única noite de jogo em vinte e oito anos.

Puxo o papel que ele acabou de assinar. Mais uma assinatura e mudaremos a indústria cinematográfica. Ergo minha caneta Montblanc, pensando que devo aposentá-la. A caneta que o meu pai usou para assinar seu primeiro contrato cinematográfico está guardada na primeira gaveta do lado direito da minha mesa. Esta aqui tem que se juntar a ela.

— Quem vai substituir Grip hoje?

— Aquela moça bonitinha que joga pra caramba.

Solto a caneta antes de assinar a última linha vazia.

— Ben — digo. — Tenho mais uma condição para esse acordo...

Com um engradado de Budweiser em mãos, entro no estúdio, deixando a batida alta da porta ecoar pelo espaço amplo. Meus olhos já estão fixos em Kate quando ela ergue o rosto. Olhos arregalados, arfar profundo... é, ela está surpresa em me ver. Esta noite, tudo o que me importa é vencer. Vou usar o elemento-surpresa a meu favor.

— Pensei que fosse o Ben — Frank diz.

— Mudança de planos. Ben não vem — respondo para ele, mas sem tirar os olhos de Kate.

— Como assim Ben não vem? Ele não perde uma noite de jogo há vinte e cinco anos.

— Vinte e oito — corrijo.

— Está tudo bem com ele?

— Está, sim.

— E que porra era tão importante que o impediu de vir? Isso não é do feitio do Ben.

— Eu te contaria por que ele não pôde vir, mas não quero quebrar a regra de não falar sobre trabalho antes mesmo de me sentar.

— Tanto faz — Frank resmunga. — Lembra da Kate?

— Lembro. — Arqueio uma sobrancelha para ela e assinto.

— Carl não jogou com a Kate ainda. Eu pedi a ele que pegue leve com ela. — Frank dá uma piscadela, embaralhando as cartas.

Nunca me senti atraído por mulheres agressivas. Mas mulheres agressivas jogando cartas... aparentemente, esse é um caso totalmente diferente. Kate desiste nas duas primeiras rodadas, nas quais Carl ganha. Na terceira, até eu percebi o tique facial de Carl quando ele pegou suas cartas, indicando que achou que tinha uma mão vencedora. Quase gargalhei quando Kate pegou duas cartas e seus olhos se arregalaram. Até um jogador de pôquer iniciante disfarçaria melhor do que aquilo. Mas Carl caiu no blefe dela, mordeu totalmente a isca. E Frank e eu desistimos rapidinho para assistir ao show.

Em sua vez de aumentar a aposta, Carl empurra uma pilha de bem alta de fichas. Kate mordisca seu lábio inferior por alguns segundos, fingindo debater se deve apostar tudo o que tem ou não. O sorriso de Carl quando ela dá de ombros, pensativa, e empurra suas fichas para frente não tem preço. Ele vira três rainhas, se gabando e já estendendo as mãos para o centro da mesa.

— Isso aqui ganha de três cartas iguais? — Kate pergunta inocentemente, colocando sobre a mesa um *full house*.

Deixamos o coitado do Carl perder até a camisa, sem revelar a brincadeira até fazermos uma pausa para irmos ao banheiro.

— Seus babacas — ele murmura, jogando suas cartas na mesa antes de se levantar e ir ao banheiro. Frank vai logo atrás dele, cantarolando

"Perdeu para uma garota, perdeu para uma garota".

— Você deve ter se perdido a caminho do meu escritório depois do almoço esta tarde — digo quando a porta se fecha, deixando nós dois a sós. — Me evitar não vai resolver o problema.

O lugar fica tão silencioso que consigo ouvir sua respiração levemente ofegante, mesmo que ela tente disfarçar o efeito que minhas palavras causam nela.

— E o que vai? — Ela se ocupa em recolher as cartas da mesa, falando sem olhar para mim.

— Lidar com ele.

— Devo acreditar que você está aqui por coincidência? Se quer algo, deixe livre, se voltar para você, sempre foi seu... não é isso que dizem?

— Você acredita nessas coisas?

Ela faz uma pausa, considerando minha pergunta, e então torna a embaralhar as cartas.

— Acho que sim. E você?

— Sou mais adepto à ideia de que se você quer muito, muito uma coisa, deve dar tudo de si e correr atrás dela, até que ela se canse e se renda.

Sua boca se retorce com uma diversão reprimida, mas ela continua sem fazer contato visual.

— Você não afastou a minha mão hoje — digo, sem tirar meu olhar do seu rosto.

— Eu não queria fazer cena.

— Você gostou daquilo. Gostou de sentir meus dedos percorrendo a renda da sua calcinha. Pude sentir o calor. Você queria tanto quanto eu que eu enfiasse os dedos ali e sentisse o quanto você estava molhada.

Ela fecha os olhos.

Me levanto e dou a volta na mesa.

— Eu fiquei louco quando o vi colocar a mão em você — admito, roçando os nós dos meus dedos levemente em sua bochecha. Ela continua com o olhar baixo. — Olhe para mim — falo baixinho, mas com firmeza.

Ela fecha os olhos novamente.

— Não posso, Cooper. — Há tristeza em sua voz. — Não posso passar tempo com você e fazer o que preciso fazer.

Toco seu queixo e ergo seu rosto, forçando seu olhar a encontrar o meu.

— E eu não consigo parar de pensar em você.

— Desculpe.

— Aposte comigo.

— O quê? — Ela franze as sobrancelhas.

— Se eu ganhar, você me dá uma noite.

— Isso é loucura.

— É mesmo? Deixe a cargo do destino. Você acabou de dizer que acredita nisso.

— Cooper... — ela alerta, com incerteza na voz.

Beijo seus lábios. Suavemente dessa vez, embora tudo o que eu mais quero fazer é agarrá-la aqui mesmo.

— Última rodada — sussurro, odiando ter que afastar meus lábios dos dela.

— Não sei...

A porta se abre, e o som espalhafatoso de Frank ainda alfinetando Carl nos interrompe antes que eu consiga fazê-la concordar. Parte de mim quer dizer a Frank e Carl que preciso que eles se retirem para podermos terminar a nossa conversa. Mas não faço isso. Respeito esses caras pra caramba, e quando deixamos o trabalho da porta para fora, meu papel de chefe também fica lá.

Jogamos por mais duas horas. Frank enche Kate de perguntas sobre sua família e seu famoso pai. Suspeito que ele tenha uma quedinha por Kate, e acho que ela também sabe disso, diante da forma brincalhona com que flerta com ele. Isso me faz sorrir, só não mais do que Frank.

— É a segunda vez seguida que você perde para o Frank. Está deixando que ele ganhe ou a sua sorte está começando a mudar? — Olho para Kate, pegando minha cerveja.

— Devo estar ficando sem sorte. Só deixo as pessoas ganharem para ajudá-las a adquirir confiança.

— Bom, a minha confiança está minando aqui. Talvez você devesse praticar essa caridade comigo. — Gesticulo para a pilha minúscula de fichas diante de mim.

— Não acho que falta de confiança seja um problema que você já enfrentou na vida, sr. Montgomery.

Frank dá uma risadinha.

— Acertou na mosca. É difícil não ser confiante quando se anda de braços dados com a srta. Laroix.

— Ela é linda. Eu te vi com ela hoje. É sua namorada? — Kate pergunta, com um sorriso astuto.

— Não. — Coloco duas fichas no pote, mesmo tendo recebido cartas péssimas novamente.

— Vocês pareciam bem chegados. — Ela dá de ombros. — Amigos com benefícios?

Ergo as sobrancelhas.

— Não. Também não somos amigos com benefícios.

— Ohhhhh... — ela diz, como se tivesse se dado conta de alguma coisa pela primeira vez. E então, não diz mais nada.

— O quê? — Acabo mordendo a isca.

— Eu não sabia que você jogava no outro time.

Engraçadinha. Muito engraçadinha. Vou te mostrar em qual time eu jogo.

— Não. Não jogo no outro time. Conheci uma pessoa recentemente, na verdade.

Ela joga suas cartas na mesa, desistindo pela terceira vez seguida.

— Parece que está ficando mesmo sem sorte — comento. — Olha, pessoal, eu tenho que acordar cedo amanhã. O que acham de irmos para a última rodada?

Ela sabe exatamente o que estou fazendo. Porém, não faço a menor ideia de qual é a dela. Até onde sei, ela pode estar enganando a todos nós, desistindo três rodadas seguidas e me distraindo do jogo.

— Você tem aquelas abotoaduras de diamante em formato de trevo-de-quatro-folhas que o seu pai costumava usar? Eu adoraria ganhá-las na última rodada — Frank diz.

— Queria que sim, mas não. Ele as perdeu em um jogo. Passou o resto da vida jurando que foi por isso que sua sorte mudou. — O rosto de Kate se entristece.

— Lamento, menina.

Ela abre um sorriso forçado.

Frank amontoa o último pote de fichas da noite e todos começam a procurar a aposta final. Frank coloca um prendedor de cartões de visita que contém as minhas iniciais. Fazia uns bons dez anos que eu não o via. Carl coloca o anel de ensino médio de Frank e eu, uma caneta Montblanc personalizada com as iniciais de Ben. Kate está ocupada procurando algo em sua bolsa.

Assim como quando nos conhecemos, ela pega um pedaço de papel. Com um sorriso de orelha a orelha, pega a caneta de mil e quinhentos dólares do pote e rabisca alguma coisa, cobrindo o conteúdo com sua outra mão, como uma garota do colegial escrevendo um bilhete. Ela dobra o pedaço de papel algumas vezes para esconder o que está oferecendo ao vencedor.

Frank dá risada.

— Você sabe que eu já tenho o seu número de telefone, não é?

— Talvez não seja o meu número de telefone — ela diz em um tom enigmático, sorrindo carinhosamente para Frank. Mas seus olhos resplandecem quando ela vira para mim.

Carl é o primeiro a desistir. Sibilando, irritado, ele se afasta da mesa.

Olho para a pilha de fichas diante de Kate e enfio a mão no meu bolso. Sem desviar meu olhar do dela, jogo um bolo de notas de cem na pilha, com um prendedor da Tiffany e tudo.

Frank desiste.

— Com as cartas de merda que tenho, isso é demais para mim.

E então, restam somente nós dois novamente.

Kate e eu nos fitamos, seus olhos se movendo durante a avaliação que já conheço. Primeiro, ela estreita os olhos, encarando-me profundamente, e então, seus olhos tornam a relaxar. Seu olhar desce para os meus lábios e, bem lentamente, sobe para fazer contato visual novamente. Um repuxar muito discreto no canto direito de sua boca é a única indicação de que ela acha que já sacou qual é a minha.

Ela aposta todas as suas fichas.

Respiro fundo e viro minhas cartas.

Três reis.

E duas cartas de dez.

Não faço um *full house* desses desde... bem, nunca.

Frank e Carl assobiam.

Os olhos de Kate cintilam. Prendo a respiração quando seu olhar pousa em minhas cartas e retornam para o meu logo em seguida. Ela joga suas cartas no pote. Viradas para baixo. Derrotadas.

Todos começam a dar risada. Carl se levanta, pegando seu casaco.

— Caramba. Isso foi intenso. Bom trabalho, Coop. Que bom que pelo menos um de nós não foi derrotado por uma garota. Mas foi um prazer — ele diz para Kate. Em seguida, dirige-se para Frank: — Vamos, eu te ajudo a limpar tudo isso.

— Podem ir embora, rapazes. Deixem comigo.

— Tem certeza, Coop?

— Sem problema. Tenham uma boa noite.

Frank me dá um tapa nas costas ao ir embora.

— Já que não posso mais ter o seu pai por perto, pelo menos tenho você. Você se saiu bem, menino. Se saiu muito bem.

O local fica em silêncio depois que os dois vão embora. Nem Kate, nem eu saímos de nossos lugares. Encaramos um ao outro intensamente. Observo suas pupilas dilatarem e o jeito como o subir e descer do seu peito parece ficar mais pesado a cada respiração. E então, algo acontece. A ficha cai. E me dou conta de que o jogo se trata mesmo de saber interpretar as pessoas. Então, estendo a mão e a deixo pairando sobre o papel dobrado por alguns segundos. Em seguida, desvio levemente para a esquerda e viro as cartas dela para cima.

Quatro cartas iguais.

Ganha do meu *full house* de longe.

Kate sorri e arqueia uma sobrancelha. Não me dou ao trabalho de arrumar nada. Ela segura minha mão e seguimos para a porta, deixando o papel onde está escrito *Uma Noite* ainda dobrado.

CAPÍTULO QUINZE

KATE

— Eu vou te seguir — digo ao alcançarmos o ar morno de verão do lado de fora.

— Não. Eu vou te levar.

— Mas eu preciso do meu carro para ir para casa depois.

— Você não vai para casa esta noite.

— Mas...

Cooper para de repente. Ele segura meu rosto entre as mãos e fala:

— Eu ganhei uma noite. Uma noite inteira.

— Eu não tenho roupas.

— Você não vai precisar. — Ele abre a porta do seu carro e me conduz para dentro.

— Mas e a minha escova de dentes? — questiono, tentando me agarrar a alguma coisa. Eu sei que a decisão foi minha, mas preciso de um minuto para pensar nas consequências do que acabei de fazer.

— Você pode usar a minha.

— Mas...

— Coloque o cinto — ele me interrompe.

Prendo o cinto de segurança e o motor do carro começa a rugir.

Arrisco minha última tentativa:

— Eu preciso...

Cooper me interrompe. De novo.

— Eu não vou te dar chance de mudar de ideia.

— Como você sabe que vou mudar de ideia?

— Porque você já está mudando.

— Eu não v... — Não termino de falar.

Ele tira a mão do câmbio automático e se vira para mim.

— Olhe para mim.

— Mandão — digo baixinho, mas ele me ouve.

— Você ainda não viu nada. Esta noite, eu vou te mandar fazer coisas e você vai fazer. Quando eu te mandar abrir mais as pernas, ou receber meu pau mais fundo, você vai obedecer. Sabe por quê? Porque desde o instante em que nos conhecemos, tudo o que eu mais quero é te dar prazer. Porra, você nem precisa me retribuir. Porque vou sentir prazer observando cada movimento seu, cada minuto. Então, sim, eu vou ser mandão. Agora, vamos deixar o resto do mundo para trás. Você quer passar a noite comigo?

Depois desse prelúdio, faço que sim com a cabeça. Não sou boba. Quem seria?

A viagem é curta, mas suficiente para me fazer pensar e repensar umas vinte vezes. Eu nunca desejei tanto um homem como desejo Cooper nesse momento. Mas estou sendo egoísta, correndo o risco de perder um prêmio em dinheiro que a minha família precisa. A cada cerimônia de eliminação, minhas chances aumentam. É muita ilusão eu pensar que esta noite não vai mudar minhas chances para a direção oposta. Eu posso ser pega. Como vou olhar nos olhos de outro homem depois de entregar mais um pedaço de mim para Cooper esta noite? Sei que é uma má ideia. Mas então, eu olho para Cooper, e minha determinação enfraquece.

Uma noite... é apenas uma noite. Eu posso fazer isso. Nós podemos fazer isso.

Após chegarmos ao arranha-céu sofisticado, Cooper cumprimenta o porteiro com um aceno de cabeça ao passarmos. Sua mão está na parte baixa das minhas costas enquanto ele me conduz rapidamente até um elevador.

Fico olhando para os números acendendo aos poucos conforme o elevador sobe lentamente. Cooper fica em silêncio ao meu lado; perto, mas sem me tocar, embora eu ainda possa senti-lo. Um pânico começa a se instalar quando continuamos a subir pelos andares de dois dígitos. Mas o que estou fazendo?

Respiro fundo e mantenho a voz baixa.

— Isso não vai dar certo, sabia?

Ele continua em silêncio por um momento antes de responder.

— Por que não? — Sua mão serpenteia por minha cintura, envolvendo meu quadril com firmeza.

— Porque você não é o tipo de homem que se conforma facilmente.

Ele aperta o braço ao meu redor.

— Não estou me conformando.

O elevador para abruptamente e as portas se abrem. Um casal mais velho abre um sorriso gentil para nós e os dois começam a vir em nossa direção.

— Nós vamos subir — Cooper diz bruscamente.

— Tudo bem. Podemos subir também.

— Se não se importam, poderiam esperar pelo próximo elevador? — Ele aperta o botão do último andar, embora já esteja aceso.

— Que indelicado — falo quando as portas se fecham diante das expressões confusas do casal.

Cooper vira-se para mim, analisando meu rosto. Ele ignora meu comentário, ainda completamente focado na conversa que estávamos tendo antes do elevador abrir.

— É isso que você acha que estou fazendo? Me conformando?

Nesse espaço pequeno e de luz baixa, o verde em seus olhos parece quase cinza. A intensidade em seu olhar me assusta um pouco, mas me atrai incontrolavelmente ao mesmo tempo.

— Você quer mais, mas concordou com apenas uma noite.

— Isso não é me conformar, Kate.

— Não é? — Tenho até medo de perguntar.

Ele nega com a cabeça lentamente. Um sorriso perverso curva seus lábios sensuais. Essa sua postura de sabichão me irrita, ao mesmo tempo em que me excita. Mas é a parte irritada que toma o controle quando falo.

— Você me chamou para sair. Eu recusei. Concordamos em ter apenas uma noite. Isso não é se conformar?

— Não.

Solto uma respiração exagerada pela boca, frustrada, e reviro os olhos.

— Ok, então. Me explique. Do que você chama isso?

Seus olhos escurecem e ele baixa o rosto para se alinhar ao meu.

— Não estou me conformando. Estou marcando o meu território. Vou te mandar de volta para ele amanhã, se é isso que quer. Mas você não vai conseguir sentar sem pensar em mim por uma semana inteira. Toda vez que você se sentar, vai se lembrar da sensação de me ter enterrado bem fundo em você. Vou te foder com tanta força que até os seus ossos vão ficar doloridos.

Apesar da minha irritação diante do quanto ele é convencido, meu queixo cai e meu corpo vibra diante da imagem que ele plantou na minha cabeça. Arrogante ou não, esse homem sabe bem como deixar meu corpo pegando fogo.

— Eu prefiro não te mandar de volta amanhã. Mas que uma coisa fique bem clara agora, Kate: eu não estou me conformando. Estamos em um meio-termo. E você pode ter certeza de que concordar com apenas uma noite não vai me impedir de tentar arrancar de você o que se negar a entregar desta vez.

O elevador vai parando aos poucos, chegando ao último andar. Sua desenvoltura e educação são tão diferentes da sedução em sua voz.

— Vamos?

As portas se abrem e ele estende o braço em direção às portas duplas identificadas com a palavra *Cobertura*. A sensação que tenho é de que estou prestes a entrar no guarda-roupa... e o leão está bem atrás de mim.

— Gostaria de beber alguma coisa?

— Uma taça de vinho seria ótimo. — Ou, quem sabe, uma garrafa inteira para acalmar os meus nervos.

Ele assente e gesticula em direção às prateleiras de bebidas que ficam do outro lado da ilha da cozinha. As janelas que vão do piso ao teto na sala de estar prendem a minha atenção. Bem do alto de um penhasco, a vista do apartamento, que consiste nas luzes cintilantes do centro de Los Angeles, parece uma fantasia. É incrível como um pouco de distância entre as coisas pode, às vezes, fazer com que enxerguemos uma imagem diferente da realidade de quando vemos de perto.

— É uma vista e tanto.

Cooper serve duas taças de cristal e me oferece uma. Ele olha na direção em que minha atenção está fixada.

— Nem percebo há anos.

— Sério? — Fico completamente perplexa com sua afirmação. Mas ele está falando sério. — Por quê?

— Não passo muito tempo aqui.

— Passa onde, então?

— No escritório. Na academia. Em vários compromissos de trabalho.

— Como é a sua rotina em um dia típico de trabalho? — Tomo um gole do vinho.

— Acordo às cinco. Vou à academia às cinco e meia. Chego ao escritório às sete e venho para casa às dez da noite.

— Dez?

— Trabalho bastante até tarde.

— Onde você come?

— No escritório, geralmente. Ou em algum compromisso. Faço várias reuniões durante o almoço ou jantar.

— Parece que você precisa parar e olhar em volta, de vez em quando.

— Tem razão. Preciso mesmo. — Cooper toma um gole de vinho, e percebo que seus olhos não estão mais admirando a vista. Estão focados atentamente em mim.

— Podemos ir para a sacada? — pergunto, sem me virar para ele.

— Está enrolando?

Sorrio diante do quanto ele é astuto na hora de me ler. Já me interpretou melhor do que o último cara que namorei por seis meses.

— Talvez. Isso é um problema?

— De jeito nenhum.

Ele me conduz para a sacada. A noite está linda. Uma brisa morna sopra, trazendo um leve cheiro de água salgada. O céu está tão claro que nem mesmo a enorme poluição luminosa de Los Angeles consegue ofuscar o brilho das estrelas. Cooper se posiciona atrás de mim, com as mãos apoiadas no parapeito, uma de cada lado do meu corpo, e nós dois admiramos a vista em silêncio. Então, ele envolve minha cintura com os braços e enterra o nariz nos meus cabelos, inspirando profundamente. Com seu peito firme pressionado em minhas costas e braços fortes me envolvendo, é fácil deixar minha cabeça se apoiar nele e relaxar.

— Isso é bom — digo, soltando uma respiração profunda que alivia alguns dos meus medos.

— É, sim.

Ficamos quietos por vários minutos, desfrutando da vista e relaxando. Eu provavelmente deveria ter permanecido assim, mas às vezes a minha mente viaja e me faz emitir palavras antes que eu possa filtrá-las.

— Apenas uma noite. Isso significa que na semana que vem você já estará com outra pessoa?

— Você vai? — ele pergunta em um tom ríspido. Claro que vou. Ele sabe disso. Voltarei a sair com outro homem amanhã, com quem existe a possibilidade de, em breve, eu ter um encontro a sós que durará a noite inteira.

— Isso não é uma resposta.

— O que você quer que eu diga, Kate? Que vou ficar em celibato enquanto espero você terminar de namorar outro homem?

Viro de frente para ele. Pensar em Cooper com outra mulher me deixa louca. Então, canalizo tudo o que estou sentindo e me penduro nele, agarrando-o pelo pescoço e puxando-o para um beijo ao mesmo tempo em que me impulsiono e envolvo sua cintura com minhas pernas.

Nossa paixão inflama rapidamente, transformando um ciúme furioso, frustrado e confuso em uma bola de fogo que queima em um beijo ardente. Ele me puxa para si com a mesma força com que me pressiono a ele, até nossos corpos quase se fundirem. Ele agarra e aperta minha bunda com uma das mãos, enquanto a outra manuseia minha cabeça para a posição que ele quer para poder devorar minha boca. Posso ter iniciado o beijo, mas não há dúvidas sobre quem realmente assume o controle.

Eu só percebo que ele começa a andar pelo apartamento, seguindo pelo longo corredor até seu quarto, quando nos separamos em busca de ar.

— Por que fez isso? — ele pergunta em uma voz rouca de desejo. Estamos os dois ofegantes.

— Não quero perder mais tempo. Só tenho algumas horas para te deixar exausto o suficiente para que fique inútil para qualquer outra mulher por seis semanas.

Cooper joga a cabeça para trás, rindo. Ele acha engraçado o fato de eu estar projetando suas promessas superlativas. Quando chegamos à cama, ele se inclina para frente e me deita no colchão delicadamente. A diversão dançando em seus olhos se transforma rapidamente em algo mais tempestuoso quando ele se endireita e me observa deitada em sua cama.

Cooper se junta a mim, pairando seu corpo sobre o meu com as mãos apoiadas no colchão sustentando seu peso, e pressiona seus lábios gentilmente em minha clavícula exposta. Ele percorre minha pele com beijos subindo para o meu pescoço, alternando mordiscadas leves com carícias suaves. Quando ele chega à minha orelha, as mordiscadas e os beijos se intensificam, se transformando em mordidas e chupadas.

Sua mão começa a percorrer meu corpo, apreciando minhas curvas ao descer aos poucos. Ele demora um pouco na barra da minha saia antes de deslizar a mão por baixo dela. Um gemido escapa dos meus lábios quando seus dedos me acariciam por cima da renda da minha calcinha.

— Você está tão molhada. Consigo sentir sem ao menos enfiar meus dedos em você. — Ele encontra meu clitóris facilmente e começa a massageá-lo para cima e para baixo. — Primeiro, eu vou te foder com meus dedos. Porque quero olhar para você quando te fizer gozar pela primeira vez.

Puta merda. Meu corpo já está a meio caminho andado só por ouvi-lo dizer *"vou te foder com meus dedos"*. Sério, sinto uma vibração pré-orgástica percorrendo meu corpo. Talvez eu não consiga passar da primeira estocada dos seus dedos.

Ele coloca a mão dentro da minha calcinha.

— Olhe para mim. — Sua voz é gutural e incrivelmente masculina. — E depois, eu vou te chupar até você gritar o meu nome.

Ele mergulha um dedo dentro de mim. Fecho os olhos. Faz muito tempo. Tempo demais, mas, de repente, fico feliz por ter passado todo esse tempo em uma seca autoimposta.

— Você é tão apertada — ele geme. — Minha nossa, Kate.

Ele move o dedo lentamente, deslizando para dentro e para fora. Ao sentir meu corpo se render, ele retira completamente o dedo e, em seguida, me penetra novamente com dois dedos. Algumas estocadas e meu corpo o aceita gananciosamente, fazendo minhas costas se arquearem conforme meu clímax se aproxima.

Cobrindo meu clitóris com seu polegar, ele rosna quando solto um gemido de prazer desinibido. Seus olhos se incendeiam de desejo e nossos olhares se prendem um no outro. Preciso reunir toda a minha força de vontade para não fechar meus olhos enquanto as ondas extasiantes do orgasmo percorrem meu corpo. Meus quadris se contorcem no ritmo das ondas da sensação, como uma montanha-russa da explosão à euforia.

A voz rouca de Cooper murmura alguma coisa, mas as palavras soam incoerentes para mim diante do som do meu coração martelando alucinadamente. O restante das minhas roupas são descartadas rapidamente, e só fico ciente do que ele está fazendo quando o sinto me puxando para a beira da cama.

Ele se ajoelha e, com minha bunda apoiada na beirada da cama, separa minhas pernas trêmulas e antes que eu possa protestar, sua boca está em mim. Minha tentativa fraca e inútil de afastá-lo é vencida rapidamente quando sua língua encontra meu clitóris. *Meu Deus. O homem conseguiu me excitar de novo dentro de trinta segundos.*

Desisto dos meus esforços para impedi-lo e infiltro meus dedos em seus cabelos para puxá-lo para mais perto enquanto ele me lambe avidamente, rendendo-me à sua boca habilidosa. Meu corpo estremece quando sua língua mergulha em mim, provocando um gemido descarado conforme meu segundo orgasmo se aproxima rapidamente. Ele separa minhas coxas ainda mais, sua boca lambendo e chupando, sua língua excitando meu clitóris inchado furiosamente até que explodo novamente, dessa vez ofegando seu nome.

Acho que devo ter perdido a noção de mundo por alguns instantes entre o orgasmo número dois e o momento em que ele me reposiciona no centro da sua divina cama king-size. Mas então, finalmente registro olhos verdes exuberantes preenchidos com girassóis dourados me encarando, enquanto seu pau rígido pulsa próximo à minha entrada sensível.

— Erga os braços — ele diz em uma voz firme, porém tensa.

Meus olhos pesados demonstram minha confusão.

— Segure a cabeceira da cama com as duas mãos.

— Mas...

— Segure, Kate.

Ergo meus braços, buscando a cabeceira de ferro. É fria, mas fecho minhas palmas em torno do metal cilíndrico e aperto com força.

Cooper ergue ligeiramente a cabeça, admirando o cenário completo:

eu debaixo dele, extasiada e vulnerável.

— Linda — ele murmura no meu ouvido. — Não solte.

Faço que sim com a cabeça, incapaz de formular palavras, sentindo seu hálito quente espalhar um calor por todo o meu corpo. Ele lambe a concha da minha orelha e, em seguida, passa a língua pelo meu pescoço, seguindo um caminho até meu mamilo enrijecido. Ele chupa com força antes de mordê-los, soltando apenas quando choramingo. Depois, ele espalha beijos carinhosos nos bicos inchados que acabou de atacar, aliviando-os.

Ele venera meu corpo sem pressa, esfregando seu comprimento em mim, me provocando sem piedade. Mesmo depois de dois orgasmos poderosos, ele consegue me fazer entrar em frenesi mais uma vez. Em determinado momento, não consigo mais me conter e estendo uma das mãos para baixo, desesperada para sentir sua ereção dura e grossa.

— Coloque-a de volta na cabeceira — ele rosna, impedindo-me antes que eu consiga tocá-lo.

— Mas eu quero...

— Não solte de novo — alerta, interrompendo-me e ignorando minha súplica.

Sério? Tenho certeza de que não vou conseguir manter as mãos longe dele. Cada centímetro do seu corpo ridiculamente tonificado está chamando meu nome, e seu pau é a parte que mais está me incitando.

— Acho que não consigo fazer isso.

Minha honestidade é recompensada com um sorriso perverso. Seu ego, já enorme o suficiente, acaba de atingir outra estratosfera. Com uma das mãos, ele coloca uma camisinha. Sabendo que meus olhos estão vidrados na maneira como seus dedos envolvem seu membro, ele deixa a mão ali por alguns instantes, acariciando-se para cima e para baixo bem devagar.

— Me diga do que precisa, e eu te dou.

— Eu quero te tocar.

— O que você quer tocar, Kate?

Estou deitada toda aberta debaixo desse homem, e ainda assim, fico com vergonha de dizer as palavras.

— Você sabe. — Meu rosto esquenta.

— Ora, ora, Kate. — Ele aproxima a boca da minha orelha enquanto massageia meus seios, provocando meus mamilos sensíveis. Cada movimento envia uma onda de prazer por meus nervos. Consigo sentir até mesmo nos dedos dos pés. — Uma mulher de língua tão afiada não gosta de falar sacanagem?

— Você está tentando me torturar.

— Me diga o que quer.

— Você. — Eu me contorço sob ele.

— Diga. Diga o que quer. O que estava tentando tocar.

Ele me surpreende ao me penetrar com dois dedos novamente. Meu corpo se contrai em torno deles.

— É isso que você quer? Meus dedos dentro de você? — Ele os movimenta para dentro e para fora, mas isso não satisfaz o desejo que sinto. Preciso de mais.

Balanço a cabeça.

— Então me diga — ele sussurra, aumentando a velocidade das estocadas de seus dedos.

— Por favor — gemo.

— Por favor o quê? — Ele chupa a pele sensível logo abaixo da minha orelha.

— Você sabe — grunho, enquanto seu toque habilidoso me deixa sem fôlego.

— Diga. — Sua voz rouca e tensa ao pé do meu ouvido me faz estremecer. Eu faria ou diria qualquer coisa para que ele me desse o que eu preciso.

— Seu pau. Por favor. Eu quero o seu pau dentro de mim.

Uma centelha de satisfação masculina e viril surge em seu rosto, mas uma sombra acaba ofuscando seu ego, transformando-se em uma possessividade obscura. Ele cerra a mandíbula com força e tira uma das minhas mãos da cabeceira, levando-a até sua boca. Ele a beija delicadamente e, em seguida, a coloca de volta onde estava.

Arfo audivelmente quando ele me penetra de uma vez, dando-me o que preciso desesperadamente.

— Ai, Deus — ofego, meu corpo se contorcendo diante da invasão bruta.

Ele é tão grosso que é quase uma luta acomodar sua largura. Se eu não estivesse encharcada o suficiente, recebê-lo tão fundo assim talvez caísse do outro lado da linha tênue que separa dor e prazer.

Ele espera meu corpo se ajustar e, então, começa a se mover, atingindo lugares dentro de mim que me fazem encontrar o êxtase como se fizesse isso desde sempre, não como se fosse a primeira vez. Não demora muito até ele arrancar mais um orgasmo do meu corpo faminto. E depois que isso acontece, ele geme e suas estocadas se intensificam, chegando ao ritmo deliciosamente voraz pelo qual meu corpo tanto ansiava.

Em algum momento após nossas peripécias, em meio a beijos que parecem ser muito mais do que apenas beijos, percebo por que sinto um alívio tão marcante. Não foi por causa das horas de preliminares antes do ápice. Estive esperando por esse momento desde o instante em que o conheci.

Acordo com o som distante da voz de Cooper em outro cômodo. Ele está ao telefone, então consigo escutar apenas um lado da conversa. Mesmo assim, isso me faz sorrir. Ele está bradando ordens para alguém, sua voz cheia de autoridade, e não deixa dúvidas quanto a quem é o chefe. Assim como não houve dúvidas ontem à noite. O homem assume o controle, é indiscutivelmente um macho alfa. Contudo, há algo diferente nele. Algo que falta em outros homens autoritários, que faz uma enorme diferença. Pode parecer que Cooper arranca o controle de mim, mas ele nunca o faria a menos que eu entregasse de bom grado. Eu nunca soube que permitir que outra pessoa assuma o controle podia me fazer sentir tão poderosa e livre ao mesmo tempo.

Pego a camisa social que ele estava usando ontem do chão, visto-a de modo que me cubra o suficiente e saio em busca de sua voz.

— Ele tem até às cinco para decidir. Depois disso, daremos continuidade e iremos na segunda escolha.

Cooper está usando apenas uma calça de flanela, sem camisa. Está de costas para mim, mas logo se vira, sentindo minha presença, embora eu não faça barulho algum com meus pés descalços. Ele desce o olhar por meu corpo, em seguida sobe sem pressa nenhuma por minhas pernas nuas e se demora um pouco em meus seios pouco cobertos pela camisa mal fechada. Fechei apenas um botão. Com um sorriso, ele movimenta o dedo, pedindo que eu me aproxime. Reviro os olhos de maneira dramática, mas vou até ele mesmo assim, gostando bastante da forma como ele observa cada passo meu atentamente.

— Apenas me avise até às cinco. — Ele encerra a ligação sem ao menos se despedir e joga o celular sobre a bancada de granito. — Gostei da sua camisa. — Ele me envolve em seus braços.

— Obrigada. Café?

— Já fiz. — Ele beija minha testa e me conduz até a bancada, onde me sento enquanto ele me serve uma caneca fumegante. — Dormiu bem? —

Encostando-se à bancada, ele me observa por cima da borda de sua caneca.

— Como um bebê. Apaguei mesmo.

— Eu sei. Estou de pé há duas horas.

— Que horas são?

— Oito.

— Você dormiu bem?

— Melhor noite de sono que tive nos últimos tempos. — Ele sorri. É um sorriso genuíno, que o faz parecer tão jovem.

— Trabalhando tão cedo em um sábado? — Tomo um gole de café.

— Tinha algumas pontas soltas para consertar. Queria terminar de fazer tudo antes de você acordar. A que horas você vira abóbora?

Meu sorriso murcha.

— Tenho que estar no set às três.

— Termine o seu café. — Ele esvazia sua caneca e se aproxima de mim. — Está dolorida?

— Não muito.

Estou um pouco sensível, mas guardo esta parte para mim.

— Vamos dar um jeito nisso. Quero que você me sinta por seis semanas.

CAPÍTULO DEZESSEIS

COOPER

Geralmente, após passar a noite com uma mulher, já fico ansioso para que ela vá embora na manhã seguinte. Não abordo isso de forma rude ou indelicada, mas admito que prefiro dormir com alguém durante a semana. Nada de tempo livre no dia seguinte para gentilezas forçadas pós-coito. Não é que eu não goste da companhia de uma mulher fora do quarto, porque gosto, mas geralmente, prefiro que esse momento aconteça *antes* do sexo, ao invés de depois.

— O almoço deve chegar a qualquer momento — digo no momento em que Kate sai do banheiro, com os cabelos molhados e o rosto livre de maquiagem. Ela fica ainda mais linda a cada vez que a olho.

Checo o relógio novamente, cheio de receio ao ver os minutos passando tão rápido. Por que a primeira mulher com quem eu quero passar o fim de semana inteiro fazendo nada também é a que tem um cronômetro pronto para expirar a qualquer momento?

— Ótimo. — Ela dá uma conferida em seu relógio e, em seguida, olha para mim. Seu rosto demonstra o mesmo pavor que sinto em relação ao tempo passando.

— Eu vou levar você até o seu carro depois do almoço.

Ela morde o lábio inferior.

— Você se importa de me deixar em casa? Preciso pegar a minha mochila.

— Mochila?

— Vamos ficar na casa por algumas noites.

Tento não deixar suas palavras me afetarem, mas falho miseravelmente. Minha expressão enrijece. Cerro a mandíbula e fico abrindo e fechando os punhos.

— Desculpe — ela pede. E parece ser sincera.

Estranhamente, a raiva não me faz querer me afastar dela. Em vez disso, sinto uma vontade feroz de fodê-la com força de novo. Não sou ignorante. Estou ciente de que deve ser o desejo primitivo de marcar o meu território da maneira mais gritante que conheço. Mas isso não faz com que seja menos real.

O interfone toca, salvando-me de mim mesmo. Vou até a porta e aperto o botão. A voz de Lou retumba pelo alto-falante.

— O senhor tem visita, sr. Montgomery.

— É o almoço que pedi. Pode mandar subir, Lou. Obrigado.

— Hã... não é o seu almoço. Bem, a menos que a srta. Laroix esteja com ele na bolsa.

Merda. Essa mulher não se toca. Olho para Kate, que ergue as sobrancelhas, mas permanece calada.

— Você pode, por favor, dizer que ela precisa ligar para o meu escritório e marcar um horário?

— Está bem. Mas ela não gosta quando eu peço que vá embora.

Isso não parece impedi-la.

— Só faça isso, Lou. — Solto o botão do interfone, bufando.

— Posso pegar um táxi se você tiver negócios a tratar — Kate diz, com uma pontada de suspeita em seu tom.

— Não tenho mais negócios para tratar com ela.

— Ah.

— Eu não quis dizer que a visita dela era pessoal. Quis dizer que não sei por que ela veio.

— Tudo bem. — Kate tenta soar casual. — Não é da minha conta.

— Nós acabamos de passar a noite juntos e o motivo para ela estar aqui não é da sua conta?

Porra, meu tom saiu defensivo.

— Desculpe. Eu quis dizer... bom, não sei o que eu quis dizer. Acho que quis dizer que não tenho direito algum de questionar o que você está fazendo quando vou voltar para o Flynn.

Ouvir o nome dele sair dos seus lábios me machuca, mas em forma de raiva.

— Vou me vestir para te levar *de volta para o Flynn*. — Bato a porta do meu quarto com um pouco de força extra.

O silêncio durante o caminho até seu apartamento é ensurdecedor. Tem um monte de coisas que eu gostaria de dizer, mas de que adiantaria? Ontem à noite foi o que foi. Uma noite. Seis semanas é muito tempo, e quem sabe onde nós dois estaremos depois disso. Eu deveria estar conformado com uma noite de *apenas sexo*. Eu provavelmente até precisava de uma, mesmo.

— Olha... — Nós dois começamos a falar ao mesmo tempo quando estaciono em frente ao seu prédio. — Pode falar primeiro — digo.

— Eu só ia pedir desculpas.

— Eu também.

— Não sei mais o que dizer. Se as coisas fossem diferentes...

— Tudo bem.

Ela se aproxima e dá um beijo suave na minha bochecha.

— Adorei a noite passada.

— Eu também. Espero que não se importe se eu não te desejar boa sorte no seu programa.

Ela sorri. Saio do carro, dou a volta e abro a porta do passageiro, oferecendo minha mão para ajudá-la a descer, embora seja a última coisa que quero fazer. Puxo-a para mim e a envolvo em um abraço firme, nós dois em completo silêncio.

— Você pode me soltar primeiro? Por favor. Não consigo fazer isso. — A tensão em sua voz é tão real.

Por mais que eu não queira deixá-la ir, o ímpeto de facilitar as coisas para ela vence. Dou um beijo no topo da sua cabeça e a solto.

Nem um pouco pronto para deixá-la desaparecer, fico olhando-a se afastar até sumir de vista. Uma parte irracional de mim quer sair correndo atrás dela. Dar a ela o dinheiro que precisa, embora eu não faça ideia de por que ela precisa tanto.

Sentindo minha paciência se esgotar, ligo para Damian Fry a caminho de casa e vocifero que ele tem vinte e quatro horas para colocar o relatório que pedi na minha mesa.

CAPÍTULO DEZESSETE

KATE

Me remexo no sofá, procurando a melhor posição para me apoiar, e sorrio internamente, pensando em Cooper. *Não estou me conformando. Estou marcando o meu território. Vou te mandar de volta para ele amanhã, se é isso que você quer. Mas você não vai conseguir sentar sem pensar em mim por uma semana inteira. Toda vez que você se sentar, vai se lembrar da sensação de me ter enterrado bem fundo em você.* Meus braços se enchem de arrepios só de pensar nas palavras dele.

Faz dois dias. Ele não estava brincando quando disse que me faria senti-lo por uma semana toda vez que me sentasse. Meu corpo está dolorido, mas de um jeito bom, diferente da dor no meu peito que me deixa melancólica o tempo todo.

— O que você tem? — Ava pergunta, sentando-se ao meu lado.

Não sei se eu ainda estaria aqui se não fosse por ela. Com a seleção das quatro finalistas a menos de uma semana de acontecer, o clima que antes já era hostil tem ficado perverso. Uma das garotas me empurrou com o ombro esta tarde quando eu estava saindo do banheiro. Ela fingiu que foi um acidente, mas seu sorriso malvado discreto quando caí de bunda no chão me deu a certeza de que foi intencional.

— Nada. Só estou cansada. Acho que posso estar ficando doente.

— Pela sua cara, parece que alguém matou o seu cachorro.

— Valeu. Devo estar tão atraente.

— Por nada. Disponha. — Ela abre um sorriso divertido. — Pelo menos Flynn não vai ter que olhar para você no quarto escuro.

— Quem inventa esses desafios, afinal?

O desafio de hoje é um teste para ver o quanto Flynn está *em sintonia* com as concorrentes. Daqui a pouco, ele estará sozinho, sentado em uma cadeira, em um quarto completamente escuro. Cada candidata terá cinco minutos para visitá-lo, e não será permitido falar nem emitir qualquer tipo de som. Ele deve identificar cada uma sem ouvi-la. *Tocar* está permitido, é claro. Qualquer candidata que fizer o menor barulho que seja será desclassificada. A mulher que Flynn conseguir identificar em menos tempo ganhará o encontro a sós com ele de amanhã. Meu palpite é que Miles esteve envolvido na hora de criar esse desafio.

— Em quanto tempo você acha que a Jessica consegue fazê-lo passar a mão nela? — Ava pergunta.

— Dezoito segundos.

Ela ergue as sobrancelhas de uma vez.

— Dezoito segundos? Isso é bem específico.

— Sou boa nessas coisas. — Dou de ombros. — Quer apostar?

— Acho que você tem um vício em apostas.

— Está com medinho?

— O que vamos apostar?

— Você vai ter que usar a minha camiseta dos Chargers.

— Isso é crueldade. É melhor você não alargar minha camiseta dos Raiders se perder.

Olho para seus seios e abro um sorriso cínico.

— A sua camiseta é a única que eu poderia alargar nessa casa de amigas do peito.

Todos nos juntamos na sala de exibição para assistir à primeira candidata no quarto escuro. A câmera captura as imagens em infravermelho, o que faz os olhos azul-claros de Flynn parecerem pertencer a um jaguar caçando sua presa na calada da noite. Ele está segurando uma pequena caixa quadrada com botões que irão registrar eletronicamente qual das mulheres ele acha que está no quarto, assim como o tempo que leva para formular seu palpite.

Mercedes, a primeira candidata, entra e fecha a porta. Merda, não pensei em adereços. Ela está usando uma fantasia de enfermeira safada. O uniforme com zíper frontal deixa suas nádegas um pouco à mostra na parte de baixo e, para completar, está com um estetoscópio em volta do pescoço e uma tiara de enfermeira no topo de seus cabelos propositalmente sensuais.

Ao ouvir a porta se fechar, Flynn vira a cabeça na direção do som.

— Estou aqui — ele diz. Mercedes caminha devagar até ele, os cliques de seus sapatos de salto de doze centímetros ecoando pelo chão de azulejo. Ela para a alguns passos de distância dele, sem saber direito para onde ir.

Flynn começa a cantarolar suavemente, e o som da sua voz se torna a luz que a guia naquela escuridão. Ela continua indo em direção a ele devagar, até que suas pernas se chocam nos joelhos dele, que fica de pé. Todas ficamos vidradas na tela por alguns minutos, assistindo fascinados ao modo como ele a toca. Ele se curva um pouco e começa por baixo, correndo as mãos lentamente desde as pontas dos dedos dos pés dela até o topo da cabeça. De alguma forma, ele evita ser obsceno demais, deslizando as palmas pelas laterais do corpo dela para não tocar seus seios ou a curva da sua bunda. O jeito como ele movimenta as mãos é incrivelmente sedutor. Algumas das garotas que estão assistindo prendem a respiração junto com Mercedes conforme ele a acaricia enquanto cantarola algo sexy. Por fim, antes do tempo acabar, ele para e aperta um botão. A porta se abre novamente e Mercedes é levada para fora do quarto escuro.

As últimas três candidatas a irem são Ava, Jessica e depois, eu. Ava volta se abanando depois que termina.

— Sério. Aquilo foi incrivelmente erótico.

— Faz um tempinho desde que você foi apalpada, hein? — brinco. Mas imagino que ela tenha razão mesmo. É bem erótico de assistir.

— Mal posso esperar até você ir. Você vai ver. Alguma coisa acontece quando você entra em um quarto silencioso escuro como a noite e as mãos de um homem te tocam inteira. Um homem que você *sabe* que é sexy.

Nossa conversa acaba se perdendo, porque nós duas ficamos boquiabertas quando a porta se abre e Jessica entra. Ela está usando um biquíni. O mesmo biquíni minúsculo do último desafio. Só que, dessa vez, ela está usando uma calcinha fio-dental em vez de um short curtinho. Ela fecha a porta e, sem perder tempo, vai até Flynn conforme a voz dele indica a direção pela qual ela deve seguir.

Flynn fica de pé e estende as mãos para pousá-las no quadril dela, encontrando sua pele nua. Em vez de começar por baixo, como fez com todas as outras candidatas, suas mãos serpenteiam para as costas dela e descem, encontrando sua bunda completamente exposta. De forma abrupta, ele torna a se sentar e aperta um botão.

— Você vai ficar linda na minha camiseta — me gabo baixinho para Ava ao seguir para a porta, onde estão me chamando para me preparar para a minha vez.

O happy hour de hoje é a mistura de sempre: um grupinho de garotas malvadas em um lado do salão, e Ava e eu no outro. As coisas ficarão bem solitárias para uma de nós quando a outra for eliminada. Sempre fomos gentis com Jessica e sua panelinha, eu nem ao menos sei o que fiz para afastá-las, mas a animosidade delas em relação a mim parece crescer a cada dia que passa.

— Vocês estão maravilhosas, como sempre. — Flynn se aproxima do local onde Ava e eu estamos e oferece uma taça de vinho para cada uma.

— Obrigada. Você também está lindo. Pelo menos agora posso ver como você está. — Sorrio e tomo um gole do vinho.

— Eu sempre consigo ver como você está, Kate. Até mesmo no escuro. Está tudo aqui. — Flynn toca sua têmpora com um sorriso malicioso. — Então, o que acham? Algum palpite sobre quem vai ganhar?

— Jessica — Ava e eu respondemos em uníssono.

Flynn sorri e, no mesmo instante, o sinal sonoro já familiar chama nossa atenção. Está na hora de fazer algum tipo de anúncio. Nós três seguimos para o centro do salão, onde o apresentador, Ryan, está esperando. Assim que estamos todos juntos, uma televisão surge.

— Senhoritas. Todas puderam assistir a um pouco do desafio de hoje. Mas o que não puderam assistir foi o seu próprio tempo com Flynn. Esta noite, cada uma de vocês assistirá ao seu momento no quarto escuro. Em particular. Com o Flynn. Acrescentamos algumas coisas na parte de baixo da tela para o deleite visual de vocês. No canto inferior esquerdo, vocês verão um relógio em que o tempo continuará passando até Flynn dar seu palpite em relação a qual candidata está no quarto com ele no momento. Mas vocês terão a oportunidade de assistir aos cinco minutos completos que passaram com seu namorado. Entretanto, não descobrirão se Flynn as identificou corretamente. Em vez disso, após terminarem de assistir a seus respectivos vídeos, receberão um cartão com o tempo de vocês para apresentarem na cerimônia do desafio de hoje. Em seguida, Flynn entregará uma flor para cada candidata que identificou corretamente. Dentre as candidatas que receberem as flores, a que tiver o menor tempo em seu cartão será a sortuda vencedora do *último*, e muito romântico, encontro a sós amanhã à noite.

O salão é preenchido pelo som do falatório que se inicia.

— Ok, senhoritas. Vamos começar. Mercedes, que tal se juntar a Flynn no outro cômodo e ser a primeira a assistir ao seu vídeo?

Jessica dá um gritinho ao retornar para o grupo depois de assistir à exibição do seu vídeo. Ela ergue seu cartão, balançando-o orgulhosamente acima da cabeça. Números em uma fonte enorme em negrito anunciam o quão facilmente identificável ela é, mesmo no escuro. Dezoito segundos. Caramba, mandei bem.

— Acho que tenho um boné que combina com a sua camiseta — sussurro para Ava antes de seguir para o local onde estão sendo feitas as exibições.

Flynn me beija na bochecha e dá tapinhas no assento da namoradeira para que eu me acomode ao seu lado. Embora tenha provavelmente agido dessa mesma forma quatro vezes antes de eu entrar pela porta, ele consegue me fazer sentir que somente eu recebo essa atenção especial.

Usando um controle remoto, ele diminui as luzes do cômodo, passa o braço em volta do meu ombro e me aconchega bem perto de si no momento em que o vídeo começa.

Na tela, estou hesitante ao fechar a porta. Foi difícil me ajustar à completa escuridão, mas esse não era o motivo da minha incerteza. Eu estava mais apreensiva em relação ao homem na cadeira e o que eu sentiria com suas mãos em mim. Sua voz divertida me reconfortou rapidamente com duas simples palavras: "Quer dançar?". Lembro-me de pensar que não tinha como ele saber que era eu, embora suas palavras tenham me feito sentir que ele sabia, sim.

Assisto com atenção, sentindo-me um pouco voyeur, mesmo que seja eu ali. Caminho até Flynn, sua voz me guiando ao cantarolar uma canção. A mesma música que ele cantou para mim na noite em que me convidou para dançar na sacada. Na tela, sorrio e sigo em direção ao local onde ele está sentado. Nossos joelhos se chocam levemente quando o alcanço, e lembro-me de recuperar meu equilíbrio quando começo a me inclinar para frente, pensando que acabaria caindo em seu colo. Mas é o que acontece a seguir que não lembro. Antes mesmo de me tocar, Flynn sorri e aperta um botão. O relógio para em dezoito segundos.

Remexo-me um pouco no sofá quando as mãos de Flynn começam nos meus tornozelos e sobem lentamente pelo meu corpo. Ele é um cavalheiro. Bom, pelo menos tão cavalheiro quanto qualquer um pode ser enquanto apalpa uma mulher no escuro com uma câmera filmando tudo. Mas minhas palmas começam a suar quando ele chega ao meu quadril. Na tela, suas mãos deslizam por minha cintura e começam a subir mais. Ao chegar às laterais dos meus seios, a canção que ele estava cantarolando baixinho para de repente, no mesmo instante em que o microfone captura um ofegar distinto em minha respiração.

Flynn vira o rosto para me observar enquanto assisto a nós dois na tela. Ele sabe que seu toque me afetou.

A tensão no ar está palpável. Ainda bem que a cerimônia não é na cozinha, porque me parece que Jessica não se importaria em me fatiar toda e fazer um sanduíche de Kate que ela pudesse mastigar e cuspir. Mas então, Flynn surge e as adagas em seus olhos suavizam miraculosamente ao mesmo tempo em que ela joga suas madeixas loiras para trás. A garota poderia ser atriz.

— Senhoritas, lamento dizer que não gabaritei a competição de hoje. Não consegui identificar corretamente duas mulheres. E, por isso, peço desculpas a elas.

Ryan, o apresentador, interrompe:

— As flores que Flynn está prestes a distribuir foram escolhidas por ele especificamente para cada mulher. Infelizmente, somente quatro flores serão distribuídas.

No movimento mais dramático que consegue realizar, Ryan remove duas flores da mesa: uma rosa vermelha séria e tradicional e uma margarida delicada.

Ao entregar as primeiras três flores, Flynn explica seus motivos para selecionar cada uma, prendendo a flor atrás da orelha de cada uma das candidatas. Sobra apenas um copo-de-leite, embora ainda restem três candidatas sem flores: Jessica, Ava e eu. Jessica e eu temos o menor tempo, então a que receber a flor ganhará o encontro.

— O copo-de-leite simboliza pureza e inocência, por isso é usada frequentemente para celebrar casamentos — Flynn começa. — Eu não diria que essa linda moça é inocente, porém pensei nela assim que vi a flor. — Ele pausa por um momento. — Kate, esta flor é para você.

Não terei como evitar um tempo sozinha com ele amanhã no nosso encontro a sós.

CAPÍTULO DEZOITO

COOPER

Stephen Blake é um superagente de Hollywood. É o cara que dispensa clientes que recebem cinco milhões por filme só porque não gosta da personalidade do ator. Se gostar de um ator fosse mesmo um pré-requisito para agentes de Hollywood, tenho quase certeza de que a maioria deles não teria representação.

— Miriam, que bom te ver. Ainda está fazendo todo o trabalho e deixando Stephen levar o crédito? — Inclino-me e dou um beijo na bochecha de Miriam Blake ao chegar à mesa onde os dois já estão sentados. Antes mesmo de me sentar, percebo que há quatro lugares postos.

— Ele continua se recusando a colocar o meu nome no logo, mesmo que eu tenha fechado mais acordos do que ele no último ano. — Miriam revira os olhos para seu marido. Toda vez que encontro os dois, coloco lenha na fogueira tocando nesse assunto.

— O seu nome está no logo. *Blake*. É o seu nome, não é?

— Agência Stephen Blake *não* é o meu nome. Deveria ser Blake e Blake. Não é, Cooper?

— Claro, Miriam.

Stephen faz um gesto vago com a mão para mim diante do encorajamento que dou à sua esposa. Os dois são parceiros de negócios há trinta anos e casados há vinte e nove. E Miriam é prima da minha mãe.

— Então... eu convidei uma pessoa para se juntar a nós.

Claro que convidou. Ela sempre convida. Não importa quantas vezes eu recuse seus serviços de cupido.

— Uma pessoa?

— Sim, uma amiga — ela responde, como se eu não soubesse de antemão que ela ia trazer uma mulher esta noite. Ela é tão focada em me juntar com alguém que não sei se o meu pai pediu mesmo a ela que se certificasse de que eu me casasse ou se apenas usa essa desculpa para que eu não me oponha. De um jeito ou de outro, é impossível dizer não para Miriam Blake, mesmo quando você realmente diz não para ela.

Alguns minutos depois, uma mulher chega à nossa mesa, apreensiva.

— Alexandra, querida — Miriam a cumprimenta quando todos nos levantamos. Ela é estonteante. Cabelo em um tom rico de mogno, pele de porcelana impecável, nariz retinho, lábios cheios e olhos tão claros que preciso checar mais de uma vez para ver se são de verdade ou lentes de contato. — Cooper, esta é Alexandra Sawyer. Ela acabou de assinar um contrato com a nossa empresa. Mais um dos *meus* achados brilhantes.

Stephen ignora sua provocação, erguendo sua taça e balançando a pedra de gelo dentro dela em direção a um garçom que está passando.

— Prazer em conhecê-la, Alexandra. — Puxo a cadeira para ela.

Miriam não perde tempo com conversa fiada e parte logo para o ataque. Ela começa a narrar o currículo de Alexandra de maneira bem agressiva: ela se mudou da Grécia para a Califórnia, fala quatro idiomas fluentemente, se formou na prestigiosa Guildhall School em Londres...

— E está solteira. Imagine só! — Miriam é uma agente; fazer rodeios não é seu ponto forte. Ela dá uma piscadela para nós dois.

Alexandra definitivamente está na cidade há pouco tempo. Ela chega a ruborizar quando se dá conta do que Miriam está insinuando de maneira quase nada sutil. Estou tão acostumado à brusquidão dessa cidade que às vezes me esqueço do quanto isso pode ser indelicado. Mas suas bochechas coradas a fazem parecer uma pessoa real.

— Ignore-a. Ela tem a sutileza de uma britadeira — sussurro quando Miriam pede licença para atender uma ligação. — Você gostaria de uma taça de vinho? Aposto que vai precisar com esses dois.

Conversamos durante as bebidas e o jantar por mais de duas horas. Miriam já tentou me juntar com alguém dezenas de vezes, mas nunca com uma mulher como essa. Alexandra é inteligente, linda, equilibrada... a lista de adjetivos positivos para descrevê-la é imensa. Então, por que estou mais interessado em falar de negócios com Stephen do que em conhecer melhor essa mulher deslumbrante e *disponível*?

— Sabe, Alexandra acabou de fechar um contrato como repórter para a Fox — Miriam diz na tentativa de quebrar a discussão sobre negócios que Stephen e eu estamos tendo.

— Que ótimo. Qual programa? — indago. Eu tinha presumido que ela era atriz.

— Entertainment Fashion Files. Farei reportagens noturnas sobre moda.

— Meus parabéns.

— Havia três emissoras querendo fechar com ela. Aceitamos um contrato curto. Sabemos que ela está destinada a coisas maiores — Miriam acrescenta orgulhosamente.

Assinto e sorrio educadamente. A conversa cai em um silêncio desconfortável por um momento, então tento fingir interesse, mesmo que, na verdade, o que mais queira seja pedir a conta para o próximo garçom que passar.

— De qual projeto você participou antes desse?

— Um reality show — ela responde timidamente.

— Qual?

— *Mr. Right.*

— Esse é um dos que Miles produziu? — pergunto para Miriam. Não consigo mais acompanhar os reality shows que ele produz. Bem, exceto por um pelo qual eu posso ou não estar um pouco obcecado.

— Não. Era em um canal a cabo.

— O solteiro era um cara legal? — A curiosidade me vence.

— Bom, no programa, ele era. Pelo menos, eu achava que sim.

— Mas ele não era, então? — Viu só? Eu sabia que o meu primeiro instinto estava correto. Flynn é um babaca.

— É muito difícil ver uma pessoa como ela realmente é naquele ambiente. Você vê o que eles querem que você veja.

— O que eles queriam que você visse?

— Um cara maravilhoso.

— Era um programa em que as mulheres eram eliminadas?

— Não são todos assim? — Ela abre um sorriso conformado.

— É, acho que sim. — O garçom nos interrompe e eu finalmente tenho a chance de pedir a conta, mas essa conversa definitivamente começou a prender minha atenção. — Quanto tempo você ficou no programa?

— Até o final.

— Você foi a vencedora?

— Se é que dá para chamar assim.

— Vocês duraram quanto tempo?

— Eu descobri que ele estava transando com a figurinista um dia após a final.

— Sinto muito.

— Obrigada. Mas tudo bem. Isso me abriu portas. Só me sinto um pouco envergonhada por ter sido tão cega. Os produtores fazem com que seja impossível não se deixar levar pelo momento. Eles criam um conto de fadas. O problema é que o príncipe se transforma em sapo, em vez do contrário.

Uma hora depois, chego em casa. Nem me dei ao trabalho de pedir o número de Alexandra. Isso fez com que a despedida fosse desconfortável, mas nunca fui do tipo que ilude as pessoas. Ela é linda, porém não é seu rosto que fico repassando em minha mente repetidas vezes. *Os produtores fazem com que seja impossível não se deixar levar pelo momento.* Suas palavras ecoam na minha cabeça ininterruptamente.

Não consigo me impedir de pegar o DVD. Está sobre a mesa de jantar desde que o porteiro o entregou para mim quando voltei da minha corrida esta manhã. Acordei pensando em Kate e achei que correr me ajudaria a clarear a mente. Não tive essa sorte.

Agora, essa porcaria maldita está me tentando. A capa etiquetada é como um ímã para os meus olhos. Fico andando pelo apartamento, tentando encontrar algo com o que me ocupar, mas não adianta. Meus olhos ficam constantemente pousando no DVD.

Após tomar um banho, acomodo-me no sofá, pego o jornal e forço minha mente a se concentrar na seção de negócios. Consigo ver a mesa pela minha visão periférica. Como uma criança incapaz de se controlar, preciso erguer o jornal para que o DVD fique fora da minha vista. Mesmo assim, leio o mesmo parágrafo três vezes.

Puta que pariu. Eu deveria mandar Miles parar de me enviar as filmagens. Mas não vou fazer isso. Porque virei um pau-mandado obcecado por uma mulher que está saindo com outro homem.

Irritado, pego-o de cima da mesa e vou para meu laptop, xingando baixinho.

O Babaca aparece na tela primeiro. Ele está sendo entrevistado sozinho pelo apresentador.

— Então, Flynn, você tem uma grande decisão a tomar em breve. Precisa escolher as quatro finalistas, e com quem terá encontros que durarão a noite inteira. Você já deve estar gostando bastante dessas garotas para escolher entre elas, a essa altura. Me diga, está tendo dificuldades com as suas escolhas? O que está passando na sua cabeça agora?

— Bom, Ryan, você tem razão. Está sendo difícil, mas acredito que não pelos motivos que você está pensando. Gosto bastante delas, sim, mas algumas delas... Bom, na verdade, uma em particular, é difícil saber em que pé ela está.

— Você não acha que os seus sentimentos estão sendo correspondidos?

— Não sei bem. É difícil dizer. Ela é incrível, mas sinto que está se segurando.

— E por que acha que isso está acontecendo?

— Essa é a parte difícil. Às vezes, sinto que não consegui me infiltrar em seu coração da mesma forma que ela se infiltrou no meu. Mas há outras vezes... em que ela se abre para mim e temos momentos incríveis juntos e eu acho que ela sente o mesmo por mim. Fico me perguntando se são as câmeras que a impedem de se entregar.

Não são as câmeras, Babaca.

— Escolha difícil. Então, como você vai decidir se ela será uma das quatro finalistas?

— Ah, essa é a única coisa da qual tenho certeza. Eu vou escolhê-la para o top quatro, sem dúvidas. Não haverá câmeras na suíte. Uma noite a sós é *exatamente* do que nós dois precisamos.

Fecho meu laptop com tanta força que a tela trinca.

CAPÍTULO DEZENOVE

KATE

A postura do cachorro olhando para baixo é, geralmente, a minha posição de yoga favorita. Com as mãos e os pés apoiados no chão para formar um V de cabeça para baixo, é uma posição que ajuda a diminuir a tensão ao alongar a cervical. Mas, hoje, não está ajudando. Só me lembra de três dias atrás, quando Cooper me curvou no chuveiro enquanto me fodia, metendo em mim sem dó e com um foco implacável.

— A sua bunda está uma maravilha. Não me admira você ter dois homens doidos para tirarem uma casquinha — Sadie diz atrás de mim. Alto.

— Shhh! — Olho para minha amiga por entre minhas pernas, que não está fazendo a posição direito. Em vez de estar olhando para seus pés, sua cabeça está erguida para frente enquanto ela olha para minha bunda diante de si.

O instrutor se aproxima de nós, balançando a cabeça para Sadie e colocando o dedo contra os lábios para pedir que ela fale baixo. Ele fica logo atrás de mim e espalma uma das mãos na minha lombar, aplicando uma leve pressão para alongar meu corpo ainda mais.

— Ótimo, Kate. Perfeito — ele diz antes de se afastar.

— Até o *yogi* quer tirar uma casquinha — Sadie sussurra, ou pelo menos tenta.

Terminamos nossa aula de hot yoga e, ensopadas de suor, vamos andando de volta para nosso apartamento, que fica a mais ou menos um quilômetro dali.

— Então, hoje será a grande noite. Último encontro a sós. Mais um passo em direção à final. E se conseguir, já terá o suficiente para começar a quitar as dívidas.

— Ser uma das finalistas e conseguir o prêmio parcial em dinheiro vai me dar um espacinho para respirar, e não tenho exatamente um plano para como consertar as coisas a longo prazo.

— Quando você vencer o programa, o dinheiro do prêmio vai ajudar muito.

— Eu não vou vencer o programa.

— Por que não?

— Porque nosso relacionamento não seguiu por essa direção. Somos amigos, parceiros.

— Mas você não disse que ele te apalpou outro dia?

— Sim, mas foi por uma competição.

— O seu coração acelerou quando ele colocou as mãos em você?

— Esse não é o ponto.

— É, sim. Você gosta desse cara. Se não tivesse conhecido o Cooper, você provavelmente sentiria algo por ele.

Suspiro.

— Talvez. Mas não posso ficar com dois caras ao mesmo tempo.

— Você não está ficando com o Cooper.

— Eu transei com ele.

— E eu transei com o nosso professor de Química na faculdade. Não significa que eu estava ficando com ele.

— Você transou com o professor Mulch? — Paro de repente.

— Me esqueci de te contar isso?

— Hã... sim, eu me lembraria de saber que você transou com o Mega Mulch.

— A curiosidade me venceu. Nós passamos dez semanas vendo aquela anaconda fazendo volume na calça dele. Eu tinha que ver.

— Ele era asqueroso.

— Não olhei para o rosto dele.

— E aí...?

— E aí, o quê? — ela pergunta, fazendo-se de acanhada.

— Era tão grande quanto o volume que passamos meses encarando?

— Maior.

— Ainda assim, ele era asqueroso.

— Ele me estragou para homens de pau pequeno.

Dei risada.

— Me esqueci completamente do que estávamos falando. Como a nossa conversa foi parar no professor Mulch?

— Eu estava provando meu argumento. Só porque você transou com alguém, não significa que está comprometida com ele.

— Eu sei, mas não me parece certo.

— Não parece certo porque você não pode brincar de tocar e sair correndo.

— Tipo brincadeira de criança? Em que você toca uma campainha e sai correndo?

— A versão adulta. Em que você toca o pau dele e depois sai correndo.

— Você precisa de ajuda.

— Eu preciso brincar de tocar um pau e sair correndo — ela brinca.

— Mas falando sério, Kate. Eu sei que você gosta do Cooper. E você sabe qual a minha opinião sobre isso. Está na hora de se colocar em primeiro lugar e encontrar um pouco de felicidade. Mas nós duas sabemos que você não vai fazer isso... não quando acha que seria às custas da sua mãe e do Kyle. Então, se não vai dar uma chance real ao Cooper, volte o seu foco para o programa. A última coisa que você precisa é ter o coração partido e não conseguir ajudar a sua família.

Solto um suspiro pesado.

— Eu sei que você tem razão.

— Sempre tenho. — Ela bate o ombro no meu.

Saímos do elevador e fico surpresa ao encontrar um homem diante da nossa porta.

— Flynn... o que você está fazendo aqui? Achei que nosso encontro seria somente à noite.

— Vai ver ele está brincando de tocar e sair correndo — Sadie murmura para que somente eu escute.

Flynn sorri para mim, percorrendo meu corpo de cima a baixo com o olhar rapidamente. Estou usando um top que deixa minha barriga à mostra e uma calça de yoga justíssima. Mas também estou toda suada e descabelada.

— Pensei em vir ver se você gostaria de ir a um pré-encontro.

— Um pré-encontro?

— Um encontro antes do nosso encontro.

— Achei que estaríamos livres até às cinco hoje.

— Estamos. Eu queria te levar para sair antes do nosso encontro hoje à noite, sabe, sem câmeras.

— Hã... eu combinei com a Sadie que a ajudaria no escritório hoje. A propósito, esta é a Sadie. — Gesticulo para minha melhor amiga, que está com aquele brilho de empolgação no olhar que sempre nos meteu em encrenca quando éramos mais novas.

— Não seja boba. Você pode me ajudar outro dia. — Ela vira sua atenção para Flynn. — Prazer em conhecê-lo. Você é ainda mais gato pessoalmente.

Flynn sorri, divertindo-se com a franqueza dela.

— Tudo certo, então.

— Mas...

Sadie me interrompe:

— Nada de "mas". Vá se divertir.

Flynn olha para Sadie, e os dois trocam mais do que apenas um olhar de relance.

— Você deveria ouvir a sua amiga.

— Eu estou toda desarrumada.

— Gosto de como você está.

— E estou cheirando mal.

— Também gosto do seu cheiro — ele diz com um sorriso torto.

— Posso tomar um banho rápido? — cedo finalmente, ignorando seu comentário.

— Claro.

— Flynn e eu vamos nos conhecer um pouco melhor — Sadie fala, destrancando a porta.

Disso, sim, eu tenho medo.

Quarenta e cinco minutos depois, estou pronta. Ouço o finalzinho da conversa de Flynn e Sadie ao entrar na sala de estar.

— Tiveram que chamar os bombeiros para abrir as máquinas.

— Por favor, me diga que não está contando essa história de novo.

— É uma boa história.

— Não é uma boa história. E eu tinha nove anos. Quando você vai parar de tirar sarro de mim por isso?

— Você tinha catorze anos.

— Eu *não* tinha catorze anos. Tinha doze.

— Você disse que tinha nove. Tive que falar catorze para fazer você admitir a verdade.

Reviro os olhos.

— Eu estava tentando pegar uma coisa que derrubei.

— Um adesivo do Justin Timberlake dentro de uma daquelas máquinas de chiclete que são impossíveis de abrir.

— Era um adesivo colecionável — defendo minhas ações. O que mais posso fazer? Como se ficar com a cabeça presa entre duas máquinas de chicletes na frente de um supermercado cheio em uma manhã de sábado não fosse ruim o suficiente, admitir que você teve que ser resgatada pelos bombeiros porque estava tentando alcançar um adesivo do Justin Timberlake só deixa tudo ainda mais constrangedor.

Flynn se levanta.

— Quer saber o que entendi com essa história?

— Não exatamente — respondo.

Ele vem na minha direção.

— Que você tem um fraco por músicos. — Ele entrelaça nossos dedos e leva nossas mãos unidas até seus lábios. — Significa que ainda há esperança para mim.

— Você não vai me dizer para onde vamos?

— Não.

— Por que não? Não deve ser contra as regras, já que é um encontro não autorizado pelo programa.

— É contra as minhas regras. — Ele olha para mim de relance e sorri, voltando sua atenção rapidamente para a estrada.

No rádio, uma voz familiar começa a cantar.

— Isso é...

— Aham — Flynn diz orgulhosamente.

— Uau! Você está no rádio. Aumente o volume!

— Eu me sairia um belo egocêntrico se colocasse a minha própria música para estrondar no rádio, não acha?

— É a primeira vez que te ouço no rádio.

— Eu também.

— Está falando sério?

— Eu sabia que o nosso empresário tinha enviado o single antecipadamente para algumas estações de rádio. Mas não tinha ouvido tocar ainda.

Aumento o volume o máximo possível. Flynn tamborila os dedos no volante enquanto dirige, com um sorriso permanente no rosto.

— Isso é tão legal. Não acredito que acabamos de ouvir a sua música no rádio pela primeira vez juntos — digo ao abaixar o volume.

Sua postura normalmente presunçosa é substituída por uma modesta.

— Fico feliz por ter sido com você.

Após mais um tempinho, paramos no estacionamento do Qualcomm Stadium.

— Nós vamos ao jogo dos Chargers? — pergunto, animada. Meu pai e eu passamos vários domingos assistindo futebol americano quando eu era criança. Naquela época, eu não tinha percebido ainda que ele fazia apostas nos jogos.

— Vamos.

— Eu sou muito fã dos Chargers.

— Eu sei.

— Sabe?

— Querida, do jeito que você usa aquela camiseta, com o logo em formato de raio no peito, talvez eu tenha que abrir mão da minha carteirinha de fã dos Raiders.

— Você é fã dos Raiders?

— Sou fã da Kate.

Boa resposta.

Estamos tão perto do centro do campo que aposto que alguns dos jogadores que estão nas laterais conseguem me ouvir gritando. O jogo está empatado quando chega o momento do intervalo e decidimos ir comer alguma coisa.

— Cachorro-quente? — ele pergunta ao nos aproximarmos da frente da fila.

— E uma cerveja.

— Uma garota que pensa igual a mim.

Há uma pequena multidão amontoada perto da barraca de cerveja, e um grupo de garotas que parecem ter dezoito ou dezenove anos estão olhando em nossa direção. Em determinado momento, elas vêm até nós.

— Você não é Flynn Beckham? — uma das garotas pergunta, piscando sedutoramente.

Flynn passa um braço em volta da minha cintura.

— Sou.

As garotas soltam gritinhos.

— Eu já te vi em Stardust um monte de vezes!

— Bem, obrigado por isso. Voltaremos para a estrada em breve.

— Você pode me dar um autógrafo?

— Claro.

As garotas sorridentes começam a vasculhar suas bolsas, e uma delas encontra uma caneta vermelha. Ela ergue sua camiseta, revelando um sutiã de renda com seios tão fartos que nem um sutiã com bojo me daria o mesmo efeito, e os empina na direção de Flynn.

— Assine no meu coração — ela diz.

— É muito meigo da sua parte, mas isso não seria muito respeitoso com a minha namorada. — Ele gesticula na minha direção. Deve ser a primeira vez que elas reparam que estou do lado dele.

A garota parece irritada com a minha presença e não abaixa a camiseta imediatamente. Mas Flynn lida com elegância. Ele pega um guardanapo em um dispensador ali perto e começa a rabiscar, perguntando o nome da garota.

— Jenny — ela diz.

Ele escreve um recadinho rápido, completa com alguns desenhos de notas musicais e assina seu nome.

Com uma das mãos na parte baixa das minhas costas, ele me conduz para longe delas.

— Parece que o jogo já está começando. Aproveitem o restante da tarde, garotas.

— Mandou bem, Rockstar. — Bato meu ombro no de Flynn ao

seguirmos de volta para nossos assentos. — A propósito, acho que a sua *namorada* não veria problema se você autografasse o peito de uma garota. Não parece tão obsceno quando você está saindo com outras mulheres.

Flynn para e, inesperadamente, me puxa para perto de si.

— Aquilo é só pelo programa. Mas hoje, quando a escolha é minha, estou aqui apenas com você.

Nosso encontro à noite é completamente diferente de como passamos nosso dia. A atmosfera divertida e casual desaparece totalmente quando Flynn segura minha mão para embarcarmos no lindo iate para um passeio ao pôr do sol.

— Você está linda. Não consigo decidir se gosto mais de te ver usando uma camiseta dos Chargers ou um vestido. — Ele me olha de cima a baixo com aprovação.

— Obrigada. Você também está bonito.

Tanto sua camisa social quanto seu terno são escuros, mas a gravata é de um tom azul-claro que combina perfeitamente com o brilho dos seus olhos. Embora esteja vestido mais formalmente do que esta tarde, ele ainda exala um ar de casualidade. Uma energia descontraída que, sem conseguir evitar, percebo ser tão diferente do que Cooper Montgomery demonstra. O que aquele homem emana é o completo oposto de casual. Sinto-me culpada por pensar em Cooper quando Flynn não tem sido nada além de perfeito hoje. Na verdade, não consigo pensar em absolutamente nada que Flynn tenha feito para me repelir desde o dia em que o conheci.

Encontramos um local tranquilo na proa e o barco começa a velejar. Um garçom uniformizado nos traz drinques e aperitivos antes de nos deixar a sós. É quase fácil esquecer que estamos sendo gravados por uma câmera escondida em algum lugar discreto. O lindo barco desliza suavemente pela enseada, abrindo caminho tranquilamente por águas reluzentes enquanto o sol começa a se pôr no horizonte.

— Venha cá. — Flynn me abraça pelos ombros e me puxa para mais perto de si. É agradável. Quase sereno. Eu realmente gosto muito da companhia dele. Recosto-me e me permito relaxar em seus braços.

— Eu me diverti bastante hoje — ele diz, com o queixo pousado no topo da minha cabeça.

— Eu também — respondo.

— Eu sempre me divirto quando estou com você.

— Eu também.

— Kate... — Quando ele não diz mais nada, me viro para fitá-lo. — Eu gosto de você — ele fala com a voz rouca, encontrando meu olhar.

— Eu também gosto de você.

— Gosto muito.

Ah. Não faço ideia do que dizer. Eu gosto dele de verdade. Acho que muito, também. Mas tem algo que insiste em me fazer resistir. Ou, sendo mais precisa, *alguém* insiste em me fazer resistir. Se Cooper Montgomery não tivesse surgido tão bruscamente na minha vida, Flynn e eu provavelmente estaríamos em um patamar muito diferente nesse momento. Preciso focar, manter a lembrança do beijo que trocamos antes de eu conhecer Cooper bem na frente da minha mente. Foi bom. Cheio de paixão, até. Rolou uma faísca, eu sei que sim. Só preciso voltar a esse estágio. No entanto, tensiono quando ele se aproxima um pouco mais.

— É por causa das câmeras? — ele sussurra no meu ouvido.

Não faço ideia de como responder, então digo a verdade. Bom, uma parte da verdade. Eu já tinha dificuldade em esquecer as câmeras antes mesmo de conhecer Cooper.

— Talvez um pouco.

Um membro da equipe de produção do programa surge do nada.

— Desculpe interrompê-los, mas será que vocês podem falar um pouco mais alto? Não estamos conseguindo captar daqui o que estão dizendo.

Flynn suspira audivelmente.

— Ok. Sem problemas. — Ele sorri e apoia a testa na minha, sussurrando de propósito para evitar os microfones. — Eu entendo. Gosto do fato de você se sentir mais confortável quando estamos a sós. A vida real não terá câmeras. — Ele dá um beijo na minha bochecha e seu sorriso carinhoso se torna sedutor novamente. — Bom, a menos que você queira câmeras. Eu toparia, se fosse apenas para os nossos olhos.

CAPÍTULO VINTE

COOPER

— Coop, tem um minuto? — Miles pergunta da porta do meu escritório.

Não exatamente.

— Claro. O que foi, Miles?

— A audiência do *Throb* está subindo a cada semana. A maioria dos reality shows vai perdendo audiência conforme as semanas passam. Nós estamos indo na direção oposta. — Ele abre um sorriso radiante, mas eu enrijeço, esperando a bomba explodir. Ele não está aqui só para dar boas notícias.

— Que ótimo.

Queria que essa droga de programa acabasse logo.

— As finalistas vão ser anunciadas amanhã à noite. Mal posso esperar para filmar os encontros de pernoite.

— Do que você precisa, Miles? — indago, com exasperação e raiva em minha voz.

— Nós alugamos uma ala do Four Seasons em Barbados para gravar os encontros de pernoite. Mas é bem caro. Tendo que hospedar a equipe e fechar uma seção do hotel para duas semanas de gravações, o que vai demandar muita grana. Uma grana que pode ser usada para mais publicidade.

— Então, você quer outro empréstimo?

— Não. Eu queria usar a casa em Barbados para as gravações.

— *Minha* casa? — *Sim, eu gostaria muito que Kate transasse com o Babaca no meu quarto. Ideia genial.* — Acho que não, Miles. — A casa era do nosso pai; comprei a parte de Miles quando dividimos as propriedades. — Você quer filmá-los *trepando* no quarto do nosso pai?

Miles enfia as mãos nos bolsos, nervoso. Pelo menos ele tem a decência de parecer envergonhado por pedir isso.

— E se a equipe ficasse na casa principal? E a participante ficasse na casa de hóspedes, sozinha? Nós podemos ficar com a suíte de lua de mel do Four Seasons e gravar lá, mas pelo menos isso me pouparia uma fortuna por não ter que hospedar todo mundo no hotel. — Ele pausa por um momento. — O papai costumava dar as chaves para a equipe, às vezes, depois de trabalharem bastante em um filme, como um bônus. Acho que ele não se importaria se a equipe ficasse lá.

— Não sei, Miles. Me deixe pensar no assunto.

Como eu me envolvi tanto nessa merda?

— Ótimo. — Ele se anima e sorri como se eu tivesse acabado de concordar com alguma coisa.

— Não se anime tanto. Eu não concordei ainda.

— Não, mas vai.

— Tenho uma reunião.

— Valeu, Coop. Eu tenho que cancelar o hotel até amanhã... então, seria bom você me dar uma resposta até lá. — Miles vai até a porta e, antes de sair, vira-se novamente. — Ah, eu quase esqueci. — Ele enfia a mão no bolso do seu paletó e retira de lá um DVD. — Filmagens de hoje. O último encontro a sós. As mulheres vão enlouquecer com isso aqui. Ele canta para a concorrente sob a luz da lua em um iate.

— Quem é a concorrente?

— Kate.

O conteúdo do envelope grande que finalmente abro está espalhado por toda a minha mesa. Eu havia contratado Damian Fry para que encontrasse informações sobre Kate depois que ela me disse que estava participando do programa porque precisava do dinheiro do prêmio. O envelope chegou pela manhã após a noite que passamos juntos. Mas, àquela altura, eu já tinha mudado de ideia milhares de vezes entre precisar saber e sentir que estava invadindo a privacidade dela ao ler o que ela obviamente não estava pronta para me contar. Forcei-me a ignorar o relatório e o guardei no fundo da minha gaveta, ainda fechado. Até uma hora atrás.

A imagem que Miles colocou na minha cabeça de Kate e o Babaca sob a luz da lua hoje de manhã me tirou toda a capacidade de me concentrar. De novo. Todo mundo tem alguns podres escondidos, e eu precisava endurecer o meu coração descobrindo os de Kate. Achei que o que quer que estivesse dentro do envelope me ajudaria.

Encaro a bagunça de papéis contendo as informações que Damian desenterrou sobre Kate. Bom, não exatamente sobre Kate; a ficha dela é completamente limpa. Foi seu pai que a colocou no caos em que está hoje, deixando sua mãe doente afogada em dívidas. E seu irmão. Droga. Não vou conseguir pensar direito nesse dia lotado de reuniões.

Sentado à mesa da sala de reuniões, ouço vagamente as vozes de cada líder de departamento tagarelando atualizações sobre seus projetos. Minha mente está em outro lugar. Fico viajando com uma imagem de Kate sorrindo para mim, seus olhos brilhando de emoção. Mas então, tão rapidamente quanto surgiu, a imagem desaparece, sendo substituída por *ele* cantando para ela, que o fita com a mesma emoção no olhar.

Pensei que não assistir àquelas cenas me pouparia de mais um dia pensando nela nos braços dele. Droga, como eu estava errado. Meu cérebro ficou ainda mais criativo e decidiu inventar uma cena para eu assistir, mesmo que não tenha a menor ideia do que realmente aconteceu no vídeo.

Não faço o mínimo esforço para participar da reunião. É uma perda de tempo, tanto para mim quanto para outra dúzia de pessoas caras da minha folha de pagamento.

— Obrigado por virem. Nos vemos na próxima semana — murmuro e levanto-me abruptamente, saindo da sala e deixando rostos completamente confusos com minha ação.

Irritado comigo mesmo pela minha falta de foco, decido alimentar a minha obsessão, mesmo sabendo que é uma má ideia. Entro no meu escritório e vou direto até meu laptop. Helen vem logo atrás de mim, parecendo preocupada.

— Está tudo bem? Ainda são onze da manhã e as suas reuniões costumam ir até pelo menos uma da tarde.

— Está, sim. Terminei mais cedo. Tenho outras coisas mais urgentes para fazer hoje.

É, tipo bancar o perseguidor.

Abro a capa do DVD e coloco o disco no laptop ao mesmo tempo em que Helen começa a se dirigir de volta para sua mesa.

— Você tem o cronograma das gravações do programa do Miles de hoje?

— Sim.

— Pode me dizer quando vão começar a gravar?

— Claro. — Ela vai até seu computador e volta um minuto depois com um papel impresso. — Ele vai gravar um comercial na casa alugada. — Ela olha para seu relógio. — Está programado para começar mais ou menos agora.

Termino de vestir meu paletó antes mesmo de ela terminar sua frase.

— Remarque as minhas reuniões desta tarde.

— Sério? — A surpresa em sua voz é a mesma expressa em seu rosto. Eu nunca deixo de seguir minha agenda.

— Adie para amanhã. Talvez eu não volte mais esta tarde — grito por cima do ombro, já saindo pela porta.

Piso mais fundo no acelerador conforme minha apreensão cresce. O velocímetro atinge cento e vinte quilômetros por hora, embora eu sequer perceba. Seguro o volante com força ao desviar para lá e para cá no trânsito.

O Jeep azul de Kate caindo aos pedaços está estacionado na entrada de carros circular junto com outros vinte carros. Vejo meu reflexo na janela: mandíbula tensa, olhos cheios de determinação, boca formando uma linha fina e rígida. É assim que fico quando um contrato pelo qual vinha salivando há meses está prestes a descer pelo ralo. Respiro fundo antes de entrar.

— Como estão as coisas hoje, Joel?

O diretor vira para mim, surpreso em me ver novamente.

— Cooper. Duas vezes em duas semanas. Você deve ter investido alto nesse programa.

Pode-se dizer que sim. E isso não tem nada a ver com o um milhão e duzentos mil que emprestei ao meu irmão.

— O que estão filmando agora?

— Algumas cenas para comerciais. Vamos fazer com uma mulher de cada vez. Ainda estamos esperando a primeira terminar a maquiagem. Essa é um pouco metida a diva.

— Qual delas?

— Jessica.

— Qual é a cena?

— Um beijo. Que vida difícil esse Flynn tem. Tem que beijar lindas mulheres hoje.

— Onde está o Miles?

— Da última vez que o vi, estava dando instruções a uma das mulheres sobre como o beijo deve ser.

Passo pela sala de maquiagem e figurinos. Jessica está sentada em uma cadeira, com um time de assistentes que parecem estar de saco cheio a embelezando enquanto ela os repreende. Paro um contrarregra que está passando pelo corredor.

— Kate?

— No banheiro, eu acho — ele diz, apontando na direção da qual estava vindo.

Dou suaves batidas à porta. Sua voz me atinge com força.

— Sairei em um minuto.

Espero, patrulhando os corredores vazios apreensivamente com o olhar. Finalmente, a maçaneta começa a girar e vejo Kate antes que ela me veja. Eu a empurro de volta para o banheiro e fecho a porta rapidamente, conseguindo evitar com sucesso ser flagrado por alguém.

— Cooper! — Ela arregala os olhos. — O que você está fazendo aqui?

— Eu precisava te ver.

— Aqui? O que houve?

— Por que você me deixou ganhar?

— Do que está falando?

— No jogo de pôquer. Por que me deixou ganhar?

— Você sabe por quê.

— Não, me diga. — Me aproximo mais.

— Eu queria estar com você.

— E agora?

— Agora estou aqui. Você sabia que eu tinha que voltar.

— Você transou com ele?

— É sério que veio e me encurralou no banheiro para me perguntar isso?

— Responda.

— Não.

— Responda a droga da pergunta, Kate. — Agarro seu quadril com firmeza.

— Não é da sua conta.

— É, sim. — Minha outra mão acaricia seus cabelos e envolvo o comprimento das mechas em volta dos meus dedos.

— Nós concordamos que seria apenas uma noite.

— Eu menti.

— Mas...

Eu a interrompo.

— Estou enlouquecendo. Apenas me diga: você transou com ele? Responda. — Percebo que soo desesperado, e me odeio por isso. — Eu preciso saber, Kate.

Nossos olhares se sustentam intensamente por um momento antes de ela finalmente responder.

— Não, não transei com ele.

Abro mão de cada gota de hesitação que vinha contendo e esmago meus lábios nos dela com voracidade. Ela demora menos de um segundo para se juntar a mim. Agarramos um ao outro, desespero e desejo se misturando em uma faísca inflamável que se transforma em uma necessidade ardente de estar dentro dela. Agora mesmo.

Começamos a puxar as roupas um do outro. A prova do nosso desejo intenso está no fato de sequer esperarmos até estarmos completamente despidos. Agarro seu traseiro e a ergo sobre a bancada da pia. A altura é perfeita. Suas mãos apertam minha bunda, e antes que eu me dê conta do que está acontecendo, estou completamente pronto para me encaixar em sua entrada.

— Porra. — Meu corpo estremece quando faço uma pausa. — Você quer isso? — Coloco o desejo que está me queimando por dentro de lado, pois preciso ouvir que não estou forçando-a a fazer algo que não quer.

Ela responde envolvendo minha cintura com suas pernas.

— Meu Deus, sim. Senti a sua falta. — Sua voz é crua e cheia de desejo. Tudo o que preciso ouvir.

Eu a penetro em uma única estocada, enterrando-me o mais fundo possível. A sensação me arrebata. É crua, carnal e mal consigo lutar contra a vontade insana de preencher seu corpo como um animal reivindicando sua fêmea.

Eu a fodo com força, faminto pela sensação do seu corpo perfeito recebendo cada centímetro meu. É uma corrida feroz para fazê-la gritar meu nome. *Meu* nome. Com uma das mãos, prendo seus pulsos segurando-os para trás do seu corpo, dominando-a enquanto meto nela sem piedade. Ela estremece, cada vez mais perto do clímax, até que sinto seu corpo finalmente se entregar, rendendo-se a mim por completo.

— Pensar em você aqui tem me deixado louco. — Meus lábios idolatram seu pescoço, chupando, beijando e mordiscando a linha pulsante de seus batimentos cardíacos que vai da sua orelha até a clavícula. — Não consigo pensar em mais ninguém além de você — ofego. Nossas respirações estão arfantes, aceleradas, erráticas.

Um gemido trêmulo escapa dos seus lábios.

— Eu... eu vou...

— Isso, linda.

Meus quadris se chocam contra ela com cada vez mais força, até que sinto seu corpo tensionar e, em seguida, amolecer. Ela revira os olhos e os fecha enquanto sua boceta se aperta em torno de mim. Preciso de todas as minhas forças para conter o meu próprio orgasmo. Mas consigo, até seu olhar encontrar o meu novamente, e olhando bem no fundo dos seus olhos azuis saciados, gozo dentro dela. Explodindo com força, intensa e profundamente.

VI KEELAND

CAPÍTULO VINTE E UM

KATE

Meu reflexo no espelho me encara de volta, aparentando como realmente estou: completamente fodida. Com os lábios inchados, cabelos desgrenhados e o rosto todo ruborizado, respondo à terceira batida à porta do banheiro:

— Já vou. Só um minuto.

O assistente de produção suspira do outro lado da porta. Ele deve achar que estou ocupada me embelezando antes de aparecer diante das câmeras. Contudo, não duvido de que o lugar inteiro saiba o que eu estava fazendo aqui quinze minutos atrás. Me esforço para me lembrar se fizemos muito barulho, mas só consigo me lembrar da sensação incrível de ter Cooper dentro de mim de novo. Todo o resto simplesmente desapareceu.

Cinco minutos atrás, ele saiu de fininho do banheiro após baterem à porta pela segunda vez. Dava para ver que ele queria abrir de uma vez e dizer poucas e boas para quem quer que estivesse do outro lado. Mas ele não fez isso; ele se segurou e me deixou abrir. Falei para o assistente que estava ali para me chamar para a minha vez de gravar que não estava me sentindo muito bem, que precisava de um tempo.

Os minutos seguintes ao orgasmo deixaram minha mente nublada. Saciada e nos braços de Cooper, parecia que nada poderia dar errado. Mas a cada segundo que passa, esse estado vai se desvanecendo e o problema se formando apita tão alto em meus ouvidos que mal posso ouvir mais nada.

Faço o melhor que posso para me ajeitar. A bagunça que estou por fora, pelo menos. Alguns minutos depois, há mais uma batida à porta.

— Kate, é o Flynn.

Merda.

Quando não respondo, ele pergunta:

— Está tudo bem?

— Sim. Só me sentindo um pouco mal.

— Posso entrar?

Quero responder que não. Não quero ver ninguém agora.

— Só preciso de mais um minuto.

Ou de um ano. Um ano seria melhor.

— Vou esperar.

Dois minutos depois, respiro fundo e abro a porta. Flynn entra no banheiro e fecha a porta.

— Você está bem? Parece enrubescida.

— Sim. Só acho que não estou cem por cento.

Seu rosto expressa preocupação. Ele estende uma mão e sente minha testa.

— Não está com febre.

Baixo meu rosto. Não consigo olhar nos olhos dele. Eu estava nos braços de outro homem minutos atrás, e esse cara tão doce diante de mim está preocupado e conferindo se o meu rubor depois de ser fodida é algum indício de febre. Eu sou um ser humano horrível.

— Venha cá. — Ele me puxa para si. Minha vontade é de sair correndo, não deixá-lo me tocar, mas, em vez disso, congelo no lugar, sem saber direito como reagir. Ele me envolve em seus braços. — Acho que você só está nervosa com a gravação. As câmeras te deixam muito ansiosa mesmo, não é? — Uma de suas mãos vai para o meu ombro. — Você está cheia de estresse. Me deixe usar meus dedos mágicos em você por alguns minutos para te ajudar a relaxar.

Nervosa, volto para o set ao lado de Flynn, grata por ele não tentar segurar minha mão. Não vejo nenhum sinal de Cooper, mas sei que ele está aqui em algum lugar. Ele está me dando espaço porque preciso disso para conseguir fazer essa gravação, mas Cooper Montgomery *não* é o tipo de homem que fica nas sombras por muito tempo.

A equipe de filmagem posiciona Flynn e eu rapidamente.

— De frente um para o outro — um dos assistentes de produção instrui. — Kate, coloque as palmas no peito dele. Conversem por um minuto ou dois. Gritaremos "pronto" quando chegar o momento de Flynn iniciar o beijo.

Mesmo posicionada conforme as instruções, minhas palmas no peito de Flynn, evito o olhar dele. Não aguento a ideia de olhar para ele, tendo a certeza de que ele verá a grande fraude que sou.

— Kate — Flynn diz delicadamente.

Continuo sem erguer meu olhar.

— Kate — ele repete. Quando continuo evitando contato visual, ele toca meu queixo delicadamente e ergue meu rosto para que nossos olhares se encontrem. — Você está linda. Essa aparência nervosa e corada fica muito bem em você. — Ele abre um sorriso de menino, falando baixinho. Está tentando me deixar mais à vontade.

— Obrigada.

Deus, eu sou uma pessoa totalmente repugnante. Nem sei direito pelo que me sinto mais culpada no momento: minhas mãos tocando outro homem quando mal faz vinte minutos que Cooper esteve dentro de mim, ou pelo desrespeito que estou demonstrando a Flynn.

— Pronto! — o diretor grita, anunciando que podemos nos beijar.

Flynn e eu nos encaramos. Estou perdida em algum lugar no espaço sideral, enquanto ele tenta arduamente me encontrar. Seus olhos descem para os meus lábios e, em seguida, voltam a fitar os meus olhos. Devo estar parecendo um cervo diante de faróis, porque ele age piedosamente, desviando para evitar um desastre. Ele se inclina e pressiona os lábios na minha têmpora, em vez de fazer isso na minha boca trêmula.

— Vou me resolver com eles. Eu nunca te obrigaria a fazer algo que não queira fazer — ele sussurra e, no mesmo instante, uma lágrima cai do meu olho.

Flynn e Miles têm uma conversa calorosa a pouca distância de mim. E então, Flynn retorna, com seu sorriso vitorioso murchando quando me vê.

— Meus beijos não são tão ruins assim. Juro. Posso até ter ouvido um boato por aí de que sou bom nisso. — Ele entrelaça nossos dedos e ergue minha mão para beijá-la no dorso.

— Me desculpe. Estou me sentindo péssima. O problema não é você. — Essas talvez sejam as primeiras palavras verdadeiras que digo para esse homem hoje. O problema realmente não é ele.

— Acha que consegue dançar comigo? — ele pergunta, e a confusão no meu rosto é evidente. — Eles vão nos filmar dançando uma música lenta. Foi o que consegui no lugar do beijo.

Sinto meu peito se comprimir. Sendo sincera, não estou a fim de dançar também, mas como posso dizer isso a ele sem fazê-lo pensar que me dá repulsa?

— Obrigada. Eu adoraria.

— Não me agradeça. Talvez tenha sido uma sugestão egoísta da minha parte. Posso não ganhar um beijo, mas ainda vou poder sentir o seu corpo juntinho ao meu.

O Porsche clássico de Cooper está estacionado em frente ao meu prédio quando finalmente volto para casa. Passei o dia todo esperando-o aparecer a cada passo que eu dava, mas ele não apareceu. A expectativa em relação ao momento em que ele apareceria só deixou o meu dia ainda mais difícil de suportar.

Paro na vaga ao lado dele. Ele está fora do carro, encostado no veículo.

— Eu não sabia se você tinha ido embora — digo.

— Não aguentei ficar lá.

— Quando você saiu?

— Cerca de dois segundos depois que o diretor gritou "Pronto".

Ele infiltra os dedos entre os cabelos e puxa as mechas com força. Parece que ele passou boa parte do tempo fazendo isso hoje, descontando a carga do seu estresse em seus cabelos desgrenhados. Contudo, é impossível não notar o quão sexy ele fica com essa aparência.

— Eu não pude ficar para assistir a outro homem encostar os lábios em você. — Cooper mantém uma distância segura entre nós enquanto fala.

— Ele não fez isso — digo suavemente.

— Não fez o quê? — Seu olhar cheio de esperança queima no meu.

— Não me beijou.

Ele começa a avançar na minha direção, estreitando o espaço entre nós até minhas costas se chocarem contra meu carro. Apoiando as mãos no meu Jeep, uma em cada lado meu, ele busca meu olhar.

— Você está dizendo isso porque é o que eu quero ouvir?

Nego com a cabeça. Ele fecha os olhos, aliviado.

— Venha para casa comigo — pede em uma voz dócil, porém firme.

Pensei que não estar perto de Cooper fisicamente me libertaria para poder voltar todo o meu foco ao programa, reacender a faísca que senti uma vez com Flynn. Mas essa faísca se apagou de vez. E ficar longe de Cooper não funciona porque, diferente do que quer que eu tenha sentido com Flynn, as coisas com Cooper são mais do que somente físicas. Faço que sim com a cabeça e o deixo me conduzir para seu carro, sem me dar ao trabalho de pegar minhas coisas.

Cooper finalmente quebra o silêncio ao pegarmos a estrada.

— Que bom que ele é um trouxa.

— Ele não é um trouxa.

— Não o defenda. — Ele me olha brevemente. — Me dê pelo menos isso.

— Está bem. Mas ele só estava tentando ser respeitoso.

— Com respeito ou não, se eu tiver a chance de te beijar, nunca vou deixar de aproveitar.

Dentro do seu apartamento, Cooper abre a adega e pega uma garrafa, mostrando-a para ver se aprovo. Faço que sim.

— Quando você tem que voltar?

— Amanhã à noite. Teremos uma cerimônia de seleção e, depois, uma semana de folga. Isso se eu for uma das finalistas.

— Preciso que você passe a noite comigo.

— Ok.

— Ok? — Ele me entrega uma taça de cristal e afasta os cabelos do meu rosto.

Assinto.

— Quero que você me abrace. Sei que teve que ir embora hoje, mas fiquei triste com a sua ausência.

Ele responde ao me envolver com firmeza em seus braços e enterra o nariz na curva do meu pescoço, inspirando profundamente. Ficamos assim até o momento em que libero um suspiro intenso.

— Preciso tirar toda essa maquiagem que fizeram em mim.

— Que tal você ir tomar um banho?

— Ok.

— Um banho parece uma boa ideia para mim também — ele diz, deslizando uma mão pelo meu braço e deixando uma trilha de arrepios na minha pele. — Se bem que vamos acabar precisando de outro depois de suarmos tanto.

Ele me conduz até um banheiro que não vi na última vez em que estive aqui e aperta alguns botões em um painel. O box é maior do que o meu primeiro apartamento. Foi feito para caber mais de uma pessoa, com jatos de água em três paredes e, no topo, um luxuoso e enorme chuveiro com efeito de chuva.

— Banheiro chique.

— Uhum. — Ele tira minha blusa, mudando o foco do momento de conversa para me despir.

— Parece ter sido feito para mais de uma pessoa ao mesmo tempo.

Sua mão que está a caminho do zíper da minha calça congela e ele ergue o olhar para mim.

— Eu nunca tomei banho com ninguém aqui.

Noto que ele diz *aqui*, e isso faz a minha mente começar a se perguntar se foi por isso que ele me trouxe para esse banheiro. Isso não deveria importar; também não sou nenhuma virgem.

— Nem no outro banheiro — ele diz, olhando nos meus olhos.

— Eu não disse nada.

— Sim, mas estava pensando nisso.

Ignoro seu comentário, embora comece a desabotoar sua camisa um pouco mais feliz.

— Então, agora você sabe no que estou pensando?

— Dessa vez, sim. — Ele puxa minha calça para baixo e se ajoelha, tocando minha panturrilha para avisar que devo chutá-la dos meus pés. — Meus dias seriam bem mais produtivos se eu soubesse com mais frequência no que você está pensando.

— Está me culpando pela sua improdutividade?

Ele abre o fecho do meu sutiã com apenas uma mão. Não deixo de reparar em sua destreza ao retirar lingeries.

— Sim. Estou te culpando pela minha improdutividade. — Seu dedo, que está roçando na lateral de um dos meus seios, para. — Tenho estado quase ocioso desde que te conheci. — Ele ergue o olhar para mim.

Nesse momento, me apaixono um pouco mais por ele. O homem sexy e autoritário, que assume o controle de um ambiente simplesmente ao entrar nele, acaba de admitir que sou sua kryptonita. Nem tenho tempo de tentar me segurar antes de me jogar nele, beijando-o com ferocidade, intensa e profundamente, até estar tão perdida em seus braços que sequer me dou conta de que ele me carrega para o chuveiro.

Eu amo nossos beijos. É como se estivéssemos famintos um pelo outro há semanas quando, na verdade, fazia apenas algumas horas desde que ele esteve enterrado em mim pela última vez. Nos agarramos e puxamos, arranhamos e apalpamos. Ele morde meu lábio com tanta força quando começamos a nos afastar para recuperar o fôlego que dói. Mas é uma dor que me atinge diretamente no ponto sensível entre minhas pernas, incitando um ardor dentro de mim. Subo as mãos para seu cabelo, puxando, torcendo, precisando senti-lo ainda mais perto. Nunca me canso.

Uma de suas mãos desce até minha bunda, que ele aperta com força antes de me erguer e me posicionar para que envolva sua cintura com as pernas. Minhas costas se chocam contra a parede fria de azulejo, porém sua outra mão se mantém atrás da minha cabeça, protegendo-me de uma possível consequência das nossas ações tão ríspidas.

Meu corpo inteiro anseia por ele. De uma forma que nunca senti antes. Um desejo selvagem causa um ronco na boca do meu estômago que me faz sentir desesperada para alimentá-lo. Gemo, sentindo o comprimento total da sua ereção pressionada contra minha barriga.

— Eu quero você — sussurro contra nossos lábios unidos.

— Paciência — ele murmura de volta.

Arqueio as costas e uso a parede como apoio ao forçar meu corpo a escorregar para baixo, na tentativa de trazer o que tanto quero para o lugar onde tanto o quero. Eu *preciso* dele dentro de mim. Ele afasta a cabeça, divertido, curvando a boca em um sorriso perverso.

— Isso só vai fazer com que eu demore ainda mais a dar o que você quer. — Ele baixa a cabeça e chupa meu mamilo.

Em algum momento entre uma tortura agonizante e uma euforia extasiante, ele finalmente cede. Minha cabeça cai para trás, batendo contra o azulejo, e choramingo quando ele me penetra, entrando bem fundo, preenchendo-me completamente. E então, ele fica parado, reivindicando que meus olhos fiquem sob o mesmo controle que ele possui sobre o meu corpo antes de começar a se mover. Satisfeito com nossos olhares presos um no outro, Cooper estoca em um ritmo impiedoso, recuando quase que completamente a cada vez antes de tornar a meter com força. A intensidade de cada estocada fica ainda mais acentuada devido às emoções que posso enxergar enquanto ele me observa, plenamente focado em satisfazer os meus desejos antes dos seus.

Meu corpo se contorce quando gozo, mas o jeito como ele geme o meu nome ao me preencher, sem quebrar nosso contato visual, me deixa maravilhada com a paixão que conseguimos acender. *Juntos*. Já ouvi essa frase um milhão de vezes, mas nunca pensei que pudesse ser mesmo verdade, até esse momento. Cooper Montgomery *acaba de me arruinar para todos os outros homens.*

CAPÍTULO VINTE E DOIS

COOPER

— Meu pai morreu no ano passado. Ele deixou a minha mãe e o meu irmão afundados em dívidas. Minha mãe está doente e o meu irmão é uma pessoa com deficiência. — Estamos deitados na cama, o quarto escuro, sua cabeça aninhada na curva do meu pescoço enquanto seus dedos fazem círculos leves no meu peitoral. — Meu irmão e eu sofremos um acidente há alguns anos. Eu fui a única que não teve sequelas. — Sua voz falha com uma tristeza que envolve meu coração e o aperta. — Eu me inscrevi no programa por causa do prêmio. Não pensei direito. Acho que não imaginava que seria escolhida para participar.

Eu já sei de tudo que ela está contando, mas significa muito para mim ela ter decidido dividir isso comigo. Dou um beijo na sua testa.

— Sinto muito. Qual é a situação?

— A casa está hipotecada por um valor maior do que realmente vale e quase não restou seguro de vida depois que descontaram os empréstimos que o meu pai tinha feito. Ele era um homem do tipo tudo ou nada. Não fazia as coisas pela metade. Isso era ótimo quando ele ganhava partida após partida. Mas, quando essa onda de vitórias passava, ele não parava até não lhe restar nada além da roupa do corpo. Ele não sabia o que era equilíbrio.

— E o seu irmão?

— Ele está bem no momento, em termos de saúde, pelo menos. Procuramos não o preocupar com os problemas financeiros. Ele já carrega um fardo maior do que um adolescente deveria carregar.

— O prêmio em dinheiro vai quitar todas as dívidas ou será apenas uma solução temporária?

— Depende.

— De quê?

— De ser uma das finalistas ou a vencedora. O prêmio do top quatro é um tapa-buraco. O prêmio final resolve todo o problema.

— Eu vejo o jeito que ele olha para você. Você vai, com certeza, ser uma das finalistas.

— Pensei que você não tinha ficado para assistir hoje. — Ela ergue a cabeça, apoiando-se no cotovelo, e olha para mim.

É a minha vez de confessar algumas coisas.

— Eu meio que tenho assistido às filmagens do programa todas as manhãs.

— Meio?

— Talvez "meio" não seja o termo correto.

— Qual seria o termo correto, então?

— "Religiosamente" serve.

— Você tem assistido às filmagens do programa religiosamente todas as manhãs?

— Por isso a falta de produtividade que mencionei mais cedo.

Ficamos em silêncio por um tempo e, então, digo o que venho pensando desde que Damian Fry me entregou o relatório de antecedentes de Kate e sua família.

— Deixe-me ajudá-la.

— Como assim?

Remexo-me na cama, incentivando-a a voltar a deitar de costas, e passo os dedos por seu cabelo.

— Eu posso te dar o dinheiro de que precisa.

— É muito gentil da sua parte. Mas não posso aceitar.

— Por que não?

— Não posso aceitar dinheiro seu, Cooper.

— Então, considere um empréstimo. Você pode me devolver algum dia.

— Eu nunca vou conseguir te devolver. O banco estava certo em recusar o meu pedido de empréstimo. Meus empréstimos estudantis vão me estrangular pelos próximos dez anos.

— Não posso ficar vendo você com ele, Kate.

— Então, pare de assistir.

— Você fala como se eu tivesse escolha.

— E você tem. É fácil. Não aperte o play. Além disso, não tem acontecido nada que valha a pena assistir.

— Ele está apaixonado por você.

— Não está. Mas, mesmo que estivesse, não importa.

— Para mim, importa. Você estava me dizendo a verdade quando disse que não transou com ele?

— É isso que você pensa de mim? Eu estou aqui deitada na cama com você. Acha mesmo que eu estaria fazendo isso se estivesse transando com ele?

— Não consigo mais pensar direito, Kate. — Puxo meus cabelos.

— É por isso que nos envolvermos nunca foi uma boa ideia. — Ela rola na cama e se afasta de mim, sentando-se na beira. — Eu não deveria ter vindo.

Como um idiota, fico calado, apenas observando-a ir ao banheiro e, depois, sair de lá vestida.

— Eu ia chamar um táxi — ela diz baixinho, seus olhos evitando os meus de propósito. — Mas aí me dei conta de que não sei o seu endereço.

— Volte para a cama.

— Me diga logo o endereço para que eu vá embora.

— Não.

— Não?

— Se você quiser mesmo ir para casa, eu te levo. Mas vai me ouvir primeiro.

Ela não concorda, mas também não faz menção alguma de voltar para a cama. Então, levanto e vou até ela, sem me dar ao trabalho de me cobrir.

— Me beije.

— O quê? Não.

— Droga, Kate.

Seguro seu rosto e junto minha boca à sua. Sua tentativa fraca de protestar some rapidamente, sendo substituída por um gemido conforme seu corpo amolece em meus braços. Meu coração martela forte no peito quando a carrego de volta para a cama.

— Cooper...

Eu a interrompo.

— Shhh... amanhã. Vamos resolver amanhã.

CAPÍTULO VINTE E TRÊS

KATE

Barba por fazer. Se eu achava Cooper Montgomery um deus grego quando estava com a barba feita e usando um terno feito sob medida, era só porque nunca o tinha visto usando calça jeans rasgada, camiseta preta e barba por fazer. Jesus. Esse homem faz coisas comigo. Ao vê-lo diante do fogão, o discurso que eu vinha ensaiando na mente desaparece de repente.

— Bom dia. — Ele abre um sorriso enorme para mim, olhando com aprovação para o meu corpo usando sua camisa social que roubei.

— Tem café?

— Quero beijo primeiro. — Ele movimenta o dedo na minha direção com um olhar inflexível.

Reviro os olhos, como se fosse um baita sacrifício, e caminho preguiçosamente em sua direção. Ele agarra minha bunda com uma mão e, com a outra, direciona minha cabeça para onde ele a quer. A mão que está na minha bunda dá um tapa forte na minha pele quando ele me solta.

— Por que fez isso? — Massageio minha nádega ardida.

— Porque você revirou os olhos para mim.

Por mais estranho que pareça, penso comigo mesma que vou precisar me lembrar de revirar os olhos com mais frequência.

— Pensei que você não cozinhasse. — Espio as três bocas acesas no fogão.

— Não cozinho.

— Parece que você sabe o que está fazendo.

— Eu disse que não cozinhava. Nunca disse que não sabia. Sente-se. Vou servir o seu café.

— Mandão — murmuro, mas me sento no lugar que ele indica do outro lado da bancada. — Deve ser difícil trabalhar para você.

Cooper arqueia uma sobrancelha.

— Por quê?

— Porque você é muito autoritário.

— Meus funcionários não costumam ser tão difíceis quanto você. — Ele me entrega uma caneca.

— É mesmo?

— É, sim.

— Você tem muitas funcionárias? Mulheres?

— Você se incomodaria se eu tivesse?

— Não sei. — Dou de ombros e pondero um pouco. — Talvez. Mas não foi por isso que perguntei.

— Ok. Bom, quase metade das líderes de departamento são mulheres.

— E você acha alguma delas autoritária?

Um sorriso malicioso surge em seu rosto masculino perfeito.

— Você acha que eu tenho um problema com mulheres no geral?

— Talvez. — Tomo um gole de café.

Cooper serve o café da manhã e dá a volta na ilha para se juntar a mim, sentando em um banco ao meu lado. Ele se inclina para mim, afasta meus cabelos do ombro e dá um beijo carinhoso no meu pescoço.

— A única mulher com que eu tenho um problema é você. — Suas palavras vibram na minha pele.

De barriga cheia, fico remexendo o que sobra no meu prato com um garfo, adiando o inevitável. Essa conversa tem que acontecer, mais cedo ou mais tarde.

— Eu acabo comendo demais quando estou com você — digo, terminando de comer meu bacon.

— Que bom. Eu gosto de te ver comendo.

— Bom, se eu comesse assim com frequência, ganharia cinco quilos em um mês.

— Não se fizer muito exercício.

— Não sou muito boa em ir à academia. No máximo, yoga duas vezes por semana.

— Existem muitas outras formas de queimar calorias que acho que você gostaria mais. — Cooper dá um beijo na minha boca e leva meu prato para a pia. Em seguida, vira-se para mim, encostando-se na bancada e cruzando os braços. — Está pronta para termos aquela conversa?

— Não muito.

— Hum. Mas tenho uma ideia para deixar as coisas mais interessantes. — Ele abre uma gaveta, retira de lá um baralho de cartas e joga sobre a bancada.

— Vamos jogar cartas? — Franzo as sobrancelhas.

— Aham. Tenho algumas ideias. Mas talvez você não goste de algumas delas. Então, vamos jogar uma rodada para cada impasse que tivermos. Topa?

— Você sabe que eu sou muito boa jogando, certo?

Cooper abre um sorriso de orelha a orelha.

— Sei. Mas tenho planos para te distrair.

— E como vai fazer isso?

— Nós vamos jogar pelados.

Olho para ele, com as sobrancelhas erguidas.

— Está confiante de que a sua nudez vai me distrair?

Cooper abaixa sua calça, liberando sua semi-ereção. Caramba. Sem cueca. Ele acaricia seu pau lentamente algumas vezes. Meus olhos ávidos acompanham sua mão deslizar para cima e para baixo. Minha boca saliva quando vejo o brilho de uma gotícula na extremidade da glande larga.

— Kate. — Ergo o olhar para ele, que continua se acariciando, e isso faz com que minha atenção seja vítima novamente do seu membro inchado. — Se a sua concentração não se abalar o suficiente, vou usar a boca na sua boceta gostosa até você não conseguir ver as cartas direito.

— Ah... — Tento parar de pensar em sacanagem e focar.

— Está pronta?

— Tenho escolha?

Ele sorri.

— Na verdade, não.

— Eu acho que o seu verdadeiro plano era me fazer tirar a roupa para que não pudesse fugir depois de você me contar isso.

— Foi apenas uma leve investigação. Faço de maneira mais profunda com os meus funcionários.

— E também faz investigação de antecedentes com as mulheres com quem namora?

— Então estamos namorando?

— Você sabe o que eu quis dizer.

— Se estivéssemos namorando, talvez eu não tivesse que descobrir sozinho o que estava acontecendo. Talvez você tivesse compartilhado comigo.

— Eu compartilhei com você.

— Ontem à noite.

— E?

— Eu precisava saber o que estava enfrentando antes disso.

— Então, você invadiu a minha priva... — Minhas palavras se perdem quando meus olhos ficam presos em sua teia de ações novamente. Ele está sentado contra a cabeceira da cama, pelado como veio ao mundo, e estou entre suas pernas, de frente para ele, nua também. E ele começa a se acariciar novamente quando estou prestes a lhe repreender. — Eu sei o que está fazendo — digo, engolindo em seco.

— E gosta de me olhar enquanto faço? — Sua boca se curva em um sorriso travesso. Isso vai ser mais difícil do que eu pensava. — Eu começo.

— Ok — falo, receosa.

— Eu quero ficar com você. Você quer ficar comigo?

— Sim... mas...

Ele ergue uma mão.

— Vamos a passos de formiguinha. Pensei nisso a manhã toda.

— Ok.

— Então, já estabelecemos a parte mais importante. Queremos ficar juntos. O restante nós podemos negociar.

— Acho que você descobriu uma coisa que nós dois já sabíamos. A parte difícil é como lidar com as próximas cinco semanas.

— Eu gostaria que você desistisse do programa hoje. Entendo que quer ajudar a sua família. Acho uma atitude muito nobre da sua parte, de verdade. Mas o que eu realmente prefiro fazer é quitar a dívida para você. Tenho o dinheiro e ficaria feliz em ajudar.

— Não posso fazer isso, Cooper.

É tentador, até demais. Somente pensar em ter um pouco do peso retirado dos meus ombros já me faz sentir que, algum dia, poderei realmente ter a minha vida de volta. Mas preciso cuidar da minha família antes que isso seja possível.

— É um impasse. Vamos jogar uma rodada para decidir isso. — Cooper tira as cartas da caixinha.

Estreito os olhos, observando-o. Alguma coisa na forma como sua mandíbula tensiona acende uma luzinha sobre a minha cabeça.

— Eu embaralho e distribuo — digo, estendendo a mão.

— Tem medo de que eu trapaceie se tiver a oportunidade?

Não respondo verbalmente. Em vez disso, distribui cinco cartas para cada um com os naipes virados para cima. Milagrosamente, Cooper tem quatro rainhas.

— Achou que quatro ases seria óbvio demais?

O canto da sua boca repuxa.

— Talvez.

Recolho as cartas.

— Tudo bem você querer resolver as coisas dessa forma, mas se vamos fazer isso, vai ser com honestidade. — Embaralho as cartas com uma mão só como uma profissional.

Cooper perde a primeira rodada.

— Você nem precisou da sua ficha da sorte para me derrotar.

— Você deve ser uma das pouquíssimas pessoas que *consigo* derrotar sem a minha ficha da sorte.

— É mesmo tão supersticiosa assim?

— Não, você que é tão ruim assim.

— Talvez o seu tipo de superstição simplesmente não funcione para mim.

— Você prefere dar beijinhos nos dados em vez de ter uma ficha da sorte?

— Não é nos dados que prefiro que você dê beijinhos. — Cooper desce a mão e meus olhos acompanham o movimento firme que ele faz em sua ereção.

— Pare com isso — repreendo-o.

— Está bem. Precisamos de regras, então, já que vai voltar ao programa.

— Que tipo de regras?

— Regra número um: nada de sexo com mais ninguém além de mim. Isso é óbvio.

— Fechado — digo. Decisão fácil.

— Assim como nada de beijos.

— Mas... nas cerimônias, nós sempre temos que beijá-lo quando somos escolhidas.

— Então eu posso enfiar a língua na boca de Tatiana?

— Você já fez isso antes?

— Esse não é o ponto. Se você não vê problema em beijar, não vai se importar se eu cumprimentar Tatiana com a minha língua.

— Regra número dois: nada de beijos de língua — resmungo.

— Você se torna finalista, recebe o dinheiro do prêmio e desiste do programa. Eu te empresto o restante que precisa para quitar as dívidas da sua mãe e você pode me devolver depois que terminar de quitar os seus empréstimos estudantis.

— Vai levar dez anos.

— Não estou preocupado com isso.

— Impasse. — Ergo as cartas. — Posso confiar em você para distribuir dessa vez?

— Talvez seja melhor você distribuir. Minhas mãos têm coisas melhores para fazer. — Ele se acaricia e, em seguida, estende a mão e belisca um dos meus mamilos.

— Isso não vai funcionar. — *Está funcionando.*

Distribuo as cartas rapidamente.

Ganho mais uma vez. Eu nunca imaginaria que ficaria feliz em ganhar a tarefa de quitar os meus empréstimos estudantis.

— Miles quer usar a nossa casa de família em Barbados para hospedar as participantes nas últimas duas semanas. Vou deixá-lo fazer isso. As garotas ficarão na casa de hóspedes. Quero que você fique confortável; há um quarto lá onde quero que você fique. O Babaca vai ficar em um hotel.

— Eu adoraria.

— Tem mais.

Seu rosto fica apreensivo. Sinto como se estivesse em uma montanha-russa. Em um momento, estou nas alturas, arrumando minhas malas imaginárias para passar uma semana em Barbados. No seguinte, estou pendurada no topo, meu estômago se revirando de nervosismo enquanto espero pela queda livre que está prestes a acontecer.

— Você tirou o seu irmão da fisioterapia.

Arqueio uma sobrancelha.

— Uma investigação *leve*, hein?

— Talvez o investigador tenha se empolgado.

Claro, foi o *investigador* que se empolgou.

— Essa terapia ainda é considerada experimental. O plano de saúde não cobre.

— Eu quero pagar pela terapia.

— Não posso deixá-lo fazer isso. Mas é muita gentileza sua oferecer. De verdade.

— Impasse.

— Isso nem tem a ver comigo ou com o programa.

— Saber que o seu irmão não está fazendo fisioterapia te causa estresse?

— Sim.

— Então, tem a ver, sim. Distribua as cartas.

Nem mesmo os melhores jogadores conseguem vencer todas as rodadas. Dou o meu melhor, mas perco.

— Ainda bem que ganhei essa.

— Por quê?

— Porque eu paguei a fisioterapia por telefone hoje de manhã antes de você acordar.

CAPÍTULO VINTE E QUATRO

COOPER

Nunca entendi por que as pessoas desaceleram e ficam olhando para um acidente de carro na estrada. Elas sabem que vão testemunhar algo horrível, algo que não vão conseguir fingir que nunca viram e apagar da mente. Contudo, quanto mais sinistro o acidente, mais engarrafado o trânsito fica. Sempre fui o cara que xinga os idiotas à minha frente que ficam freando enquanto passam pela pilha de aço destruído. Me recuso a deixar uma curiosidade desenfreada me vencer, sem permitir que meu rosto vire para o lado, não importa o quanto os destroços sejam apelativos.

Entretanto, aqui estou eu, sentado no meu carro, fitando a porta da frente, sabendo que há um acidente prestes a acontecer do outro lado dela. Mas não consigo fazer absolutamente nada para me impedir de entrar. Ela me fez prometer não assistir ao programa gravado amanhã. Tecnicamente, não estou quebrando a promessa; eu nunca disse que não viria assistir à gravação ao vivo esta noite. Toda manhã, tenho que me segurar para não arremessar meu laptop na parede. Só posso imaginar que vai ser um milhão de vezes mais difícil me segurar para não derrubar o Babaca com um soco assim que eu entrar por aquela porta. Deixo um monte de palavrões poluindo o ar conforme saio pisando duro do meu carro até a casa.

— Coop! Não sabia que você viria.

Miles parece realmente feliz em me ver. Infelizmente, o sentimento não é recíproco, embora dessa vez a minha carranca não tenha nada a ver com o meu irmão, para variar.

— Miles. — Cumprimento-o com um aceno de cabeça.

— Você chegou na hora certa. As garotas já estão soltinhas. Liberamos um montão de álcool para elas e, agora, é hora de enviar o solteiro e vê-las começarem a soltar fogo por aqueles narizinhos empinados. — Ele esfrega as mãos como uma criança que não consegue conter sua empolgação. — Vou lá ver como está o Flynn. Beba alguma coisa. Acabamos de pegar o primeiro de dois carrinhos de bebidas das gravações. — Ele me dá um tapa no ombro. — Tem o seu uísque favorito, mas a metade dele já era. Você e Flynn têm gostos parecidos.

Vou direto ao carrinho de bebidas, ignorando o câmera que começa a falar comigo, e pego a garrafa de Macallan puro malte, que já está abaixo da metade. *Babaca*. Sirvo uma dose e viro de uma vez, batendo o copo no carrinho em seguida.

— Dia ruim? — Joel Blick, o diretor, pega um copo do carrinho. Ele serve uma dose dupla para si e em seguida inclina a garrafa para mim, perguntando se quero mais. Estendo meu copo para ele.

— Pode-se dizer que sim. — Gesticulo para ele com meu copo antes de tomar um gole.

— Bom, talvez uma briguinha de mulheres possa te animar. Tem um furacão se formando entre as candidatas hoje.

— Qual é o motivo?

— O solteiro. — Ele termina sua bebida. — O que mais poderia ser?

— Quais são as garotas?

— As favoritas das câmeras. Jessica, Mercedes e Kate. Elas estavam batendo boca pra valer, e os ânimos ficaram exaltados. Mas agora, depois de consumirem álcool e de Flynn ter entrado na jogada... eu não me surpreenderia se o furacão fizesse um belo estrago.

— Você tem o vídeo da discussão?

— Sim. — Fico olhando para ele, esperando. — Quer assistir?

Quem consegue resistir a um acidente de carro prestes a acontecer diante dos seus olhos?

— Você pensa que é melhor do que todo mundo aqui? — Jessica destila, contorcendo seu rostinho bonito.

— Eu nem te conheço. Você tem alguma coisa contra mim desde a primeira noite e eu não faço ideia do motivo — Kate replica em um tom indiferente. Isso só serve para deixar Jessica ainda mais furiosa por não ter conseguido provocá-la.

— Você anda por aí achando que tem o Flynn na palma da mão.

Eu sei que é irracional. Mas ouvir Kate em uma discussão que tenha a ver com o Babaca faz meu sangue, que já estava quente, ferver.

— Eu acho que você bebeu além da conta — Kate diz e se vira para sair dali. Mas Jessica a puxa pelo ombro.

— Eu sei muito bem o joguinho que você está fazendo — ela retruca em um tom de alerta.

Kate se vira novamente e lança um olhar irritado para ela. Por um bom tempo, as duas ficam apenas se encarando, nenhuma disposta a recuar. Mas então, uma expressão familiar surge no rosto de Kate e ela deixa claro que reconheceu o blefe da sua oponente.

— Todas estamos fazendo joguinho, não é mesmo?

Ela afasta a mão de Jessica do seu ombro e sai andando. A tela fica escura.

— O que foi isso?

— Sei lá. Mas tem algo rolando e Miles está ocupado tentando colocar ainda mais lenha na fogueira.

O monitor da filmagem ao vivo captura tudo o que está acontecendo do outro lado da parede, embora não estejam gravando no momento. Kate está linda usando um vestido azul-escuro na altura dos joelhos que abraça suas curvas. A vasta sala de estar está cheia de mulheres que são indiscutivelmente lindas de morrer. Porém, Kate se destaca, mesmo que suas melhores qualidades físicas não estejam completamente à mostra. A equipe está ajustando a iluminação e ela dá risada ao conversar com eles. Uma estagiária baixinha está com dificuldade para instalar uma câmera alta e Kate, em seus saltos de doze centímetros, se aproxima e a ajuda. Depois disso, elas passam cinco minutos conversando. As outras mulheres nem ao menos reparam nas pessoas da equipe, ocupadas demais esperando alguém mais importante chegar.

Durante alguns minutos, fico ali assistindo-a, sentindo todo o estresse que vinha se acumulando o dia todo começar a diminuir aos poucos.

A luz verde indicando o início da gravação acende e, então, ele entra na sala.

Babaca.

Ele vai direto até Kate, sem sequer olhar para as outras mulheres que estão bem diante dele. *Direto ao alvo. Ele está caidinho por ela.* Onde foi que eu vi essa expressão antes, mesmo? Ah, sim... *no espelho.*

Ele dá um beijo na bochecha dela. Um sorriso convencido surge em seu rosto conforme seus olhos percorrem todo o corpo dela. *Meu corpo, porra.* Não sei se é bom ou ruim o fato de eu não poder retroceder um pouco a cena. Estou desesperado para saber o que ele acabou de sussurrar para ela, mas se eu soubesse, não sei se seria capaz de me impedir de ir até lá e acertar seu rosto em cheio com um soco.

Em determinado momento, Jessica o afasta de Kate, abrindo um sorriso forçado e falso para Kate ao prender seu braço no de Flynn e conduzi-lo para o deque externo.

— Você gostou do meu vestido? — Jessica pergunta timidamente, olhando para baixo. Seus olhos conduzem os dele a descerem para seus peitos quase saltando do vestido comprido vermelho.

Qualquer pensamento em relação a Kate parece desaparecer rapidamente quando o Babaca lambe os lábios e se inclina para sussurrar algo no ouvido de Jessica. Ela segura as mãos dele e as coloca em volta da sua cintura, pressionando seu decote contra o peito dele. Kate deveria ver isso. Saber o quanto esse Babaca é realmente leal a ela.

— Faça Kate ir até a sacada enquanto esses dois estão agarrados — brado para Joel.

Ele pondera a minha sugestão por um segundo.

— Não é má ideia. Talvez faça Kate finalmente mostrar as garras. — Joel pega seu walkie-talkie e ordena que um contrarregra direcione Kate para o lado de fora.

O momento não poderia ser mais perfeito. Eles estão abraçados, e o Babaca está com a cabeça quase enterrada no pescoço de Jessica enquanto sussurra em seu ouvido quando Kate chega à sacada. Ela para ao vê-los envolvidos de forma tão íntima. O Babaca está de costas para ela, mas Jessica percebe a presença de Kate no instante em que ela surge. E isso só alimenta sua performance. Ela desliza as mãos que estão na nuca dele para cima, infiltrando os dedos nos cabelos dele em um toque carregado de teor sexual.

A câmera enquadra bem a cena, capturando Jessica abrindo um sorriso presunçoso para Kate antes de colar seus lábios no pescoço de Flynn. Kate baixa a cabeça e sai dali graciosamente. Ela não vê o momento em que Flynn se desvencilha das garras de Jessica e rejeita sua tentativa de beijá-lo um minuto depois.

— Bela visão. Quem sabe você segue nessa carreira de reality shows com o seu irmão — Joel diz quando eu me levanto, pronto para pegar mais uma bebida.

— Não conte com isso.

CAPÍTULO VINTE E CINCO

KATE

— Você não me perguntou se consegui ser uma das finalistas ontem — digo enquanto Cooper pressiona os lábios na curva do meu pescoço.

Ele veio com tudo para cima de mim no instante em que entrei pela porta à meia-noite. Ele mal proferiu quatro palavras antes de me colocar contra a parede, com um desejo cheio de urgência. Eu sabia que estar ao menos um pouco perto de Flynn era difícil para ele, então não questionei o que incitou seu apetite. Em vez disso, me rendi imediatamente, deixando-o se aproveitar do quão rápido eu já aprendi a me render a ele.

— Não precisei perguntar.

Ele agarra um punhado do meu cabelo e puxa para ter melhor acesso à minha pele e lamber e mordiscar um caminho até minha orelha.

— Por quê?

Cooper para abruptamente e afasta a cabeça. Seus olhos verde-claros estão tão escurecidos quanto ontem à noite; há uma ferocidade neles, algo mais do que apenas excitação.

— Eu te disse que vejo como ele olha para você. Agora, será que podemos não falar sobre *ele* na minha cama?

Eu não tinha pensado por esse lado. Falar sobre outra mulher enquanto eu o beijava me deixaria chateada, com certeza.

— Desculpe.

Abraço-o pelo pescoço e puxo sua boca para a minha. Ele satisfaz minha vontade, beijando-me com a mesma ferocidade que senti entre nós ontem à noite. Uma urgência que me faz sentir que ele precisa de um lembrete de que sou apenas sua.

Interrompo o beijo e saio de debaixo dele.

— Aonde você vai? — ele rosna.

Me levanto e fico de pé sobre o tapete felpudo ao lado da cama, esperando nossos olhares se encontrarem. E então, me ajoelho.

— Caramba, Kate. — Ele expira profundamente. — Não vou durar nada. Você não faz ideia do que essa cena faz comigo. — Ele passa as mãos pelo cabelo ao ficar de pé diante de mim.

Com uma lentidão torturante, ele enrola todo a extensão do meu cabelo em torno de sua mão até seu punho encostar no meu couro cabeludo.

— Olhe para mim enquanto me chupa.

Meus lábios envolvem sua glande e eu chupo delicadamente, girando a língua em volta dele. Seguro sua base e deslizo a palma para cima e para baixo em seu comprimento, aumentando a força da sucção aos poucos.

— Mais — ele geme. — Enfie mais na boca. — A tensão em sua voz aumenta a minha própria excitação e meu corpo treme em resposta. Meu Deus. Talvez eu consiga gozar sem que ele ao menos precise me tocar.

Abocanho mais centímetros do seu comprimento, um pouco longe de engolir até o fim, mas o suficiente para que a extremidade chegue a minha garganta. Relaxo a língua e, com ela percorro a parte inferior do seu membro, traçando o pulsar da veia grossa que lateja conforme ele fica cada vez maior e mais duro.

— Engula tudo. Enfie meu pau na sua garganta — ele pede em uma voz rouca, nossos olhares intensos e presos um no outro. Fecho os olhos ao abrir a garganta o máximo que posso e engulo até onde consigo. Minha mandíbula se estica e minha respiração fica rasa conforme luto para pegar fôlego pelo nariz.

— Ah, Kate. — Ele engole em seco e emite um som que parece de dor. — Você de joelhos... meu pau na sua garganta... — Suas palavras se perdem.

Motivada pelo efeito que causo nele, sinto que quero ainda mais. Com voracidade, balanço a cabeça para cima e para baixo furiosamente ao chupá-lo com força até sentir que ele está perto.

— Porra... essa sua boca...

Com as mãos no meu cabelo, ele segura minha cabeça no lugar e assume o controle, estocando ferozmente em minha boca, forte, fundo, atingindo minha garganta a cada movimento enquanto luto para acompanhar seu desejo primitivo.

Gemendo, rugindo, ele se afasta da minha boca e afrouxa as mãos no meu cabelo.

— Vou gozar. — Ele tenta se desvencilhar de mim, mas afundo as unhas em sua bunda e puxo-o de volta.

As palavras que ele murmura ao gozar na minha boca são inaudíveis. Seu corpo estremece conforme ele se esvazia em mim e eu luto para engolir. É incrível como ele ainda consegue permanecer semi-ereto depois de um orgasmo tão poderoso.

Ele fica imóvel, e com a respiração finalmente desacelerando, ele se curva e me ergue delicadamente, aninhando-me em seus braços ao voltarmos para a cama. Existe algo tão terno na forma como ele me abraça apenas minutos depois de agir de forma tão bruta. Contudo, por mais estranho que pareça, seus dois lados me aquecem por dentro da mesma maneira.

A visão de Cooper Montgomery usando uma camisa branca social por dentro de uma calça social azul-marinho que se ajusta deliciosamente em sua cintura esguia me dá água na boca.

— Pare de me olhar assim. — Ele ergue o colarinho engomado e coloca a gravata em volta do pescoço, fazendo um nó perfeito com seus dedos habilidosos.

— Assim como?

— Como se quisesse me comer.

— Achei que já tivesse feito isso.

Ele ergue as sobrancelhas ao dar a volta na bancada da cozinha. Ainda estou usando sua camisa de ontem, enquanto ele está completamente vestido. Agarrando minha bunda, ele me puxa para a beirada do banco onde estou sentada, posicionando-se entre minhas pernas.

— Altura perfeita. — Ele impulsiona o volume em sua calça ainda mais contra meu centro. — Helen vai chamar uma ambulância se eu não aparecer logo no escritório. Não é do meu feitio cancelar uma reunião.

— Está dizendo que sou má influência? — Faço beicinho.

— Estou dizendo que é impossível me afastar de você. — Ele puxa minha camisa e expõe meu ombro, dando um beijo molhado na minha pele. — Quais são os seus planos para hoje?

— Tenho que ir ao estúdio para experimentar alguns figurinos. Eles querem deixar tudo pronto antes do intervalo de filmagens.

Ele tensiona a mandíbula, mas assente.

Lembro que ele ainda não perguntou se Flynn me escolheu para ser uma das finalistas. Não estamos mais na cama, então puxo esse assunto novamente.

— Você não parece surpreso por eu precisar de roupas para o programa. — Encontro seu olhar.

Ele desvia o contato visual por um segundo, mas já é suficiente para me fazer entender que ele já sabia com certeza que fui escolhida.

— Como você sabia? E não me diga que foi pelo jeito que Flynn olha para mim.

Seu rosto enrijece.

— Será que você pode não dizer o nome dele?

Não vou deixá-lo mudar de assunto dessa vez. Ele me prometeu que não assistiria aos DVDs e estou curiosa para saber como ele ficou sabendo.

— Como você sabia que o *Babaca* me escolheu para ser finalista? — indago.

Ele suspira e me abraça pela cintura, e isso me diz que ele acha que vou sair correndo quando me contar. Preparo-me para sua resposta.

— Eu fui ao estúdio durante as gravações ontem.

Arregalo os olhos.

— Você prometeu que não assistiria.

— Eu prometi que não assistiria aos DVDs com as filmagens prontas. Nunca disse que não assistiria às gravações ao vivo.

— Você sabe que isso não faz diferença. — Estreito os olhos.

Ele solta uma respiração frustrada.

— Podemos fingir que esse programa não existe durante essa semana? Você vai estar livre e eu te quero só para mim. Nada de falar sobre o programa, o *Babaca* ou o meu irmão. Quero somente você e eu.

Engulo em seco.

— Está bem. Vou fazer as provas de figurino e, depois, não falaremos sobre o programa durante toda a semana de folga.

— Obrigado. — Ele me dá um beijo casto nos lábios, enfia a mão no bolso e me entrega um molho de chaves. — Mercedes preta estacionada ao lado do Porsche. Não se preocupe, ninguém vai reconhecê-la no estúdio. Nunca fui até lá nesse carro. As chaves do meu apartamento também estão aí. Te encontro aqui às cinco.

— Mandão — murmuro, pegando as chaves.

Ele balança a cabeça e sorri, me dando mais um beijo antes de sair.

— Vamos fazer assim: vou te deixar escolher o que faremos hoje à noite, só para te mostrar o quão bonzinho eu posso ser.

CAPÍTULO VINTE E SEIS

COOPER

Mesmo chegando no escritório com duas horas de atraso, consigo realizar mais coisas na metade de um dia do que vinha conseguindo há semanas. Helen entrega meu almoço junto com algo pelo qual costumo estar impaciente.

— Jogue esse DVD no lixo.

— Perdão? — Helen fica confusa diante da minha mudança de ideia repentina.

— Não quero saber de reality shows por uma semana. Tire esse negócio da minha frente.

— Como quiser.

Participo de três reuniões, faço duas teleconferências e assino meia dúzia de contratos que estavam esperando pela minha atenção em minha mesa há uma semana. No meio da tarde, meu celular apita, indicando a chegada de uma mensagem. Uma raridade para mim. Prefiro conversar pessoalmente. Mais uma coisa que aprendi com meu pai. Uso meu celular para ler as notícias e fazer ligações. Mas ver o nome de Kate na tela me faz sorrir.

Kate: Qual é a sua cor favorita?

Cooper: Azul.

Espero ela dizer mais alguma coisa, mas não diz.

Cooper: Por quê?

Kate: Só para saber.

Cooper: Decidiu perguntar a minha cor favorita no meio do dia assim, do nada?

Kate: Talvez.

Cooper: Onde você está?

Kate: Na loja de lingeries.

Cooper: Então posso mudar a minha resposta?

Kate: Hahaha, claro.

Cooper: Preto. Renda. Fio-dental. Cinta-liga.

Kate: Isso é mais que uma cor.

Cooper: Compre agora ou vou ter que passar aí a caminho de casa.

Kate: Mandão.

Talvez trocar mensagens não seja tão ruim, afinal.

Limpo a minha agenda o máximo possível, remarcando as reuniões que precisam ser presenciais. O departamento de viagens corporativas deixa tudo pronto na minha mesa às quatro e meia e, então, estou pronto para ir embora, mesmo que não tenha perguntado a ela ainda.

Estou ansioso para chegar em casa. Mulheres nunca frequentaram meu apartamento, e eu com certeza nunca dei uma chave a ninguém. Contudo, por mais estranho que seja, não pareceu uma ocasião tão monumental entregar as chaves de tudo o que eu possuía para Kate. Pareceu... normal.

Kate está usando um robe de seda comprido quando entro. Vou direto até ela, meus dedos imediatamente encontrando o laço, prontos para desfazê-lo.

— O que está fazendo?

— Quero ver o que há por baixo disso.

— Sem ao menos um "oi, querida, como foi o seu dia?"?

— Como foi o seu dia? — pergunto, desinteressado, puxando o laço sem me importar com suas mãos tentando deter as minhas. Seu robe se abre, revelando a visão sobre a qual não consegui parar de pensar o dia todo. Só que ao vivo é ainda melhor do que imaginei.

— Tire o robe.

Ela ergue o olhar, vê meu rosto e deixa o robe deslizar por seus ombros, formando uma poça em torno de seus pés calçados em saltos finos. Kate está usando um espartilho preto de renda, amarrado bem apertado por meia dúzia de laços pretos de seda. Um presente que mal posso esperar para desembrulhar.

— Vire-se. — Quero ver o quão bem ela é capaz de obedecer às minhas instruções.

Lentamente, ela gira nas pontas dos pés e fica de costas. Sua bunda redondinha está completamente à mostra, somente uma tira de tecido entre suas nádegas. Uma cinta-liga se conecta a meias longas e transparentes. Meu pedido atendido ao pé da letra.

Fico duro instantaneamente, apalpando seus seios ao me pressionar contra sua bunda.

— Eu vou te foder debruçada no pé da cama. E você não vai tirar nada. Nem mesmo os sapatos — rosno em seu ouvido, deixando meu hálito quente se demorar em sua pele antes de beijar seu pescoço.

— Você gostou? — pergunta em um sussurro.

— O que você acha? — Esfrego ainda mais minha ereção em sua bunda.

— Que bom. — Ela gira em meus braços. — Mas guarde essa ideia por um tempinho. Você disse que eu podia decidir o que faremos esta noite. Quero te levar a um lugar primeiro.

CAPÍTULO VINTE E SETE

KATE

Dez minutos após entrarmos no carro, ele ainda está fazendo carranca.

— Você vai ficar fazendo beicinho a noite toda? — pergunto.

— Não. Mas vou te fazer pagar por esse showzinho mais tarde quando voltarmos para casa. — Ele abre um sorriso diabólico e eu cruzo as pernas para aplacar o desejo que sua ameaça desperta.

— Eu fiz exatamente o que você instruiu.

— Você me deu um presente, mas não me deixou desembrulhá-lo.

— Quem espera sempre alcança. — Sorrio. — Pegue a próxima saída.

— Vou pegar é você e te dar umas palmadas se continuar a brincar comigo assim.

— Talvez eu acabe gostando.

— Kate... — ele alerta.

— O que foi? Eu prometo que vou te compensar mais tarde.

— E eu prometo que você não vai conseguir andar depois que eu colocar as mãos em você esta noite.

Talvez não tenha sido uma ideia muito boa cutucar o leão e em seguida levá-lo para onde estamos indo.

— Entre à esquerda, na Alan Street.

— Aonde estamos indo?

— Hã... — De repente, começo a questionar o destino que escolhi para esta noite. — Para a casa da minha mãe.

Ele me olha de relance, depois para a estrada, e para mim novamente.

— Você não está brincando, não é?

— Não.

Observo seu rosto, curiosa pela reação que receberei. Principalmente considerando que acabei de deixá-lo sexualmente frustrado. Primeiro, ele franze as sobrancelhas, como se não soubesse bem o que pensar. Depois, estende o braço e segura minha mão. E pela primeira vez desde o acidente e a morte do meu pai, sinto que não estou mais nessa sozinha.

Aperto um pouco mais nossos dedos entrelaçados ao andarmos em direção à casa da minha mãe. Ela não faz ideia de que estamos aqui, o que parece justo, já que Cooper também não teve um aviso prévio. Ele não reclamou uma vez sequer, nem me perguntou por que viemos, e isso faz com que eu me apaixone ainda mais por esse homem.

— Mãe? — Entro usando a minha chave.

— Kate, é você?

— Sim, mãe.

Antes que eu possa dizer a ela que fique onde está, mamãe já está vindo em minha direção para me cumprimentar.

— Que surpresa agradável. E você trouxe companhia. — Ela sorri.

— Por que não está usando o seu oxigênio, mãe? — Vou com pressa até a sala de estar e pego seu cilindro portátil, que ela deveria estar usando o tempo inteiro.

— Só tirei por alguns minutinhos. — Ela revira os olhos enquanto posiciono em seu rosto o tubo fino e flexível de plástico que lhe fornece oxigênio. — Que rapaz bonito você é — ela diz para Cooper.

Ele sorri, divertido, e se aproxima dela.

— Obrigado, sra. Monroe. É um prazer conhecê-la.

Isso é tão típico da minha mãe. Não existe um filtro entre seus pensamentos e suas palavras. Embora ela consiga me deixar constrangida pra caramba às vezes, essa é uma das coisas que mais amo nela.

— Mãe, este é Cooper Montgomery. Esta é minha mãe, Lena Monroe.

— Me chame de Lena. — Ela sorri para Cooper, que assente. — Você é amigo da Kate, Cooper?

Ele olha para mim, estreitando um pouco os olhos.

— Namorado.

— Bem, fico feliz por Kate tê-lo trazido aqui. Você deve ser muito especial. Kate não costuma trazer namorados para que eu conheça.

Meu plano era mostrar a Cooper por que estou fazendo o que estou fazendo, para que fosse mais fácil ele compreender a importância de eu ir para a reta final do programa. Mas esqueci que a minha mãe alternaria entre interrogá-lo e compartilhar histórias embaraçosas.

— O que você faz da vida, Cooper?

— Mãe — eu a advirto educadamente. — Nós acabamos de chegar. Que tal você dar ao Cooper pelo menos uns dez minutos antes de começar a interrogá-lo? E onde está o Kyle?

— Tudo bem. Não me importo. Eu faço filmes. Tenho uma empresa de produção cinematográfica.

— Ele está no quarto tirando uma soneca. Ele fica cansado depois da terapia. — Ela se vira para Cooper. — São filmes adultos?

Cooper dá risada.

— Não, senhora. Filmes tradicionais mesmo. Nada de filmes adultos.

— Você tem filhos?

— Ainda não.

— Você joga pôquer?

— De vez em quando com alguns amigos.

— Bem, não jogue com a minha filha. Ela é craque. Igual ao pai dela.

— Teria sido bom receber esse conselho algumas semanas atrás. — Cooper sorri.

— Você é supersticioso?

— Não, acho que não.

— Mãe — interrompo, porque sei o que vem a seguir. — Eu também não sou supersticiosa.

— Aham... — ela responde de maneira condescendente, mas se inclina para sussurrar para Cooper, porém consigo ouvir cada palavra. — Se eu fosse do tipo que aposta, apostaria que há um trevo-de-quatro-folhas guardado atrás da carteira de motorista dela. E uma moeda da sorte escondida em algum lugar.

Balanço a cabeça e reviro os olhos, mas não nego a acusação da minha mãe. Ela enche Cooper de perguntas por mais quinze minutos, até que Kyle grita do seu quarto. Peço licença para ir ajudar meu irmão a sentar na cadeira de rodas.

Kyle é tetraplégico. Cinco anos atrás, eu o busquei após um jogo de futebol em uma tarde ensolarada de uma sexta-feira do mês de maio. O time dele havia ganhado, o papai estava em uma onda de vitórias consecutivas e eu estava prestes a me mudar para o meu primeiro apartamento com Sadie. A vida era boa, e o futuro parecia ainda melhor. Dirigindo pela rodovia que liga Malibu a Santa Mônica, o rádio estava estrondando e Kyle ria da minha tentativa de cantar no mesmo tom que Gwen Stefani. Seu sorriso é a última coisa de que me lembro daquele treze de maio.

Mais tarde, naquela noite, um policial me explicou o que aconteceu. Uma prancha de surfe se desprendeu do topo de um Volkswagen Rabbit e foi em direção ao para-brisa do carro que vinha logo atrás. O motorista desviou, perdeu o controle do carro e mudou de direção no meio do trânsito, batendo diretamente em nós. De algum jeito, acabei com somente um braço quebrado e alguns cortes e hematomas. Já o meu irmão não teve tanta sorte. Ficou paralisado do pescoço para baixo e nunca mais andou.

Os primeiros anos foram muito difíceis. Kyle era um adolescente de catorze anos preso em um corpo que se tornou uma gaiola que nunca mais o libertaria. Eu, por outro lado, estava livre para andar por aí, porém a minha mente vivia engaiolada pela culpa por ter sido poupada. Eu estava dirigindo. E se eu tivesse desviado mais rápido? O volume estrondoso da música me distraiu? Não importa o que as testemunhas tivessem dito, eu sentia a necessidade de repassar aquela noite na mente, de novo e de novo, para poder ter certeza de que não foi minha culpa. Mas não conseguia me lembrar de nada. Toda vez que tentava, só via meu rosto sorridente cantando e, no momento seguinte, acordando no hospital. O momento em que recebi a notícia sobre a condição de Kyle substituiu o que eu não conseguia me lembrar.

Até pouco tempo, não havia perspectiva de uma recuperação... mas então, surgiu um experimento clínico com um novo remédio que deu a ele uma pontinha de esperança. Alguns estudos iniciais mostraram que certos programas de reabilitação aumentam a eficácia do remédio.

Passo alguns minutos com Kyle antes de colocá-lo em sua cadeira de rodas e voltarmos para a sala de estar.

— Ou a minha irmã pensa que você é o super-homem, ou não gosta muito de você... te deixando sozinho com a mamãe — meu irmão diz quando Cooper se aproxima para cumprimentá-lo.

— A minha capa está no carro. — Cooper sorri. — Prazer em conhecê-lo, Kyle.

— Igualmente. Saca só. — Kyle aponta para seus pés com os olhos. Dois dedos se movem. Não é muita coisa, mas conseguimos ver.

— Ai, meu Deus, Kyle! Isso é maravilhoso! O que o médico disse?

— Disse para não criar muita expectativa. Mas parece que, para você, esse conselho também entrou por um ouvido e saiu pelo outro. — Ele sorri.

— Faça de novo — peço, e ele faz. Movimenta dois dedos dos pés. Meu irmão se esforça muito para não agir como se isso não fosse grande coisa, mas nós dois sabemos que é algo muito grandioso.

— O que você acha?

— Acho que é a coisa mais linda que já vi desde o dia em que você veio a esse mundo. — Curvo-me e dou um beijo na testa do meu irmão.

— Cara. — Kyle olha para Cooper, pedindo ajuda. — Você tem que fazê-la parar de me beijar.

Cooper sorri.

— Não sei se posso ajudar nisso. Eu gosto quando ela me beija.

— Que nojo.

Nos reunimos na sala e conversamos por uma hora. Cooper fala sobre esportes com Kyle, e mamãe e eu discutimos as atualizações que os médicos de Kyle lhe passaram. A conversa entre os dois rapazes fica um pouco acalorada quando Cooper menciona ser fã dos Raiders, em vez de torcer pelos Chargers. Sentada em minha cadeira, observo silenciosamente os dois discutirem estatísticas e jogadores. A maioria das pessoas fica desconfortável perto de Kyle. Nunca querem chateá-lo, e a pena as impede de discordar de qualquer coisa que ele diga, mesmo que esteja completamente errado.

Mas Cooper, não. Ele trata Kyle como um garoto normal de dezenove anos. Eu não o trouxe aqui com a intenção de observar sua interação com o meu irmão, porém a simplicidade do que vejo diz muito sobre a complexidade desse homem maravilhoso.

Perco a noção do tempo, passando mais horas do que pretendia. No caminho de volta para sua casa, Cooper permanece quieto no carro.

— O meu irmão gostou de você.

— Não acho que ele curtiu o meu gosto em relação a times esportivos.

— Bom, o seu gosto é uma droga mesmo.

— Tenho pensado em reconsiderar a minha lealdade, de qualquer forma.

— Por quê?

— Eu não via graça nos Chargers antes de te conhecer.

— E agora você vê? — Olho para ele com suspeita.

— No dia em que te conheci, você estava usando uma camiseta dos Chargers.

— Estava?

— Cor-de-rosa, com um raio dourado na frente. Calça jeans com um rasgo no joelho esquerdo e na coxa direita. Chinelos pretos.

Internamente, fico toda ouriçada por ele se lembrar de tantos detalhes, mas não demonstro.

— Não sei se queremos um fã tão fácil de virar a casaca do nosso lado das arquibancadas.

— Nem demorou muito. — Ouço o sorriso em sua voz, mas sua atenção permanece na estrada. — Você voltou a ser difícil.

Ignoro seu comentário.

— Minha mãe também gostou de você.

— Mães me amam.

— Você é tão cheio de si.

— Queria que você estivesse cheia de mim. — Ele me lança uma piscadela e engata a quarta marcha ao pegar a rodovia. Até a maneira como esse homem manuseia o câmbio do carro indica o quanto ele é bom na cama. Ele controla o carro da mesma forma que controla tudo em sua vida: com uma autoridade inabalável.

— Você só pensa em uma coisa.

— Só em Kate, o tempo todo — ele diz, me aquecendo por dentro, um calor diferente do que sinto quando o presencio exercendo seu poder sobre coisas simples. Estou começando a me dar conta de que existem várias maneiras com que ele consegue elevar a minha temperatura corporal.

Coloco a mão sobre a dele no câmbio manual.

— Obrigada por ter ido comigo.

Ele assente.

— Obrigado por ter me levado.

Estou sentada na bancada da pia de mármore do banheiro, balançando as pernas enquanto o observo se aprontar para dormir.

— Você praticou algum esporte no ensino médio?

Vê-lo com meu irmão me despertou essa curiosidade.

— Sim. E você?

— Futebol.

— Futebol americano.

— Você namorava uma líder de torcida?

Ele sorri.

— Clichê, não é?

— Talvez eu tivesse tentado ser líder de torcida ao invés de jogar futebol se estudasse na mesma escola que você.

— Eu não teria ficado com líderes de torcida se estudasse na mesma escola que você.

— Ssss — emito um sibilar e ele franze a testa. — Você disse líderes de torcida, não líder de torcida... ou seja, ficou com mais de uma.

Ele termina de escovar os dentes e me dá um beijo casto nos lábios.

— Não vamos falar sobre isso.

— Por que não? É inofensivo. Estamos falando sobre o ensino médio.

— Sim, mas eu prefiro não falar sobre nenhum de nós saindo com outras pessoas agora. — Ele me ergue da pia e eu envolvo sua cintura com as pernas. Apago a luz ao sairmos do banheiro para seu quarto.

— Cooper — sussurro quando ele me pousa gentilmente na cama e enterra o rosto no meu pescoço. Ele recua a cabeça para me olhar. — Faça amor comigo.

Seus olhos percorrem meu rosto e ele me beija suavemente. E então, faz amor comigo da mesma maneira possessiva e dominante de sempre. Só que, dessa vez, também de maneira doce e cheia de emoção sincera.

É quase uma da manhã quando nós dois finalmente nos sentimos satisfeitos.

— Você sabe por que eu quis te levar lá esta noite? Para conhecer a mamãe e o Kyle? — pergunto, aconchegada ao seu lado, completamente saciada.

— Para me mostrar por que está participando do programa?

Eu já deveria saber que Cooper sacaria o objetivo do meu plano tão óbvio para fazê-lo lembrar o motivo de ele precisar ter paciência comigo quando as coisas ficarem mais difíceis durante as gravações da reta final.

— Funcionou?

— Eu já sabia o motivo de você estar participando do programa.

— Achei que fosse mais fácil se você visse a razão. Somente contar o que estou fazendo não tem o mesmo efeito. Se eu chegar até a final, vai ser uma ajuda enorme para eles. Eu conseguiria pagar quase toda a hipoteca da minha mãe e arcar com a terapia de Kyle enquanto termino os estudos.

— Admiro ainda mais a sua determinação, sem dúvidas. Mas, sendo sincero, nada vai fazer com que seja mais fácil te ver ir a encontros românticos com outro homem. — Ele beija o topo da minha cabeça. — Mas a sua tentativa significou muito para mim.

Há um longo período de silêncio e começo a pensar que ele adormeceu.

— Viaja comigo nessa sua semana de intervalo?

É uma pergunta inesperada.

— Para onde?

— Minha casa em Barbados.

— A casa onde vamos nos hospedar quando formos gravar lá?

— Eu quero você todinha só para mim até lá. Preciso te ter em cada canto possível da ilha para que não reste um só lugar em que você possa sentar com *ele* e não se lembrar dos orgasmos que pretendo arrancar do seu corpo.

Eu certamente não me oponho a uma maratona de orgasmos em uma ilha tropical.

— Tenho que trabalhar hoje à noite. Mas depois, sou toda sua.

— Ótimo. Vamos amanhã de manhã.

Dou risada.

— Você já tinha feito os planos antes de me perguntar, não tinha?

— Sim.

— O que aconteceria se eu tivesse dito não?

— Mas você não disse.

— Não é esse o ponto.

— Acho que eu teria que te fazer mudar de ideia.

— Me deixe adivinhar: você usaria sexo para me persuadir.

— Você fala como se fosse uma coisa ruim.

— Não é uma coisa *ruim*. Não é nada, na verdade. Você não conseguiria me fazer mudar de ideia com uma transa se eu realmente não quisesse fazer alguma coisa.

— Então, se não desse certo com o meu pau, eu teria que usar a minha boca em você.

— Você não está entendendo o que estou tentando dizer.

— Que tal experimentarmos a sua teoria? — Meu corpo exausto estremece diante do desafio em sua voz.

— Estou cansada demais.

— Está mesmo? — Ele me deita de costas e fica por cima de mim, chupando meu mamilo com força antes mesmo que eu possa argumentar. Estou exausta, mas meu corpo traidor reage mesmo assim.

Quarenta e cinco minutos e dois orgasmos depois, caio no sono, pensando que preciso dizer não com mais frequência, só para que ele tente me fazer mudar de ideia.

CAPÍTULO VINTE E OITO

COOPER

A primeira coisa que noto ao colocar o pé no cassino é a vestimenta das crupiês. É basicamente uma lingerie um pouco mais vestida. Em seus espartilhos vermelhos e minissaias pretas, parecem pertencer mais à mansão da Playboy do que a um cassino, onde elas distribuem cartas. Sigo até o salão de altas apostas com mais propósito ainda em meus passos.

São seis da manhã, então as únicas pessoas que ainda estão jogando são os apostadores depravados e os bêbados. Aparentemente, há os dois tipos na mesa de Kate quando me aproximo.

Ela me observa atentamente conforme sento em uma cadeira e retiro meu maço de dinheiro do bolso.

— Resgate.

Ela dispõe minhas dez notas de cem dólares sobre a mesa de feltro e vira-se para um homem de terno, que assente.

— O que vai querer esta manhã, senhor? — Ela arqueia uma sobrancelha e, assim como quando nos conhecemos, meu pau se contorce dentro da calça.

— O que você quiser me dar.

Ninguém à mesa percebe a nossa interação. Há quatro jogadores: um sujeito velho usando uma pulseira grossa de ouro e quatro anéis de diamante, e um grupo de três jovens bêbados que talvez tenham conseguido entrar usando identidades falsas.

Kate empurra uma pilha de fichas na minha direção e sorri.

— Boa sorte, *senhor*.

Meu pau se contorce de novo.

Ela distribui a primeira rodada e eu ganho.

— Parece que está com sorte esta manhã.

— Talvez seja a crupiê me dando sorte.

Ela distribui outra rodada.

— Hummm... bom, é melhor você torcer para que esse não seja o caso. Meu turno termina em vinte minutos.

Ganho mais uma vez, mas o coroa perde sua última pilha de fichas. Ele joga as cartas sobre a mesa e vai embora, murmurando algo sobre babacas e sorte.

— Então, você vai dizer sim se ele te convidar? — A loira alta cambaleia ao receber uma bebida da garçonete. Ela não falou sua aposta ainda e Kate está segurando a próxima rodada para lhe dar tempo de colocar sua pilha de fichas no centro da mesa.

Os olhos de Kate encontram os meus brevemente e voltam para a Loira Cambaleante em seguida. Ela apoia a mão sobre a mesa diante da garota e pergunta educadamente:

— Vai ficar de fora dessa rodada?

O Cara Bêbado do grupo se manifesta:

— Pare de ficar tagarelando sobre aquele solteirão merdinha e se concentre no jogo. Ela já te disse há uma hora que não pode falar sobre o programa.

Eu prefiro Babaca, mas merdinha também serve.

A Loira Cambaleante aposta uma pilha de fichas pretas, sem sequer esboçar alguma reação quando perde uma rodada de mil dólares. Eu apostaria o meu saldo bancário que ela está gastando o dinheiro do papai.

— Ela disse que não pode *falar* sobre o programa, mas talvez possa gesticular com a cabeça ou algo assim.

— Não entendo a sua obsessão por aquele cara. Não passa de um vigarista magricela.

— Ele não é um vigarista magricela.

O Cara Bêbado dá de ombros.

— Tanto faz. Faça logo a sua aposta e preste atenção nas suas cartas.

Todos à mesa ficam em silêncio e eu ganho mais duas rodadas. Cinco seguidas. Deve ser um recorde para mim. Kate sorri ao me pagar a última vitória.

— Parece que a sua sorte está ficando cada vez melhor hoje.

— Tomara que sim. Espero ter sorte ao tentar uma coisa nova mais tarde — digo enigmaticamente.

Infelizmente, a Loira Cambaleante ficou quieta por alguns minutos apenas para organizar seus pensamentos sobre seu ídolo.

— Eu soube na primeira vez que ele te beijou que vocês dois ficariam juntos no final.

Kate ignora seu comentário e continua distribuindo as cartas da rodada, mas a Loira Cambaleante não se toca.

— Aquele episódio em que ele canta para você e vocês dois dançam juntinhos. — Ela coloca a mão no peito. — É como assistir a um filme antigo. Vocês constroem uma amizade, mas há tanta paixão por trás. — Ela suspira. — Vocês foram feitos um para o outro.

Com a mandíbula cerrada, observo o rosto de Kate enquanto ela distribui as últimas cartas sem erguer o olhar. Só faz isso quando se inclina na minha direção para puxar as duas pilhas de fichas.

— Parece que a minha sorte mudou. — Jogo minhas cartas sobre a mesa, levanto-me e saio pela porta sem olhar para trás.

Quinze minutos depois, Kate abre a porta do passageiro do meu carro que está em frente ao cassino, onde eu *deveria* ter esperado em vez de lhe fazer uma surpresa. Meu ânimo mudou completamente e sei que estou agindo como um babaca por descontar nela, mas mesmo que me esforce não consigo reverter o humor sombrio que tomou conta de mim.

— Desculpe por aquilo.

— Não é culpa sua — digo ao passar pela entrada de carros circular do cassino, embora não tenha certeza se estou sendo sincero.

Lá no fundo, eu acho que a culpo, sim, talvez não pela forma como as palavras foram ditas esta noite, mas por não poder nos dar um começo do zero. É egoísta da minha parte, sei disso, já vi de perto os motivos pelos quais ela está fazendo tudo isso, mas eu a quero sem tantas condições. Ficar escondendo algo que sou louco para reivindicar em público não é para mim.

Kate coloca a mão sobre a minha no câmbio ao seguirmos caminho em silêncio.

— O estacionamento fica no terminal B — ela diz quando passo da placa.

— Não vou deixar o carro lá. O terminal de jatinhos particulares tem seu próprio estacionamento.

— Vamos viajar em um jatinho particular?

— A Montgomery Productions e a Diamond Entertainment são coproprietárias de um. Costumamos usar mais para filmes. Sei que você não quer ser vista em público comigo. — A última frase sai em um tom amargo.

Nenhum de nós fala muito ao sairmos do carro e passarmos por uma verificação de segurança rápida e indolor. O embarque e a decolagem são tranquilos, porém há uma turbulência na boca do meu estômago. Kate boceja, lembrando-me de que enquanto eu acabei de acordar, ela acaba de sair de um turno de dez horas em que trabalhou em pé.

— Há uma cabine nos fundos. O capitão irá nos liberar para usá-la em breve. É melhor você dormir, o voo é longo.

Ela assente.

— Você vai comigo?

— Talvez mais tarde. Tenho um pouco de trabalho a fazer.

Alguns minutos depois, o avião atinge a altitude de cruzeiro e o capitão anuncia que estamos livres para nos movimentarmos. Encorajo Kate a ir.

— Primeira porta à direita. Há travesseiros extras no armário embaixo da cama. Aperte o botão em cima da mesa de cabeceira se precisar de alguma coisa.

Ela abre um sorriso fraco e forçado antes de assentir e se retirar. Pego meu laptop para ver o resumo semanal de propostas. A primeira é para um filme que já está bastante em alta. Um dos livros independentes mais bem-sucedidos da atualidade cotado para um filme muito aguardado. Leio a primeira página e perco o interesse, embora não tenha nada a ver com a história. Meus olhos ficam se desviando para a porta fechada da cabine nos fundos. Abro outra proposta, na esperança de que prenda a minha atenção. Mas não funciona.

Cinco minutos depois, bebo um copo de suco e desafivelo meu cinto de segurança com frustração, deslocando meu corpo para o lugar onde a minha mente já está.

A porta range um pouco quando entro. Está completamente escuro e quieto; o único som presente é a respiração rítmica e profunda de Kate. Retiro meus sapatos e me dirijo para a cama no escuro, erguendo as cobertas e me deitando ao lado dela.

— Demorou, hein? — ela sussurra, pegando-me de surpresa com o som da sua voz. Pensei que estivesse dormindo.

— Às vezes eu sou meu próprio obstáculo.

Estendo meu braço e pouso a mão em seu quadril. Minha palma encontra sua pele, não uma camisa ou calça. Então, deslizo a mão para cima delicadamente até chegar à sua costela, fazendo o caminho inverso em seguida até sua coxa. *Pele*.

— Você está nua.

— Estou.

— Sabia que eu viria atrás de você.

— Talvez. Ou talvez eu sempre durma nua.

— Dorme mesmo?

— Geralmente, não.

Dou risada, sentindo um pouco de alívio.

— Desculpe por ser um babaca. É só que... às vezes fico frustrado com as coisas entre nós.

— Eu sei — ela sussurra suavemente. Em seguida, sua mão sobe para tocar meu rosto, seus dedos sentindo os contornos da minha mandíbula, meu nariz, meus olhos. — É por isso que estou nua. Achei que talvez pudesse ajudar a aliviar um pouco da frustração que vi no seu rosto.

— Pode demorar um pouco. — Seguro sua mão e a aproximo da minha boca para beijar cada dedo. — Estou *muito* frustrado — acrescento e a surpreendo puxando seu corpo para ficar sobre o meu. Ela dá risadinhas e já sinto minha frustração começando a se dissipar.

— Estou dedicada a esta causa e disposta a dar duro por ela.

Duro é o que me descreve perfeitamente só por ter seu corpo nu perto do meu.

O capitão anuncia que temos vinte minutos até o pouso. Odeio ter que acordá-la. Ela parece tão tranquila e eu já roubei uma hora e meia da sua soneca para fazer outras coisas antes de ela adormecer. Me visto e escovo os dentes no pequeno banheiro da suíte e ela acorda quando volto para a cama.

— Soneca boa? — pergunto antes de dar um beijo em seus lábios.

— Você está com um cheiro tão bom. — Ela se aconchega contra mim, pressionando seu corpo sexy e quente ao meu, que já está vestido.

— Está na hora de acordar. Vamos pousar em breve.

Ela se espreguiça e faz beicinho.

— Mas estou tão confortável.

Dou um tapa na sua bunda.

— Você poderá ficar confortável por quase uma semana na minha cama. Na verdade, pretendo passar muito, muito tempo na minha cama te deixando confortável. Mas, agora, você precisa levantar e se vestir para podermos pousar.

A contragosto, ela se levanta e vai nua até o banheiro.

— Hã... Cooper?

— Sim?

— Isso é... um chupão?

— Onde? — Finjo não saber do que ela está falando ao me aproximar por trás dela e encontrar seu olhar pelo espelho.

— Bem aqui. — Ela aponta para seu seio direito, onde há uma marca vermelha inconfundível.

— Hummm. — Apalpo seu seio por trás. — Deve ser. Acho que eu não tinha me dado conta de quanta frustração eu precisava descontar.

— Aham… — Ela me olha com suspeita.

— Mas fico feliz que esteja marcada. Porque, esta semana, você é toda minha e não temos que nos preocupar com câmeras te filmando, já que ninguém sabe onde estamos.

CAPÍTULO VINTE E NOVE

KATE

Não sei bem se foi o sexo ou a soneca, ou talvez até mesmo o sol do Caribe nos aquecendo ao pisarmos no asfalto em Barbados, mas Cooper é um homem completamente diferente daquele com quem embarquei no jatinho.

— O que você quer fazer primeiro? — ele pergunta ao entrelaçar nossos dedos. É estranho andar em público com ele assim. Vivemos basicamente às escondidas desde que nos conhecemos.

— Hum… quais são as minhas opções?

— Podemos transar no jardim, perto da piscina. Ou na praia. A suíte master tem uma jacuzzi, se você preferir.

— Todas as minhas opções incluem sexo?

— Todas começam e terminam com sexo. Pode ficar à vontade para escolher como preencher o tempo entre isso. Farei com todo prazer o que você preferir.

— Quanta generosidade da sua parte, sr. Montgomery.

— Foi o que pensei.

Ele me dá um beijo nos lábios e abre um sorriso descontraído que o faz parecer ainda mais jovem. Seu rosto está relaxado. É uma expressão que eu não via há um tempo e que combina tão bem com ele.

THROB

Um agente uniformizado nos encontra quando chegamos à entrada do aeroporto, faz uma conferência rápida e carimba nossos passaportes.

— E as nossas malas? — pergunto ao entrarmos no terminal do aeroporto.

— Vão ser levadas para o carro que está nos esperando em frente à esteira de bagagens. É um aeroporto pequeno, então não há uma área especial para jatinhos particulares. Já passamos pela alfândega, então podemos simplesmente atravessar o aeroporto e sair por onde todo mundo sai.

O aeroporto está cheio, mas Cooper passa pelas pessoas rapidamente, levando-me junto. Ao chegarmos à área das esteiras de bagagens, avisto um homem uniformizado segurando uma placa escrito *Montgomery*.

— Parece que vamos com ele, não é? — indago, mas Cooper não me ouve. Está ocupado olhando para outra direção. — Cooper? — Ele continua sem responder, então sigo sua linha de visão. Não vejo nada incomum. A maioria das pessoas são turistas usando camisas havaianas e chapéus de palha esperando por suas bagagens. E então, reparo que há um homem que se destaca no grupo. Ele está pegando uma mala da esteira, mas não é isso que o diferencia. Está usando uma roupa toda preta: camisa de mangas compridas e uma calça, e sua cabeça careca é a única coisa brilhando em sua fachada sombria.

— Cooper? — chamo mais uma vez. — Está vendo alguém que conhece?

— Hum? — Ele vira para mim, claramente tendo ouvido minha voz, mas não minhas palavras.

— Perguntei se viu alguém que conhece. Você parecia estar distraído.

— Na verdade... me dê um minuto. Volto já.

Ele me deixa ao lado do homem que está segurando a placa escrito Montgomery e sai em direção à esteira de bagagens, para onde estava olhando. O homem que achei que ele estivesse encarando já desapareceu, mas observo Cooper sondar os arredores.

— Está tudo bem? — pergunto cautelosamente quando ele retorna.

— Sim — ele responde e seguimos para a limusine à nossa espera. — Pensei ter visto alguém que conhecia, mas a minha mente deve estar me pregando peças, já que você me roubou a soneca que eu estava planejando tirar no avião.

Ele me dá um beijo casto e gesticula para o motorista, indicando que ele mesmo vai abrir a porta para mim.

Há uma mulher esperando na entrada de carros quando chegamos em frente à casa. Bom, se é que esse lugar pode ser chamado de casa. Mansão, propriedade, talvez *paraíso* descreva mais apropriadamente a visão diante de mim.

Até agora, vi que tudo relacionado a Cooper Montgomery combina com ele: um apartamento elegante na cobertura, carro clássico, ainda que caro. Seus bens são claramente luxuosos, ao mesmo tempo em que possuem uma qualidade discreta, como se ele não precisasse ostentar a grandiosidade deles para apreciar seu valor. Mas isto... a magnificência dessa casa é inegável.

Completamente branca, exceto pelas portas duplas enormes de madeira escura, o imóvel ocupa uma área grandiosa em meio a uma natureza tropical exuberante.

— Bem-vindos, sr. Montgomery e srta. Monroe. Sugar Rose está pronta para a sua estadia — a mulher nos cumprimenta, com um sotaque carregado e sorriso largo.

— Obrigado, Marguerite. É bom vê-la.

Ouço Cooper conversar brevemente com a mulher, mas estou ocupada demais olhando em volta, maravilhada, para prestar atenção.

— Você gostou?

— É deslumbrante. Tão grande que não dá para acreditar.

— Não é a primeira vez que te ouço dizer isso. — Ele se inclina para sussurrar para mim ao passarmos pela entrada com Marguerite logo atrás de nós.

Balanço a cabeça. Diante de mim, está o homem da primeira vez que o conheci: sorridente, brincalhão e convencido. É muito bom tê-lo de volta.

Enquanto Cooper conversa com Marguerite, caminho lentamente pela casa espaçosa. A sala de estar gigantesca possui uma parede de vidro que leva a um jardim bem-cuidado e igualmente impressionante. Há uma piscina com borda infinita, e é difícil saber onde ela termina e o mar começa.

Uma brisa quentinha sopra na minha pele quando chego à área externa, trazendo o sabor do mar para os meus lábios.

— O que achou? — Cooper se aproxima por trás de mim e me abraça pela cintura.

— É um paraíso.

Ele beija meu ombro.

— Que bom que gostou.

— É maravilhosa. Mas não é o que eu esperava.

— Isso é bom ou ruim? — Seus lábios vibram contra a pele do meu pescoço.

— Na verdade, nem uma coisa, nem outra. É linda. Só não parece muito o seu estilo.

— E não é mesmo. Meu pai construiu essa casa para a minha mãe. — Ele percorre um caminho até minha orelha com beijos. — Sugar Rose. Minha mãe se chamava Rose, e o meu pai a chamava de doçura.

— Que amor.

— Lá dentro ou aqui fora? — ele pergunta.

— De qual parte gostei mais?

— Não, onde você quer que eu te coma primeiro.

— Você não faz rodeios, hein?

— Não quando se trata de você, amor. — Ele começa a puxar minha saia para cima.

Estou tonta só por senti-lo ficando duro atrás de mim, mas é o jeito como ele me chama de amor que deixa minhas pernas bambas.

— E Marguerite?

— Já foi. Não há mais ninguém por perto, somente você e eu.

Viro e fico de frente para ele, que não perde tempo e toma minha boca na sua. Há uma voracidade nesse beijo que nunca revelaria que ele esteve dentro de mim há apenas algumas horas no avião.

— Piscina — sussurro contra seus lábios quando nos separamos em busca de fôlego. A princípio, ele franze as sobrancelhas, mas então entende o que estou dizendo. — Na beira que fica de frente para o mar.

Seguro sua mão e começo a levá-lo na direção que desejo. Mas ele me ergue em seus braços e me carrega. Adoro o fato de que ele me dá a oportunidade de escolher, mas retoma o controle quase que imediatamente. Ele demonstra que *quer* me dar prazer, mas *precisa* fazer do seu jeito.

Ele faz uma pausa para tirar nossas roupas antes de entrar na piscina comigo nos braços. Quando chegamos à beira, ele me coloca de pé e abre meus braços diante do azulejo escondido logo abaixo da superfície. Sua ereção pressiona minhas costas quando ele se aproxima mais.

— É melhor você segurar firme — ele diz em uma voz rouca. — Quero te foder bem fundo.

Um arrepio percorre meu corpo, mesmo que a água esteja morna e o sol batendo na minha pele exposta me aqueça ainda mais. Mal tenho tempo de me apoiar quando Cooper me penetra forte e fundo. Ele tinha razão, eu preciso segurar firme. A leveza do meu corpo dentro da água facilita que ele me manuseie, mas o azulejo ainda é duro ao longo das paredes da piscina.

— Kate — ele geme, recuando e estocando novamente.

Um gemido escapa de mim e ele me ergue ligeiramente, posicionando-me em um ângulo que permite que ele enfie ainda mais fundo dentro de mim. Ele me movimenta para cima e para baixo para encontrar cada estocada. O jeito como usa meu corpo para alimentar o seu me faz sentir empoderada, embora ele claramente esteja no controle físico da situação. Amo saber que desperto um desejo tão cru e desenfreado em um homem que parece manter tudo em sua vida tão meticulosamente organizado.

Seus dedos encontram meu clitóris inchado ao intensificar a velocidade de seus movimentos. Posso sentir que ele está perto, acelerando para me levar ao clímax junto com ele, metendo em mim incansavelmente. Ele geme meu nome novamente e enterra os dentes no meu ombro. Uma onda de gemidos vibram no ar, anunciando meu clímax. Choramingo conforme ele me leva ao delírio, meus gemidos ecoando, embora não haja paredes para contê-los.

Horas mais tarde, após uma soneca merecida, continuo exaurida e incapaz de me mover. Já Cooper está andando para lá e para cá como se tivesse acabado de começar o dia em vez de ter feito uma viagem de avião de seis horas e levado nossos corpos a orgasmos extenuantes duas vezes após aventuras sexuais pesadas.

Puxo o cobertor sobre minha cabeça quando ele se aproxima de onde estou, no sofá enorme e confortável.

— Você sabe que eu vi que está acordada, não sabe? — Eu sei que ele está sorrindo, embora não possa ver seu rosto.

— Ainda estou dormindo — grunho.

— Você não comeu nada hoje. — Ele puxa o cobertor. — Deve estar cansada pela falta de vitamina B e zero consumo de calorias.

Meu estômago ronca bem na hora.

— Viu, eu te disse. Você precisa comer para recuperar as energias. Tenho muitos planos, então você precisa de bastante combustível. — Ele puxa o restante do cobertor de mim e dá um tapa na minha bunda nua.

— Que planos? Pensei que não íamos a lugar nenhum.

— E não vamos. Mas eu te disse que pretendo te comer em algumas dezenas de lugares por toda a propriedade.

— Viciado.

Em resposta, o canto dos lábios de Cooper se repuxa. Em seguida, ele me ergue em seus braços e segue para o banheiro.

— Tome um banho. Depois, vou te levar para comer alguma coisa.

Ele me coloca sobre a bancada do banheiro para poder regular a temperatura da água do chuveiro.

— Se bem que eu adoro essa sua aparência pós-foda. Fica tão bem em você. — Ele beija meus lábios e passa os dedos por meus cabelos. — Mas estou ansioso para te levar para sair em público esta noite. Mostrar ao mundo que você pertence a mim. Mesmo que ninguém aqui saiba quem somos.

A Bay Street à noite é o total oposto da privacidade tranquila de Sugar Rose. Me distraio rapidamente conforme ziguezagueamos por uma multidão de pessoas até chegarmos à badalação que está rolando ao ar livre na praia. Embora eu adore dançar, nunca gostei muito de baladas. Quando morava na casa da minha mãe, passava a maior parte do meu tempo livre ajudando Kyle ou estudando. Vez ou outra eu ia a boates com Sadie quando começamos a morar juntas, mas não tinha costume algum de frequentar nenhum lugar específico.

Nos aproximamos do bar no deque que fica logo antes da areia, que está abarrotado de gente.

— O que quer beber?

Dou de ombros. Não costumo beber muito, sempre fico apenas no vinho, que é mais fácil de pedir e evita que eu acabe com uma mistura cujo sabor depende do humor do bartender. Mas esse não é o tipo de lugar onde se pede um vinho.

— Quero alguma coisa com um guarda-chuvinha.

Cooper sorri e informa nossos pedidos para o barman. Ele me entrega uma bebida vermelha grande com não apenas um, mas dois guarda-chuvinhas coloridos e ergue seu copo pequeno que contém um líquido âmbar.

— A exibir a minha mulher em público — ele diz, batendo sua bebida na minha e virando a sua em seguida.

Ver sua garganta se mover quando ele engole me faz desejar que tivéssemos ficado em casa, por um minuto. Minha bebida frutada desce suavemente, o efeito intensificando o estado de êxtase em que já me encontro.

— Adoro esse sorriso. — Cooper passa um dedo pelo meu lábio inferior. — O seu sorriso é sempre lindo, mas quando você se solta e relaxa, é a coisa mais incrível que já vi.

Eu não tinha me dado conta de que havia uma diferença por fora, mas ele acertou como me sinto por dentro. Os últimos cinco anos foram difíceis, pior ainda os últimos dois. Estou feliz, embora seja uma felicidade que está sempre temperada com mais alguma coisa, um peso que me mantém de pés no chão. A felicidade que Cooper me faz sentir me deixa flutuando. Não sei como ele faz isso, mas quando estou com ele, é fácil me soltar e relaxar.

— Você dança? — pergunto, abraçando-o pelo pescoço. A música muda de uma batida mais acelerada para algo mais lento e sedutor, com um ritmo pesado que pulsa pela multidão.

Ele me puxa para si, colando nossos corpos, desliza um dos joelhos entre as minhas pernas e começa a se movimentar no ritmo da música. É claro que esse homem sabe dançar, eu deveria saber pela forma como ele movimenta o corpo na cama.

Dançamos juntinhos, seus braços me envolvendo de maneira possessiva, segurando-me firme por três ou quatro músicas. Em determinado momento, ele afasta a cabeça para encontrar meu olhar.

— Eu quero isso o tempo todo. Dançar com você, ter você nos meus braços em eventos, esse sorriso despreocupado no seu rosto. Eu não tinha me dado conta do que faltava na minha vida até encontrar você. Eu quero isso. *Preciso* disso.

— Eu também. — Encontro seu olhar. Nunca quis tanto algo na minha vida. — Em breve. Prometo.

CAPÍTULO TRINTA

COOPER

Para mim, a cama sempre foi um lugar para apenas duas coisas: dormir e transar. Se eu não estivesse ativamente fazendo um ou outro, não via propósito algum em desperdiçar tempo deitado. Contudo, acordar com a cabeça de Kate aninhada no meu ombro, ouvindo o som da sua respiração rítmica e pacífica, me faz querer ficar aqui o dia inteiro.

Ela se remexe um pouco, ainda adormecida, antes dos seus olhos, por fim, se abrirem aos poucos.

— Bom dia — ela diz com um sorriso torto quando me encontra já acordado.

— Bom dia. — Sorrio e dou um beijo em sua testa. — Ladra de cobertor.

Ela arregala os olhos sonolentos.

— Eu não sou... — Ela começa a se defender e para quando olha para baixo. Tanto o lençol quanto o edredom estão enrolados em seu corpo como se ela tivesse acabado de perder uma batalha com uma jiboia branca. Eu, por outro lado, estou completamente exposto. — Desculpe.

— Tudo bem. — Puxo seu corpo para o topo do meu. — Vou usar você como cobertor.

Ela dá risadinhas e o som me faz sorrir. *Merda. Eu amoleci.*

— O que você quer fazer hoje? — Kate apoia a cabeça nas mãos.

— Sexo com você.

— Você já fez isso meia dúzia de vezes. Não quer fazer outra coisa? Não quero que fique de saco cheio.

— Saco cheio de estar dentro de você? Nunca.

Ela sorri.

— Ok. Então, como podemos preencher as horas entre você dentro de mim esta manhã e você dentro de mim mais tarde?

Acaricio sua bochecha. Só de ouvi-la dizer *você dentro de mim* já está fazendo a minha meia-bomba matinal se tornar uma ereção completa.

— Como você quiser.

Ela apoia a cabeça sobre o meu coração.

— Você disse que vinha para cá o tempo todo quando era mais novo, não foi?

— Duas vezes por ano.

— Bem, o que você mais gostava de fazer naquele tempo?

Penso por um instante.

— Uma viagem à tarde no Jolly Roger. Era um barco enorme estruturado como um navio de pirata. Ele saía navegando e Miles e eu nos balançávamos em uma corda e pulávamos na água. Fazíamos um ao outro andar na prancha e mergulhávamos com tartarugas-marinhas. Era da família de Marguerite. Meu pai ficava bebendo cerveja com o tio dela enquanto brincávamos por horas.

— Parece divertido. Ainda funciona?

— Não sei. Posso ligar para Marguerite e perguntar.

— Posso te perguntar uma coisa?

— Você acordou cheia de perguntas hoje, hein? Talvez eu deva encher essa sua boca com outra coisa.

Ela me dá um tapa brincalhão no abdômen.

— É sério. — Prendendo seu lábio inferior entre os dentes, ela me analisa por um momento. — O que aconteceu entre você e Miles?

É uma pergunta que eu não estava esperando. E, sendo bem sincero, não sei se tenho resposta.

— Não sei. Conforme fomos crescendo, ele simplesmente começou a se afastar. Algumas pessoas veem o copo meio cheio, ele vê o copo meio vazio. E acha que está meio vazio porque eu *bebi* a parte que falta.

— Quando vocês pararam de se dar bem? — Ela se apoia em um dos cotovelos.

— Quando Miles estava no ensino fundamental. — Ainda me lembro claramente da primeira vez que ele perdeu as estribeiras comigo. — Tinha um garoto pegando no pé dele. Miles era menor que ele, mas isso não o impedia de falar o que não devia. O garoto o desafiou para uma briga depois da escola. Quando cheguei lá, Miles já estava com o nariz sangrando e um olho roxo. Entrei na frente de Miles, impedi o soco do garoto, torci seu braço e o coloquei no chão. O garoto não estava muito em forma e eu era cinco anos mais velho... não foi muito difícil.

— E o Miles ficou chateado por causa da sua intervenção?

— Ele achou que fiz aquilo para manchar a imagem dele para o nosso pai. Chegou a até mesmo me acusar de armar tudo com o garoto que estava acabando com a raça dele quando cheguei.

— Por que ele pensaria isso? Me parece um evento perfeitamente normal. Um irmão intervindo pelo outro em uma briga. Pelo menos, na minha escola era assim.

— Eu não faço ideia. Mas foi aí que tudo começou.

— Você acha que...?

Eu a interrompo.

— Eu acho que você já esgotou a sua cota de perguntas por hoje. Está na hora de te deixar esgotada com outra coisa. — Puxo seu corpo nu para cima do meu, erguendo-a até seu pescoço estar a meu alcance. Acaricio sua pele com a ponta do meu nariz, apalpando seus seios ao pressioná-la ainda mais contra mim. Ela geme.

— Não é justo. Eu tenho mais perguntas.

— Podemos fazer mais uma sessão de perguntas e respostas mais tarde, se quiser. Agora, quero meu pau dentro de você.

Chupo sua pele até sua orelha e mordisco o lóbulo, algo que aprendi que a faz estremecer de uma maneira extremamente sexy. Sorrio quando sinto isso acontecer dentro de segundos e, então, passo a hora seguinte sem responder mais perguntas.

Na piscina, na praia, na mesa de jantar... porra, até mesmo no banheiro do Jolly Rogers ontem. Eu não estava brincando quando disse que não deixaria espaço para que ela não pense em nós quando voltar para Barbados para fazer o programa. Hoje é a vez da casa de hóspedes. É onde as finalistas ficarão hospedadas. Já adverti Miles de que a casa principal está fora dos limites para qualquer intimidade, com a desculpa de que devemos respeito à casa do nosso pai. A mesma casa onde passei quatro dias reivindicando Kate no máximo de lugares possível.

— Que linda. É tão aconchegante aqui. Não que a casa principal não seja magnífica, mas essa casa... — Ela olha em volta. — Parece mais acolhedora por algum motivo.

Sorrio, me lembrando do meu pai me contando a história da primeira vez em que trouxe a minha mãe aqui. Ele tinha comprado a propriedade como uma surpresa e mandou reformar do zero, colocando tudo do bom e do melhor na casa principal. Quando ele pediu que ela escolhesse qual dos quartos queria mobiliar como suíte master, ela escolheu o quarto amarelo da casa de hóspedes, em vez de um dos quartos grandiosos nos quais ele gastara uma pequena fortuna.

— Fique neste quarto quando voltar — digo sem explicar o motivo ao mostrar a ela o quarto de paredes amarelas.

— É o quarto mais bonito da casa.

Continuo com o pequeno tour pelo interior do imóvel e, em seguida, levo-a para o deque dos fundos. É nessa parte que fica um dos limites da propriedade. As placas de "Não ultrapasse" logo antes da parte da praia alinhada à casa principal indicam que essa é uma propriedade privada.

O deque espaçoso nos fundos da casa possui uma passarela de madeira sobre as dunas de areia que leva até o mar.

Sento em uma espreguiçadeira estofada e fico observando Kate olhar para a praia com um sorriso sonhador. Queria que esse não fosse o nosso último dia aqui.

— Pode não ter uma piscina como na casa principal, mas a vista é tão linda quanto — comenta.

— Tem razão. É muito linda. — Cruzo as mãos atrás da cabeça e absorvo cada gota de beleza diante de mim. Já passamos quatro dias aqui e tenho toda intenção de aproveitar as últimas vinte e quatro horas fazendo o que mais gosto em Barbados. *Com ela.* — Tire a roupa — demando.

— Você só quer batizar a casa. — Ela se vira e fixa seu olhar em mim.

Balanço a cabeça.

— Não? — Ela estreita os olhos, cheia de suspeita.

— Quero você bem aqui.

Ela olha para trás na direção da praia. Está vazia agora, mas de vez em quando algumas pessoas andam por essa área.

— E se aparecer alguém?

— Qual é o problema?

— Você sabe. — Ela revira os olhos.

— Tire a roupa — repito, dessa vez com mais determinação na voz.

Ela olha na direção da praia novamente e, em seguida, para mim.

— Mandão. — Ela tira a saída de banho folgada que está usando e a deixa cair no chão.

— Desamarre a parte de cima do biquíni.

Ela hesita, com uma expressão dividida no rosto, mas então faz aquilo que quase me fez perder o juízo quando a conheci. Ela endireita os ombros, estreita os olhos para me avaliar e, com um sorriso malicioso se formando em seus lábios, puxa o laço da parte de cima do biquíni e o tira.

Enfio uma das mãos dentro da minha bermuda de banho e exponho meu pau, já duro. Seus olhos seguem as ações da minha mão conforme seguro a base do meu membro com firmeza e, lentamente, começo a acariciar todo o comprimento. Ela está a uns três metros de distância de mim, mas consigo sentir seu toque apenas pela intensidade do seu olhar. Observá-la me observando é insanamente erótico.

— Tire a parte de baixo — digo com o máximo de firmeza que consigo reunir, minha voz já apresentando sinais de tensão.

Dessa vez, seus movimentos são menos hesitantes. Ela abaixa a calcinha do biquíni por suas pernas bronzeadas e chuta a peça, cheia de audácia. Caramba. Eu esperava dar a ela uma visão da qual não esqueceria tão cedo, mas a visão diante de mim irá com certeza ficar marcada na minha memória por muito, muito tempo. O sol ao fundo enfatiza sua silhueta, conferindo um brilho angelical em torno dela.

Observo seus olhos se desviarem momentaneamente da minha mão para encontrar o meu olhar. Ela sustenta o contato visual, seus olhos azulesverdeados escurecidos de luxúria, e então eu quase enlouqueço quando ela coloca a língua para fora e lambe vorazmente seus lábios corados.

— Venha cá. Quero que me cavalgue. De frente para a praia. Mantenha os olhos abertos. Sente no meu pau até ficar com a vista embaçada.

Posso ouvir sua respiração ficar errática, mas ela vem até mim. Puxo sua boca para um beijo antes de virá-la de costas para mim e conduzi-la a montar no meu colo. Sua bunda perfeita em formato de coração fica de frente para mim, e suas pernas tremem enquanto espera para me receber dentro dela.

Meus dedos apertam as laterais da sua cintura quando começo a guiá-la para que eu possa penetrar sua entrada. Ela desce devagarinho, recebendo-me aos poucos, centímetro por centímetro até sua bunda se pressionar firmemente no meu colo. Ela nem precisa se mover; sua boceta apertada comprimindo ao meu redor, a visão da sua bunda e o som da sua respiração ofegante já me deixa à beira do orgasmo. A necessidade insana de preenchê-la e marcar sua pele é tão intensa que mal consigo enxergar.

— Preciso gozar dentro de você — grunho e a ergo, assumindo o controle do ritmo que ela tinha estabelecido. Faço-a sentar com força e agarro seus cabelos quando ela geme.

— C... C... Coop... — ela choraminga. — Por favor.

— Eu amo estar dentro de você — rosno, estocando nela com força, guiando seu quadril para que acompanhe meu ritmo.

Ela rebola no meu colo, recebendo cada centímetro que lhe ofereço até que nós dois não aguentamos mais e gozamos juntos. Kate entoa meu nome várias vezes até sua voz sumir.

Saciados, ficamos ali deitados, nus, até chegar a hora do jantar. Fico olhando do vão da porta o momento em que ela vira de costas para mim e dá uma última olhada no mar. Espero que esta tarde seja tudo de que ela se lembre quando voltar para cá.

— Está pronta para irmos? — Me aproximo por trás dela e beijo seu ombro. O vestido de verão branco sem alças que está usando deixa sua pele bronzeada e radiante exposta. É difícil manter minha boca longe dela.

— Com certeza. — Ela se vira para mim e beija meus lábios. — Aquele cara ali é muito esquisito.

— Que cara? — Vasculho a praia, mas não vejo ninguém.

Kate se vira e faz o mesmo, dando de ombros.

— Acho que já foi. Quem vai à praia completamente vestido no meio da tarde, afinal?

CAPÍTULO TRINTA E UM

KATE

Estou com medo de abrir a porta. Não por achar que o que *eu* sinto irá mudar, e sim porque tudo ao nosso redor irá mudar assim que eu colocar o pé para fora novamente. Cinco dias de plena felicidade. O que entreguei para o homem sentado ao meu lado não foi somente o meu corpo. De alguma forma, ele conseguiu roubar um pedaço do meu coração. E *roubar* seria a palavra certa mesmo, já que não deveria estar disponível.

— Não vá — Cooper diz com uma voz tensa. Estamos na garagem no subsolo do estúdio. Miles já está aqui. Seu carro está estacionado a pouca distância de nós.

— Queria que fosse simples assim.

— Não precisa ser difícil.

Solto uma respiração profunda. Já tivemos essa discussão. A última vez foi ontem no jatinho de volta para casa. Nunca termina bem, e odeio ter que me afastar dele me sentindo inquieta. Ele foi direto desde que nos conhecemos: não quer que eu volte para o programa. Eu sei que ele fala sério quando diz que vai cuidar de tudo. Mas não posso deixá-lo fazer isso. É a minha família, meu problema, minha responsabilidade. Meu pai viveu sua vida pegando emprestado de uma pessoa para pagar outra. Um ciclo vicioso que precisa ser quebrado de uma vez por todas. Tenho certeza de que estou fazendo a coisa certa pela minha família, mas isso não faz com que seja mais fácil abrir o casulo no qual nos enclausuramos nessa última semana.

— Tenho medo de que voltar à realidade mude as coisas entre nós. — Minha voz sai baixa e não consigo esconder o rastro de preocupação que mancha minhas palavras.

— Vai voltar à realidade ou está prestes a deixá-la?

Nosso primeiro dia de volta começa com uma das reuniões de produção de Miles na sala de conferências em que já nos reunimos dezenas de vezes. Respiro fundo ao passar pela porta e entrar na sala iluminada, percorrendo com o olhar todo o elenco já se enturmando. Como Ava foi eliminada antes desse intervalo, é provável que eu vá ficar sozinha na maior parte do tempo nas próximas duas semanas.

Flynn está no canto mais distante da sala, conversando com Jessica. Ela está se inclinando para ele, sua mão pressionada no peito dele, piscando sedutoramente seus cílios longos e cheios. Ele me avista no instante em que entro e sorri, pedindo licença rapidamente da conversa.

Jessica se vira para ver a distração que desviou a atenção de Flynn e nossos olhares se encontram. *Se olhares pudessem matar...*

— Aí está você. — Flynn me dá um beijo na bochecha. — Estava começando a me perguntar se você voltaria mesmo.

Somos dois.

— Acho que algumas pessoas ficariam felizes se eu não voltasse. — Abro um sorriso e, discretamente, aceno com a cabeça na direção de Jessica.

— Bom, eu com certeza não seria uma delas. — Ele segura minhas duas mãos e recua um pouco para me olhar. — Você está incrível. Parece que conseguiu relaxar um pouco nesse intervalo.

— Hã... sim. Como foi a sua folga? — mudo de assunto, já me sentindo culpada.

— Legal. Só que... — Ele se inclina para sussurrar no meu ouvido. — Eu senti sua falta pra caramba.

— Muito bem, pessoal, vamos começar. — A voz estrondosa de Miles me poupa de ter que responder.

Todos se sentam ao redor da mesa. Flynn escolhe a cadeira ao lado da minha. Então, naturalmente, Jessica se dirige direto para a cadeira do outro lado dele.

Miles junta as pontas dos dedos das mãos ao começar a falar na frente da sala, lembrando o sr. Burns, de *Os Simpsons*. Analiso seu rosto enquanto ele fala, procurando sinais de Cooper em seu perfil e trejeitos. Ele é bonito, tem uma boa forma física. Os dois se parecem, sem dúvidas. Mas a diferença gritante está na forma como ele demonstra autoridade. Ele faz isso através de intimidação e medo, enquanto as pessoas parecem obedecer Cooper por respeito e admiração.

Após uma palestra de quinze minutos, Miles percorre a sala distribuindo pastas de cinco centímetros de espessura contendo informações sobre o nosso cronograma de filmagens das próximas duas semanas. Ele para e fica puxando conversa fiada com algumas das candidatas conforme entrega as pastas.

— Você está com um bronzeado lindo, Kate. Parece até que já passou uma semana em uma ilha tropical.

A água que estou bebendo acaba descendo errado e eu engasgo.

— Hã... obrigada.

— Você está bem? — ele pergunta. Contudo, não vejo uma preocupação genuína em seu rosto. Em vez disso, eu poderia jurar que vejo algo sinistro em seus olhos. A paranoia que eu tinha esquecido completamente volta com força total.

— Você está bem? — Flynn indaga com algo diferente em seu olhar: sinceridade, ao contrário de Miles.

— Estou bem — murmuro, sentindo meus olhos se encherem de água. Miles já se afastou e está ocupado falando com o decote de Jessica.

— Se precisar de respiração boca a boca, pode deixar comigo — Flynn sussurra, abrindo um sorriso que revela suas covinhas matadoras.

Seu jeito brincalhão, junto com seu charme galanteador, me ajuda a ficar um pouco mais calma. Flynn e eu passamos as duas horas seguintes alternando entre brincar de jogo da velha e forca enquanto Miles tagarela sobre sua visão para o próximo segmento do programa. Tenho certeza de que eu poderia ter resumido aquela palestra de duas horas em menos de trinta segundos. O que é bom, é para se mostrar, então mostrem; deem *beijões de língua* no solteiro frequentemente; e a câmera adora uma briga de gatinhas.

Fazemos um intervalo para o almoço e, para minha surpresa, me sinto muito melhor do que me sentia quando cheguei pela manhã. Tinha me esquecido do quanto me sentia à vontade perto de Flynn. Ele é um cara muito legal, de verdade. Se eu não fosse louca por Cooper, um relacionamento com Flynn não seria difícil de se desenrolar, embora ele seja basicamente o completo oposto de Cooper. Ele é extrovertido e tem um espírito livre, enquanto Cooper é intenso e determinado. Até mesmo sua aparência tem tudo o que Cooper não é: tatuado, cabelos compridos, jeans rasgados, alto e esbelto. Juntando isso a uma voz capaz de fazer mulheres de qualquer idade suspirarem, não é de se admirar o fato de as mulheres aqui disputarem tanto um tempo sozinhas com o galã solteiro.

— Quer ir comer alguma coisa? — Flynn pergunta logo atrás de mim quando estou saindo.

— Claro. Mas aposto que a minha cadeira estará cheia de tachinhas quando eu voltar. Cortesia das nossas companheiras de elenco.

— Não se preocupe. Vou inspecionar e limpar a sua cadeira com todo prazer para proteger a sua bunda delicada de qualquer dano.

A sessão da tarde é ainda mais penosa do que a da manhã. Miles passa o tempo todo nos ensinando "como seduzir a câmera". Quando chegamos à metade da reunião, Flynn e eu decidimos fazer uma brincadeirinha: toda vez que Miles disser a palavra "íntimo", nós bebemos. Parei de contar quando chegamos à décima sexta vez, antes que acabasse entrando em coma alcoólico.

Chegando ao fim do dia, Miles anuncia que teremos mais um evento em grupo antes de irmos para Barbados depois de amanhã. Todos iremos ao Film Critics Awards Banquet. Flynn e as candidatas irão anunciar os indicados e o vencedor da categoria melhor ator coadjuvante.

Flynn e eu somos os últimos a ir embora. Do lado de fora, o estacionamento está quase vazio, e ele insiste em me fazer companhia enquanto espero por Sadie, que, é claro, está atrasada para me buscar. Matamos o tempo rindo enquanto ele me diverte cantando uma rima que inventou para zombar dos conselhos de Miles.

— Te vejo amanhã. Obrigada por ter tornado tolerável esse dia que tinha tudo para ser uma perda de tempo — digo a Flynn quando Sadie finalmente chega.

— Sem problemas. Poder colocar um sorriso nesse rosto lindo nunca é uma perda de tempo para mim.

Flynn se curva para beijar meus lábios e demoro um instante para perceber o que está prestes a acontecer. *Merda. Nós nem ao menos fomos colocados em uma situação romântica privada ainda.* Entro em pânico, sentindo-me boba por fazer o que faço quando o beijo é quase inocente, mas viro o rosto no segundo em que os lábios de Flynn vêm em direção aos meus. Ele acaba beijando o canto da minha boca. Enquanto eu viro a cabeça e me deparo com o olhar furioso de Cooper Montgomery.

CAPÍTULO TRINTA E DOIS

KATE

Me desculpe.

Mandei uma mensagem assim que entrei no carro de Sadie. Não fiquei surpresa quando Cooper não respondeu imediatamente. Mas já se passaram várias horas e continuo sem resposta. Visualizo o momento repetidas vezes na minha cabeça. O quase beijo nos lábios, virar meu rosto e encontrar Cooper bem ali com os olhos cheios de mágoa. Seu aceno curto com a cabeça e a partida apressada me deixam agitada.

Ansiosa, fico checando meu celular a cada cinco minutos, até os minutos se tornarem horas e ficar dolorosamente óbvio que não vou receber uma resposta. Tento clarear a mente indo à academia, coisa rara para mim, e com duas taças de vinho. Mas isso só deixa meus pensamentos ainda mais enevoados e fico me perguntando se tudo que eu tinha tanta certeza que daria certo quando estávamos em Barbados foi sequer real.

Talvez se eu não o tivesse visto, conseguiria dormir, mas estar no escuro está acabando comigo. Fito a televisão, esperando que algo me distraia de pensar no que sua falta de resposta significa. Não funciona. Por volta de uma da manhã, minha falta de autocontrole vence e mando mais uma mensagem:

Não consigo dormir. A cama está vazia sem você ao meu lado.

Dez segundos depois, meu celular toca.

— Oi — atendo, incerta quanto ao que esperar.

— É insuportável — ele diz, expirando com frustração.

— Dormir sozinho?

— Ver aquele cara te tocar.

Alguns segundos de silêncio se passam enquanto debato internamente como responder.

— Eu sinto muito.

— Você parecia feliz.

Sinto uma dor no peito.

— Eu estou feliz. *Você* me faz feliz.

— Então é para *mim* que você deveria estar sorrindo.

— Eu estou.

— Hoje à tarde, não.

Não é possível ter essa conversa e ficarmos ilesos.

— Ele é um cara legal. Eu gosto dele... como amigo. Mesmo se não estivéssemos nessa situação, eu tenho amigos homens, amigos esses para quem eu sorrio de vez em quando.

— Talvez. Mas eu poderia te abraçar pela cintura e te puxar para mim quando estivesse perto de você e te visse compartilhando um sorriso com outro homem. Eu não teria que me retirar como se você não pertencesse a mim.

— Eu sinto muito. — E voltamos à estaca zero. Não tenho ideia de como fazê-lo se sentir melhor. — Eu realmente o considero apenas um amigo.

— Não é assim que ele te considera.

Como discutir com o que eu também suspeito ser verdade?

— Eu sinto muito. — Estou começando a soar como um disco arranhado.

— Mal posso esperar até tudo isso acabar.

— Vai ser em breve.

— Todo mundo vai saber a quem você pertence quando essa palhaçada acabar — ele diz com uma aspereza na voz que desperta a minha libido.

— Estou ansiosa por isso — respondo, sorrindo pela primeira vez desde esta tarde.

— Fique comigo amanhã à noite. Preciso ir a um evento de trabalho que vai terminar tarde. Mas quero você na minha cama quando chegar em casa.

— Tudo bem. Mas Miles acrescentou mais um evento ao cronograma e iremos a uma cerimônia de premiação amanhã à noite. Então, posso chegar bem tarde.

— Que cerimônia de premiação?

— Film Critics Awards Banquet.

— Ótimo. Mais tempo vendo o Babaca não tirar as patas de cima de você e não poder fazer nada a respeito.

— Você prometeu que não ia mais assistir às filmagens.

— Não terei que assistir às filmagens. A mesa de Miles será ao lado da minha.

Miles encontra meu olhar, que está fixo na cadeira vazia na mesa ao lado pelo que deve ser a décima vez na última hora. Ele força um sorriso e vejo seus olhos se desviarem brevemente para a mesa pela qual estou obcecada antes de voltarem para mim. Sem dúvidas, ele acha que estou deslumbrada olhando para Tatiana Laroix ou Benjamin Parker. Tenho certeza de que praticamente todos ali presentes estão olhando para os dois.

Tatiana Laroix é uma mulher linda, não há como negar. Mas esta noite, ela está para lá de estonteante, atraindo olhares admirados tanto de homens quanto de mulheres. Seu cabelo está modelado em ondas grandes naquele estilo década de 1920, que é feminino e dramático, porém levemente discreto, de alguma forma. O exato oposto da sua vestimenta. O vestido longo nude tem um decote que vai até o umbigo, deixando os homens presentes vidrados na eficácia de fitas dupla-face. Sabendo que a cadeira vazia é o lugar que Cooper logo irá ocupar, sinto ciúmes mesmo que ele ainda não tenha chegado.

Benjamin Parker contracenou com Tatiana em *Sentido Perfeito*, o novo filme produzido pela Montgomery Productions. Ele é jovem, lindo e tem uma predileção por fazer corridas por Los Angeles sem camisa. A mídia devora cada passo dele. Dei algumas olhadas de relance para observar a interação entre os dois, desejando secretamente encontrar alguma tensão sexual. Mas tudo o que vi foi Tatiana vigiando a entrada e conferindo seu relógio.

Não preciso me virar para saber o momento exato em que Cooper entra no ambiente. Eu gostaria de dizer que é porque sinto em meu coração, em meus ossos, um toque leve como um sussurro alertando minha pele sobre sua chegada. Mas não é por isso. É pela forma como Tatiana muda. Seu rosto se ilumina, seus olhos cintilam com uma luxúria maliciosa e sua postura se endireita para que empine ainda mais os seios, como se já não estivessem em evidência o suficiente. Ele nem ao menos chegou perto dela ainda e já recebi uma bela colherada do veneno que Cooper foi forçado a engolir ontem. Essa noite vai ser uma droga.

Cooper cumprimenta as pessoas à mesa e, por fim, dirige-se à única cadeira vazia, ao lado de Tatiana, no instante em que as luzes começam a brilhar, sinalizando que a cerimônia está prestes a começar. Ele não me olha uma única vez.

Vinte minutos depois, o elenco do programa é levado para os bastidores para anunciar a categoria combinada. Após ver o tamanho do salão e todos os rostos familiares, meus nervos ficam mais do que à flor da pele. Fico grata por terem escolhido Flynn e Jessica para recitarem o roteiro de apresentação e tudo o que eu preciso fazer é ficar lá parada e não desmaiar. Entretanto, sinto que, nesse momento, até isso pode ser um desafio.

— Você está bem? — Flynn pergunta, demonstrando uma expressão preocupada ao ver o meu rosto.

— Estou um pouco nervosa. Dá para perceber?

— Não muito. — Ele sorri, indicando que está mentindo.

Respiro fundo.

— Como você faz isso o tempo todo? Fica na frente de uma multidão e canta?

Ele dá de ombros.

— A gente acaba se acostumando.

— Você estava nervoso quando se apresentou pela primeira vez?

— Aham. — Ele sorri como se estivesse relembrando um bom momento.

— O que fez para se acalmar?

— Enchi a cara.

— E deu certo?

— Bom, eu caí do palco e tive que levar sete pontos na cabeça.

— É, acho que vou tentar respirar fundo algumas vezes mesmo. — Sorrio. — Só espero não tropeçar.

O apresentador anuncia nossos nomes no alto-falante, e uma mulher agitadíssima usando não apenas um, mas dois headsets grita ordens em um *walkie-talkie* e nos dá algumas instruções de palco antes de entrarmos. Quando o fazemos, fico grata por Flynn segurar minha mão e me levar pelo palco, porque minhas pernas estão bambas de medo.

Jessica e Flynn recitam gracinhas para as câmeras e, felizmente, nossos cinco minutos de fama acabam em menos de três.

— Você foi ótima.

— Eu só fiquei lá parada.

— Você não caiu.

— Porque você segurou a minha mão.

— Você fica tão fofa quando está nervosa. — Flynn me dá um beijo no nariz e exibe suas covinhas. Vinte minutos depois, somos conduzidos de volta para nossos lugares durante um intervalo.

As pessoas estão percorrendo o salão e se enturmando. Cooper está conversando com o diretor que está logo atrás da minha cadeira.

— Oi — Flynn diz com um sorriso simpático e estende a mão para Cooper. — Flynn Beckham. Nos conhecemos no...

— Eu me lembro. — Cooper o ignora e vira-se para mim. — Kate. — Ele me dá um aceno de cabeça e vira o líquido do seu copo em um gole só.

— Cooper — eu o imito, cumprimentando-o de forma distante.

Tatiana se aproxima sorrateiramente de Cooper e prende seu braço no dele.

— Olá, pombinhos. Como vai o programa?

Flynn passa um braço em torno da minha cintura casualmente e sorri.

— Não podemos contar nenhum segredo. — Ele olha para mim, em seguida para Tatiana e dá uma piscadela. — Mas está indo muito bem.

Se fosse possível perfurar alguém com os olhos, o coitado do Flynn estaria igual a um queijo suíço agora. O olhar penetrante de Cooper complementa sua mandíbula cerrada de raiva.

— Preciso de outra bebida, Cooper — Tatiana choraminga com um beicinho forçado.

— Talvez seja melhor você ir com calma — ele responde sem olhar para ela.

— Talvez outra bebida diminua as minhas inibições — ela diz em uma voz cujo objetivo é ser sedutora. Para os meus ouvidos, é como unhas arranhando um quadro de giz.

— É melhor você pegar leve — ele avisa.

— Mas eu pensei que você gostasse mais intenso.

— Com licença, Flynn. Preciso usar o banheiro feminino. — Saio dali sem olhar para Cooper ou esperar uma resposta.

— Não tão depressa — Cooper adverte em uma voz baixa e rouca ao agarrar meu cotovelo, conduzindo-me para a direção oposta do banheiro.

— Não, Cooper — retruco. Mas eu já devia saber que não adiantaria me dar ao trabalho de protestar. Ele não é um homem fácil de deter.

— Saia. — Ele aborda um rapaz uniformizado que está no armário de casacos. O jovem franze as sobrancelhas, mas se recompõe rapidamente quando Cooper enfia a mão no bolso, retira um maço de dinheiro e entrega metade das notas para ele. — Quinze minutos. Não deixe que abram a porta. Não importa se o lugar estiver pegando fogo.

O rapaz assente.

Cooper tranca a porta.

— Não é uma boa ideia, Cooper.

Eu finalmente ergo o olhar e o admiro de cima a baixo. Posso sentir a tensão que irradia dele.

— Não há ninguém além de você, Kate. — Ele dá um passo à frente, aproximando-se. Seus olhos me observam, me analisam, me mantêm presa no lugar. — O que quer que tenha acontecido com ela ficou no passado. Tudo está no meu passado agora. Você pode dizer o mesmo?

— Desculpe. — Minhas palavras se perdem por um instante. — É só... é difícil vê-la tentando te seduzir.

— Como você acha que eu me sinto? Ele segurou a sua mão no palco. Eu mal consegui assistir. Porra, isso acaba comigo.

— Eu sinto muito.

— Nós podemos acabar com isso agora. Minha oferta continua de pé. Na verdade, nada me faria mais feliz do que cuidar da sua família e ir embora daqui com você agora mesmo.

— Não posso, Cooper. Eu simplesmente não posso. Quem me dera fosse fácil assim.

— Você dificulta mais que o necessário.

— Eu preciso cuidar da minha família. É muito dinheiro e *minha* responsabilidade.

— Não ligo para o dinheiro. Eu preciso cuidar de *você*.

Fecho os olhos. Seria tão mais fácil ceder. Não me preocupar com a casa, com a fisioterapia de Kyle, em iludir o Flynn.

— Eu sinto muito. — Tento segurar as lágrimas, mas minha voz falha.

Cooper estende uma mão e pousa a palma no meu rosto, roçando seu polegar no meu lábio inferior.

— Eu quero ser o homem que segura a sua mão em público. Quero ser aquele que te abraça pela cintura quando outro homem se aproxima. — Seus lábios tocam os meus levemente.

— Não deveríamos... — tento fracamente protestar.

Vencida pela crueza possessiva das suas palavras, paro de tentar afastá-lo e junto-me a ele, buscando algo que nós dois precisamos no momento mais do que o ar que respiramos.

— Está melhor? — Flynn pergunta quando volto para minha cadeira. — Você está mais corada.

— Hã... sim. Obrigada.

Fico grata por estar escuro, porque meu rubor acaba de ficar mais forte.

Pelo canto do olho, vejo Cooper voltar ao seu lugar. Tive que fazê-lo prometer esperar cinco minutos antes de retornar, porque não duvidava de que ele fosse capaz de vir logo atrás de mim, com o zíper aberto de propósito. Como se ela fosse um ímã e ele, um metal, Tatiana se inclina para ele no instante em que se senta.

Forço-me a desviar o olhar da mesa dele e dou uma escaneada pelos arredores. Quando meus olhos pousam no homem sentado diretamente de frente para mim, do outro lado da mesa, me espanto com o que vejo. Miles está fervilhando, com as narinas infladas e os olhos cheios de raiva vidrados em mim.

CAPÍTULO TRINTA E TRÊS

COOPER

O dia mal amanheceu quando saio para ir ao escritório. Deixar Kate deitada na minha cama, seus cabelos espalhados pelo travesseiro e seu corpo nu por baixo dos lençóis, foi praticamente impossível. Mas tenho uma reunião com meus advogados às sete para revisarmos os termos da negociação com o sindicato antes de apertarmos as mãos e fecharmos um acordo final.

Meu rosto está salpicado com uma barba por fazer que eu tinha toda intenção de raspar, até que entrei no quarto e peguei um vislumbre da sua bunda nua para fora das cobertas. A decisão de usar o pouco tempo que eu tinha para fazer outras coisas foi fácil de tomar, principalmente quando ela mencionou que gostava da minha barba por fazer logo antes de eu me enterrar nela.

Pego-me pensando em como seria acordar com ela ao meu lado todos os dias. Adormecer ao som da sua respiração leve e com a visão dos cantos da sua boca se repuxando discretamente conforme ela entra no reino dos sonhos. A constatação me atinge quando menos espero: estou apaixonado por Kate Monroe.

O escritório está vazio a essa hora da manhã. Pego um café, minhas anotações e quando estou saindo para ir para a sala de reuniões, fico surpreso ao me deparar com Miles à minha porta.

— Não tenho tempo. Tenho uma reunião com meus advogados em

cinco minutos.

— Arranje tempo — ele rebate com um tom ríspido.

— Agora não, Miles — alerto.

Ele me ignora e senta no sofá.

Solto uma respiração pela boca, frustrado, pronto para deixá-lo no meu escritório. O que quer que ele esteja querendo pode esperar.

— Do que você precisa?

— Preciso que você se afaste da Kate — ele diz em um tom gélido e um olhar irritado.

— Como é?

— Você me ouviu.

Eu o encaro. Há uma insipidez assustadora em sua voz, fria e repugnante. Congelo.

Um sorriso lento se abre em seu rosto.

— Finalmente consegui a sua atenção.

— Que joguinho é esse, Miles?

Ele tamborila os dedos em uma capa transparente de DVD e ergue o olhar para mim.

— Você pode ter qualquer mulher que quiser no mundo. As mulheres se jogam em você, porra.

Permaneço quieto. Ele precisa me mostrar o que tem antes que um de nós aumente a aposta.

— Eu deixei você se divertir. Passear por Barbados sem se preocupar com porra nenhuma no mundo. Sem consideração alguma por *mim*. Mas ontem à noite... — Ele fecha os punhos. — Comer aquela *vadia* em um armário de casacos...

Impetuosamente, eu o agarro pela camisa com as duas mãos.

— Não a chame assim, porra.

— Você está arruinando o meu programa! — ele rosna no meu rosto.

— É só a porra de um programa idiota. Ela está fingindo bem diante das câmeras. Nada está arruinado.

— Você é um babaca egoísta. O papai não está mais aqui. Mas ainda assim você precisa provar que é melhor do que eu todo dia... sabotando o meu programa de propósito só para provar algo para um homem morto.

— Você está delirando. Não estou sabotando nada.

— A audiência está caindo. As pessoas estão cansadas de assistir à Queridinha da América rejeitar as iniciativas do Flynn. Elas querem ver a ação, precisam acreditar que ela chupa o pau dele por trás das câmeras.

— Cala a porra da boca — brado, apertando meus punhos em sua camisa. Minhas veias pulsam com um ódio cegante.

— Termine com ela.

— Vá para o inferno.

— O meu programa vai ter mais audiência, de um jeito ou de outro. Podemos fazer isso do jeito mais fácil, ou do jeito mais difícil. Você decide. — Miles se liberta do meu aperto e se dirige à porta. Ele para e joga um envelope e um DVD no sofá. — Acho que o vídeo de vocês dois trepando em frente à casa de hóspedes não vai te dissuadir. Você se acha tanto que provavelmente gostaria de ver o seu pau aparecendo em todas as redes de notícias. — Ele faz uma pausa. — Eu sabia que estava rolando alguma coisa quando Damian me disse que você o procurou para fazer uma investigação sobre Kate. Você achou mesmo que ele não nos colocaria um contra o outro para ganhar mais grana?

Ele dá mais alguns passos e segura o batente da porta, virando-se para me dar a facada final.

THROB

— Eu investi a minha *vida* nesse programa. Agora, você também vai — ele diz, fervendo. — Ela mentiu na declaração para conseguir colocar o irmão naquele experimento clínico que está fazendo. Basta um documento enviado anonimamente e ele será descartado. E tenho certeza de que o conselho regional não aprova uma declaração juramentada falsa para obter medicamentos de forma fraudulenta. Talvez só a deixem praticar fisioterapia no México, algum dia. — Ele faz uma pausa. — Você tem até amanhã para decidir como vai ser.

Miles sai sem olhar para trás.

Meu celular vibra sobre a mesa mais uma vez.

Está tudo bem?

É a terceira mensagem que ela manda hoje, e novamente não respondo. Tento desviar da bagunça de papéis espalhados por todo o chão ao cambalear para alcançar a garrafa e encher meu copo mais uma vez. Minha mão instável derrama o líquido âmbar na mesa, no chão... em todo lugar, exceto meu copo. Frustrado, derrubo todos os outros copos com um único movimento furioso do meu braço. O som de vidro quebrando faz com que Helen venha correndo.

Ela olha em volta, assimilando a bagunça que fiz o dia todo, mas não diz nada.

— Vá para casa, Helen — murmuro, com a fala arrastada.

— Eu... eu não quero deixar o senhor assim.

— Vá para casa! — grito, irritado, e ela se sobressalta.

— Tem algo que eu possa fazer? O senhor quer que eu chame o Miles?

Solto uma gargalhada maníaca que transborda do meu peito. Com todos os copos de cristal quebrados, pego só uma nova garrafa de bebida e volto cambaleando para minha mesa.

— Meu irmãozinho já fez o suficiente por hoje. Vá para casa, Helen — digo, e a tristeza se manifesta em minha voz zangada.

Ela assente e desaparece.

Estreito os olhos para limpar minha visão em meu estado inebriado. Queria ter um resquício de esperança de que aqueles documentos eram falsos, mas o rosto de Miles já disse tudo. Reli o relatório do pronto-socorro pela centésima vez.

Diagnóstico: Intoxicação induzida por álcool. Positivo para consumo de maconha.

E então...

Paciente trazido por: Kate Monroe - Irmã.

Nenhum deles teria como saber o que as consequências de ir longe demais durante uma festinha típica de adolescentes significariam no futuro. Duas semanas após essa ida ao pronto-socorro, Kyle ficou tetraplégico em um acidente pelo qual Kate se sente responsável, embora não tenha sido sua culpa. Tanto Kate quanto Kyle assinaram declarações juramentadas para conseguir que Kyle fosse aceito no experimento clínico que deu a eles o primeiro vislumbre de esperança desde o acidente.

De acordo com o seu conhecimento, o candidato já participou do uso ilegal de drogas?

Não.

De acordo com o seu conhecimento, o candidato já abusou do uso de álcool?

Não.

Eu provavelmente teria feito a mesma coisa, até mesmo pelo meu irmão. Dezenove anos de idade e incapaz de se mexer do pescoço para baixo. A vida pode ser bem cruel, às vezes. Mas Kate escolheu pôr seu irmão em primeiro lugar... colocando a si mesma em risco ao mentir por ele. Ela abriria mão de qualquer coisa para que seu irmão pudesse voltar a andar. *Até mesmo da sua própria felicidade.* Sem saber, ela está prestes a sacrificar isso também.

Tomo mais um gole direto da garrafa. Eu também estou. Não tenho como escapar do sacrifício que preciso fazer.

Há uma batida à porta quando saio do chuveiro. As duas vozes trocam algumas palavras, mas não consigo compreendê-las. É melhor assim. Se eu ouvir dor em sua voz, não sei se conseguirei ir em frente com isso. Ouço o barulho da porta se fechando e o apartamento fica em silêncio novamente. Visto uma calça de moletom e uma camiseta e pego dois analgésicos do armário de remédios do banheiro. Minha cabeça já está latejando da péssima ressaca que está por vir, só que nem dormi ainda.

— Você teve visita — Tatiana diz com questionamento em sua voz.

— Quem era? — Como se eu não soubesse.

— A garota do reality show. Kate.

— O que ela disse?

— Quase nada. Ela só ficou olhando para mim e perguntou se você estava em casa. Eu disse que você estava no banho. E aí ela perguntou o que eu estava fazendo aqui. — Ela se aproxima de mim e apoia as palmas no meu peito. — Garotinha intrometida, não é?

— O que você disse a ela?

— Eu disse que estava prestes a tirar a roupa e me juntar a você, e perguntei o que ela queria. — Ela inclina a cabeça para o lado. — Tão puritana. Ela foi embora depois disso. — Ela sobe as mãos para o meu pescoço e junta os dedos na minha nuca. Fazendo beicinho, ela choraminga: — Você terminou rápido demais. Nem tive a chance de te ensaboar.

Retiro suas mãos do meu pescoço.

— Vá para casa, Tatiana. Não estou no clima.

Seus olhos se arregalam com o choque de ser rejeitada. Eu me arriscaria a dizer que isso não acontece com muita frequência. Talvez nunca, até.

— *Você me* convidou para vir aqui.

— Eu te disse por quê. Precisava que você assinasse o contrato de direitos autorais para autorizar a venda dos DVDs.

— Você poderia ter mandado isso por um mensageiro em vez de me convidar para vir à sua casa às onze da noite.

Dou de ombros.

— Farei isso da próxima vez. Bebi um pouco além da conta e não estava pensando claramente.

— E *agora* você está pensando claramente? — ela zomba, irritada e ofendida.

— Tenha uma boa noite, Tatiana.

A batida da porta ecoa alto alguns segundos depois.

Meu plano foi eficaz. O que eu precisava fazer está feito, bem amarrado com um laço no topo. Contudo, no fim das contas, quem ficou com as pontas soltas fui eu.

THROB

CAPÍTULO TRINTA E QUATRO

KATE

Ver com meus próprios olhos não foi suficiente. Não consegui deixar para lá. Meu coração já estava sangrando, mas foi a resposta à minha mensagem às três da manhã que eviscerou qualquer resto de esperança à qual eu estava me apegando.

Por quê?, foi tudo o que escrevi.

Sua resposta chegou dez minutos depois.

Pensei que eu conseguiria ficar com uma pessoa só. Desculpe.

Soltei meu celular, deitei em posição fetal e chorei até dormir.

— Você está um lixo — Sadie diz, entregando-me uma xícara de café.

— Bom dia para você também.

Não me olhei no espelho após tomar banho. Mas não preciso ver o meu reflexo para saber como está a minha aparência... posso sentir.

— Está triste porque vai deixar um deus grego para trás para fugir para uma ilha tropical com outro deus grego? — Ela me olha por cima da sua caneca e toma um gole de café.

Gaguejo ao proferir as palavras:

— Cooper está transando com Tatiana Laroix.

— Do que você está falando?

— Ele passou o dia inteiro sem responder as minhas mensagens, então fui à casa dele ontem à noite. — Emito um som que parece uma risada, embora isso não tenha graça nenhuma. — Estava preocupada, achando que podia ter acontecido algo com ele. Tatiana atendeu a porta.

— Talvez ela estivesse lá para tratar de negócios.

— Ela me disse que ele estava no chuveiro, e que estava prestes a se juntar a ele.

Sadie arregala os olhos e, em seguida, faz o que passei metade da noite fazendo depois de voltar para casa: tenta achar uma explicação em qualquer migalha.

— Talvez ela estivesse mentindo. Você mesma me disse que aquela mulher estava tentando cravar as garras nele. Eu vi o jeito que ele olha para você. Está caidinho.

— Mandei mensagem para ele às três da manhã.

— E?

Deslizo meu celular para ela, que arregala os olhos ao ler.

— Tem alguma coisa errada.

— Que parte de "Pensei que eu conseguiria ficar com uma pessoa só. Desculpe." você acha que estou interpretando errado?

Sadie suspira. Ela curva os ombros, assumindo uma postura tão derrotada quanto me sinto.

— Sinto muito, Kate. Eu só... achei que ele fosse diferente.

— Eu também. — Uma lágrima escapa do canto do meu olho e desliza pelo meu rosto inchado.

Ao me ver chorando, o rosto de Sadie reflete a dor que sinto por dentro.

— Que vontade de arrancar as bolas dele.

Engulo a tristeza e permito que a raiva tome seu lugar.

— Você pode trazê-las para mim em uma bandeja de prata quando fizer isso?

— Pode deixar. Mas você sabe o que precisamos fazer hoje, não é?

— Fazer as malas? Meu voo é hoje à noite.

— De jeito nenhum. Precisamos de uma repaginada no visual.

— Não estou no clima. — A lástima em minha voz é deprimente até para os meus ouvidos.

— É exatamente por isso que precisamos.

— Você não tem que trabalhar?

— Pfff. — Ela faz um gesto. — Sou eu que faço as regras.

— Não são os sócios cujos nomes estão no logo que fazem as regras?

Ela pisca para mim.

— Eu só os deixo acharem isso.

Passamos as próximas horas no salão de beleza. Sadie insistiu que eu pegasse o pacote de luxo, ameaçando a pobre moça da recepção se ela não aceitasse seu cartão de crédito em vez do meu. Tudo que eu escolhi, Sadie ignorou. Pedi à manicure que pintasse minhas unhas estilo francesinha, mas Sadie fez a mulher pintá-las de rosa-choque, dizendo que era mais apropriado para uma ilha. Pedi à cabelereira que cortasse apenas as pontinhas do meu cabelo. Acabei com dez centímetros de cabelo a menos e luzes bem ousadas, com mechas loiras brilhantes contrastando com minha pele bronzeada.

Eu queria depilar apenas a virilha, mas Sadie exigiu que eu depilasse tudo... então, chegamos a um meio-termo, decidindo por uma depilação francesa, deixando apenas uma tira de pelos bem no meio. Basicamente, a única coisa sobre a qual não discutimos foi o formato das minhas sobrancelhas. No fim das contas, preciso admitir que Sadie tinha razão. Embora eu ainda me sentisse na merda, passar a tarde me arrumando e mimando me deixou bonita por fora, o que ajudou a levantar um pouco meu ânimo.

São quase quatro da tarde quando terminamos. Fico admirando meu reflexo no espelho enquanto Sadie sai distribuindo gorjetas para a dúzia de pessoas que fizeram sua mágica em nós. Elas fizeram um trabalho extraordinário. A maquiadora conseguiu até mesmo diminuir o inchaço dos meus olhos e esconder as olheiras profundas.

— Ficar uma gata é a segunda melhor vingança depois de um término — Sadie diz ao se aproximar por trás de mim, admirando minha nova aparência.

— Preciso perguntar qual é a primeira?

— Transar com um roqueiro gostoso.

Sorrio e balanço a cabeça ao sairmos do salão.

— Eu não vou transar com o Flynn.

— Por que não? Talvez isso te ajude a se sentir melhor. Sei que *eu* me sentiria melhor se transasse com ele. — Ela balança as sobrancelhas.

— Eu odeio o Cooper nesse momento. Mas também estou apaixonada por ele — admito finalmente em voz alta. Parece que foi preciso ele partir o meu coração para que eu fosse sincera comigo mesma.

— Eu sei. — Deixando seu sarcasmo habitual de lado, minha melhor amiga segura minha mão enquanto caminhamos. — Sinto muito por ele ter te magoado.

— Obrigada.

— Mas você conhece o ditado: quando a vida te der limões, pegue o sal e a tequila.

— Tenho quase certeza de que é "faça uma limonada". Mas entendi a ideia. — Bato meu ombro no dela.

— É sério. Transforme isso em algo positivo. Lembre-se do motivo pelo qual você quis participar do programa, para começo de conversa. Tenho visto você andar por aí se culpando silenciosamente por algo que não consegue controlar há anos, Kate. Não posso sequer imaginar o que você vai fazer se a sua mãe perder a casa e o Kyle tiver que parar a fisioterapia. O dinheiro do prêmio final não vai ajudar somente a eles. Vai ser imensamente útil para facilitar a sua vida e você poder voltar a vivê-la. Foque em vencer. Não deixe o Cooper tirar isso de você.

A limusine espera dez minutos enquanto termino de fazer a mala. Com minha mente confusa e meu estado emocional frágil, nem sei direito o que raios acabo guardando na mala de vinte e oito quilos.

Sadie vai comigo até o carro e dá uma espiadinha dentro.

— Quer dar um beijo de língua e explodir aquelas três cabecinhas vazias?

— Talvez outro dia. — Dou um abraço apertado nela. — Obrigada por hoje. Por todos os dias.

— Divirta-se — ela sussurra. — E mantenha o foco. Depois de tudo o que você passou, ganhe aquele prêmio pela sua família.

CAPÍTULO TRINTA E CINCO

COOPER

O suor escorre da minha testa conforme aumento a velocidade da esteira. Faz dois dias; dois dias imaginando os piores cenários possíveis. No primeiro dia, pensava em Kate ficando magoada. E então, chegando à conclusão de que sou um grande canalha e chorando pela perda do homem que ela achou que conhecia. Isso me destroçou.

Depois, comecei a imaginar como ela se vingaria. Visualizá-la nos braços do Babaca me faz correr ainda mais rápido. Pressiono o botão novamente e disparo. Corro cada vez mais rápido, buscando algo que nunca consigo alcançar.

Uma batida à porta me salva de mim mesmo. É Lou. Abro enquanto ofego para recuperar o fôlego.

— Se exercitando a todo vapor, hein, sr. M?

— Estava fazendo uma corrida. Me ajuda a desestressar.

Bom, pelo menos, costumava ajudar.

— Um entregador trouxe isto da Mile High. Imaginei que seria importante. — Ele me entrega um pacote marrom sem identificação.

— Obrigado, Lou.

Penso em jogar essa porcaria no lixo, chegando até mesmo a abrir a gaveta com a lata de lixo escondida e *quase* derrubando-a lá dentro. Quase. Mas a curiosidade me vence. O que diabos Miles poderia me mandar depois da merda que ele armou? A contragosto, abro o pacote. É uma capa de DVD com um disco dentro. Viro e encontro a etiqueta: *Barbados - Dia 1*. Aquele desgraçado doente e sádico. Ele vai continuar a me mandar as filmagens.

Demora quase uma hora até eu finalmente encarar o monitor. Murmuro dezenas de xingamentos ao apertar o play. Com cinco minutos de filmagem, a câmera foca em Kate, que está sentada na praia sozinha usando uma saída de banho esvoaçante e fitando o mar, abraçando os joelhos. Ela parece triste. Solitária, até. Pauso o vídeo e fico olhando para a tela como um tarado.

Que saudades de sentir sua pele na minha e de ouvir o som da sua risada. Do jeito como ela sempre retrucava à altura toda vez que eu a desafiava. É doloroso não ver mais aquela impetuosidade em seus olhos. Por fim, reúno forças para apertar o play novamente e, em questão de minutos, desejo poder apertar o botão de retroceder e esquecer a cena que surge na tela.

O Babaca se aproxima e se acomoda ao lado dela. Ele coloca um braço em volta dela e a puxa para perto de si, afagando seu ombro de uma maneira bem íntima.

— Está se sentindo melhor hoje? — ele pergunta.

— Sim. Desculpe por não participar da sua festa de boas-vindas ontem à noite. Eu realmente não estava me sentindo bem.

— Você não perdeu muita coisa. Mercedes tomou um porre e Jessica decidiu ir nadar pelada.

— Parece que pelo menos você se divertiu um pouco.

Ele acaricia os cabelos dela.

— Não tem muita diversão quando você não está por perto.

— Obrigada. Mas não estou muito no clima para diversão esses dias.

— Bom, vou ter que dar um jeito nisso. — Ele abre um sorriso enorme para ela e sinto uma vontade insana de arrancar aquelas covinhas de vigarista do rosto dele no tapa. — Minha nova e única missão no mundo é ver um sorriso nesse rosto lindo. — *É, e comer outras três mulheres. Babaca.* — Venha. — Ele se levanta e oferece as duas mãos para ela.

— Aonde vamos? — Ela hesita, mas coloca as mãos nas dele. Ele a puxa para ajudá-la a se levantar e, em um único e rápido movimento, a coloca sobre o ombro.

— Flynn! — ela grita enquanto ele sai correndo em direção à água.

Ela sacode os braços e as pernas e borrifa água para todos os lados, mas ele não para até estar em uma profundidade em que a água bate em seu peito. Ele a tira do ombro e a aninha em seus braços. Fazendo uma carranca, aperto o laptop com tanta força que os nós dos meus dedos embranquecem.

Preciso me afastar por alguns minutos para me recompor antes de voltar e desligar a porcaria do laptop. Eu deveria ter deixado quieto, porque quando retorno, o que vejo me atinge como um soco no peito. Eles estão saindo da água, de mãos dadas, e ela está *sorrindo*.

VI KEELAND

CAPÍTULO TRINTA E SEIS

KATE

É o terceiro dia pós-Cooper Montgomery e, por mais que o mundo não tenha acabado, há um pedacinho meu faltando. Melhorei um pouco, sorrindo quando necessário, interagindo com as pessoas — bom, com a equipe e Flynn, pelo menos — e aproveitando cada oportunidade possível para sair da casa de hóspedes.

Ficamos aqui por apenas cinco dias, mas há uma lembrança em cada canto. À noite, depois que todos vão dormir, deito-me no quarto amarelo, repassando em minha mente os momentos que vivi com Cooper nos últimos meses. Geralmente, compreendemos melhor o motivo das coisas acontecerem ou não quando olhamos para trás. Porém, não consigo ver nada nas entrelinhas além do que estava acontecendo bem diante de mim quando olho para trás. Talvez eu não sofresse tanto se tivesse previsto isso.

Sim, eu estava "saindo" com outro homem. A palavra hipócrita pode até ser usada por alguém que está olhando de fora. Mas nós dois sabíamos o que eu estava fazendo... e *por que* eu estava fazendo. Fizemos até mesmo promessas um para o outro, regras que seguiríamos até o programa acabar. Não beijar outras pessoas na boca, fazer sexo somente um com o outro... foi *ele* quem determinou essas malditas regras.

Eu acreditei nele. Confiei nele. Três dias procurando sinais que posso ter deixado passar só me deixaram exausta e ainda mais confusa. Por que agora, quando olho para trás, não consigo ver os indícios de que isso aconteceria? A única resposta lógica me dilacera por dentro: não consigo ver o momento em que tudo mudou porque, na verdade, ele nunca sentiu o que eu achei que ele sentia. Eu estava vendo apenas o que queria ver o tempo todo.

Tento seguir a linha de pensamento de Sadie para conseguir sair do meu estado de melancolia perpétua. *Se não se sente bem, pelo menos fique bonita.* Desfaço finalmente o rabo de cavalo que estava usando desde que chegamos e passo uma hora e meia me arrumando para o nosso encontro em grupo. Faço uma escova nos cabelos, coloco maquiagem e pego um lindo vestido azul que o figurinista do programa jurou ter sido feito pensando em mim. Ver meu reflexo no espelho me dá um pouco de ânimo.

Quando Flynn chega, fico um pouco mais de canto e observo da porta do corredor as garotas o cumprimentarem uma por uma. Cada uma age de maneira espalhafatosa, fazendo contato físico ao falar, flertando de um jeito que deixa muito claro que ele não teria que se esforçar para ir parar na cama de qualquer uma delas esta noite. Flynn fica ali parado, com um sorriso doce, mas o jeito como as olha não corresponde à animação delas.

Após receber o cumprimento da terceira linda mulher, vejo-o examinar o ambiente. Seu sorriso se ilumina quando seus olhos me encontram. Ele me olha de cima a baixo daquele jeito charmoso que sempre faz e vem na minha direção.

— Você está linda — ele sussurra no meu ouvido após me dar um beijo na bochecha. Inesperadamente, sinto arrepios nos braços.

— Você também não está nada mal.

Ele está usando uma camisa social de linho com uma gravata azul-oceano que destaca ainda mais a cor dos seus olhos. Talvez sejam as tatuagens aparecendo sob a camisa cara, porque, de alguma forma, ele consegue parecer casualmente elegante e um rockstar ao mesmo tempo. É um visual que cai muito bem nele.

Nós amontoamos na limusine SUV e seguimos para o nosso primeiro encontro em grupo na ilha. Meu coração dá um solavanco quando paramos em um estacionamento. De todos os lugares nessa ilha, Miles tinha que escolher a festa de peixe frito na praia em um sábado à noite. A mesma à qual Cooper e eu fomos em nossa última noite aqui.

— O que vai querer beber? — Flynn fala alto por causa do barulho, sua mão na parte baixa das minhas costas conduzindo-me pela multidão até o bar. Está muito mais cheio do que na noite em que estive aqui com Cooper.

— O que você for beber.

— Tem certeza? — ele questiona. — Eu ia pedir vodca com tônica, e me lembro que basta uma taça de vinho para você ficar alterada.

Olho em volta e a lembrança de Cooper e eu dançando lentamente na grama enquanto todos ao nosso redor dançavam um reggae acelerado me causa uma nova onda de dor. Dor esta que preciso aplacar, mesmo que por um tempinho.

— Vodca parece uma ótima ideia.

O efeito é rápido, e já sinto minha mente começar a ficar dormente ao terminar o primeiro copo.

— Vamos dançar. — Agarro a mão de Flynn e o levo para a pista de dança abarrotada. Fechando os olhos, fico imersa na energia da multidão e da batida pesada da música, deixando meu corpo se balançar ritmicamente.

— É isso aí. — Flynn me envolve firmemente pela cintura e passa a conduzir meu corpo. — Deixe que a música leve embora qualquer que seja o fardo que você tem carregado, nem que seja por um tempinho.

No momento, surpreendentemente, é fácil fazer isso. O álcool liberou um pouco da tensão do meu corpo, e a batida alta e hipnotizante da música, combinada à mão de Flynn conduzindo meus movimentos, me permite esquecer todo o resto. Ao fim da terceira música, estou relaxada como não ficava há dias. Até mesmo quando Jessica nos interrompe, não sinto dor alguma.

— Obrigada. Eu precisava disso — sussurro e dou um beijo na bochecha de Flynn antes de deixá-lo nas mãos mais do que capazes de Jessica.

O problema em consumir álcool quando se está depressiva é que você fica sempre buscando aquele barato inicial. A sobriedade começa a querer voltar, então você bebe de novo. Mas a segunda bebida não te afeta da mesma forma que a primeira, então você bebe mais uma. E antes que possa se dar conta, está em algum lugar entre não sentir dor alguma e completamente alheia à realidade.

Sento em um banco alto no bar e fico olhando Flynn dançar com três mulheres o rodeando. Ele está se divertindo, mas quanto mais eu o conheço, mas me dou conta de que ele consegue fazer qualquer momento ser divertido. Uma antítese de Cooper, Flynn é um espírito livre, que simplesmente segue o fluxo das coisas e emana uma casualidade que deixa as pessoas ao seu redor à vontade. Cooper, por outro lado, faz as pessoas se endireitarem quando chega em algum lugar.

Peço outra bebida para afogar meus pensamentos. Uma pausa na música atrai minha atenção para o palco. Flynn está tirando sua camisa encharcada de suor. As tatuagens em seu abdômen de tanquinho brilham, para deleite da plateia. As mulheres locais, que estavam botando pra quebrar na pista de dança, gritam seus elogios em sotaques carregados e assobios. Com um sorriso torto e covinhas à mostra, Flynn balança a cabeça, curtindo cada minuto, e pega o microfone da mão do baixista.

Ele não se dá ao trabalho de se apresentar. Em vez disso, simplesmente começa a cantar. Sua voz é incrivelmente comovente e sedutora, totalmente diferente da voz do cantor que estava no palco há poucos instantes. Uma mulher ao meu lado comenta com sua amiga que gostaria de tracejar as tatuagens dele com a língua. Com minha atenção no palco, entendo completamente o encanto. Ele é um homem ridiculamente lindo com um charme jovial inegável. E aquela voz... é rouca, sexy e consigo senti-la vibrar por todo o meu corpo.

I'm here, you're there
Estou aqui, você está aí

Same time, same place
Mesma hora, mesmo lugar

Yet a million miles apart
Porém, a milhões de quilômetros de distância

One last cry, let it go, release the pain of the past
Chore pela última vez, desapegue, liberte a dor do passado

Feelings change, people change
Sentimentos mudam, pessoas mudam

I want your tomorrow, not your yesterday
Eu quero o seu amanhã, não o seu ontem

Feelings change, people change
Sentimentos mudam, pessoas mudam

Take my hand, let me lead your way
Segure a minha mão, me deixe te guiar

Standing beside you, lost in the forest
Ao seu lado, perdido na floresta

Shadows of past bury you deep
Sombras do passado te sufocam

The sun glimmers in the distance
O sol cintila no horizonte

Mending broken dreams
Reparando sonhos quebrados

Feelings change, people change
Sentimentos mudam, pessoas mudam

I want your tomorrow, not your yesterday
Eu quero o seu amanhã, não o seu ontem

Feelings chance, people change
Sentimentos mudam, pessoas mudam

Take my hand, let me lead your way
Segure a minha mão, me deixe te guiar

Sacrifice the past, give me today
Sacrifique o passado, me dê o presente

Walk to me, don't walk away
Venha para mim, não se afaste

Hear the music, my words are a plea
Ouça a canção, minhas palavras são uma súplica

Open your heart and let love sing
Abra o seu coração e deixe o amor cantar

Feelings change, people change
Sentimentos mudam, pessoas mudam

I want your tomorrow, not your yesterday
Eu quero o seu amanhã, não o seu ontem

Feelings change, people change
Sentimentos mudam, pessoas mudam

Take my hand, let me lead your way
Segure a minha mão, me deixe te guiar

A multidão vai à loucura conforme a última nota vai desaparecendo. Depois, a banda retoma de onde parou com uma música que faz a plateia maravilhada começar a dançar rebolando cheia de apetite sexual. Termino a bebida e me levanto, mas o céu começa a girar e meus pés perdem o equilíbrio.

Flynn me segura quando cambaleio.

— Eita... você está bem?

— Estou ótima. — Jogo os braços em volta do seu pescoço. Ele sorri. — Gostei da sua música.

— Que bom.

— Foi muito sexy.

Ele dá risada, divertido.

— Assim como você.

Fico nas pontas dos pés e me inclino para ele, pressionando meus lábios nos seus. Ele não corresponde ao beijo.

— Você está bêbada — ele diz ao afastar a cabeça.

— E daí? Se a Jessica tentasse te beijar bêbada, aposto que você não negaria.

— Mas isso é porque a Jessica me beijaria sóbria.

Um tempinho depois, caio no sono na limusine no caminho de volta a Sugar Rose, com a cabeça apoiada no colo de Flynn. Ele me ajuda a sair do carro e a chegar ao meu quarto.

A última coisa de que me lembro quando acordo na manhã seguinte com a cabeça latejando é a porta se fechando atrás de nós. Estou aconchegada ao lado de Flynn, seus braços me envolvendo com firmeza.

— Bom dia — ele fala com um sorriso largo.

Fico quieta por um momento, revirando meu cérebro, tentando me lembrar do que aconteceu depois que chegamos ao meu quarto. Mas a minha mente está em branco total.

— A gente...? — Gesticulo entre nós dois, envergonhada demais para dizer as palavras.

Ele responde com um brilho malicioso no olhar.

— A gente... o quê?

— Você sabe.

— Sim, mas quero ouvir você dizer.

Reviro os olhos. É o suficiente para piorar minha dor de cabeça.

— Querida, acredite, se a gente tivesse transado, você se lembraria. — Ele me dá um beijo na testa e se levanta da cama.

— Bom, então, obrigada. Por... ter sido um cavalheiro.

— É melhor você olhar embaixo do lençol antes de me chamar de cavalheiro — ele diz, acanhado.

Arregalo os olhos e, hesitante, ergo o lençol e olho para baixo. Estou de camiseta e calcinha. Olho para Flynn e ele dá de ombros, sorrindo.

— Talvez eu tenha te ajudado a se trocar.

Ele dá uma piscadinha e desaparece do quarto.

CAPÍTULO TRINTA E SETE

KATE

— Como se sente? — Flynn pergunta com um sorrisinho sugestivo após retornar de sua corrida de uma hora na praia.

— Péssima — grunho.

Estou deitada em uma espreguiçadeira perto da água, usando óculos escuros enormes para bloquear os raios solares, que fazem a dor na minha cabeça piorar. São quase cinco da tarde e ainda me sinto tão enjoada quanto no momento em que acordei de manhã.

— Como você consegue correr depois de ontem à noite?

Ele dá de ombros e tira a camiseta.

— Sou melhor no pós-festa do que você.

— Festa, para mim, é beber duas taças de vinho usando moletom depois de estudar por quatro horas.

— Que mulher selvagem. — Ele amassa sua camiseta em uma bola e a joga em mim. — Venha. Preciso dar uma caminhada para me refrescar. — Ele estende as duas mãos.

— Na última vez que segurei essas mãos, acabei indo parar na água contra a minha vontade.

— Você está a salvo comigo hoje. Já tive minha parcela de ressacas. Entendo o seu sofrimento. Não vou fazê-lo piorar. É só uma caminhada.

Ele está sendo sincero, então aceito as mãos que ele oferece para me ajudar a levantar. Durante os primeiros quinze minutos, nós dois permanecemos em silêncio, mas me sinto inquieta.

— Desculpe por ontem à noite.

— Pelo quê?

— Por te beijar.

— Não precisa se desculpar.

— Mas você não correspondeu.

— Só porque você estava muito bêbada. — Ele para. — Quer tentar de novo, agora que está sóbria, e ver se vou corresponder?

Sorrio e pego sua mão, puxando-o para continuarmos.

— Por baixo desse exterior de bad boy tatuado, você é um cara maravilhoso.

Andamos mais um pouco em silêncio, de mãos dadas. Então, Flynn indaga:

— Posso te perguntar uma coisa?

— Claro.

— Eu fiz alguma coisa para te desencantar?

— O quê? Não. Por que está perguntando isso?

— Quando começamos a gravar o programa, pensei que tínhamos nos conectado. E então, te beijei e senti isso. Eu podia jurar que você também sentiu. Mas, então, as coisas mudaram. Ainda tínhamos a conexão, mas você me colocou na zona da amizade.

Suspiro audivelmente.

— Eu sinto muito.

— Não sinta. Se não rolou, não rolou. Só fiquei me perguntando em que momento deu tudo errado.

— Não foi culpa sua.

— Não entendo.

— Havia outra pessoa presente conosco sempre que estávamos juntos. Não fisicamente. Mas eu não conseguia me envolver de verdade com você quando meu coração estava envolvido com outra pessoa.

— *Estava* envolvido. Não está mais?

Ele é astuto.

— Agora acabou. Sinto muito, isso nunca deveria ter sequer acontecido, para começo de conversa. O que você sentiu quando nos conhecemos... quando nos beijamos pela primeira vez... não foi só você. Eu também senti. Mas então, as coisas ficaram complicadas e eu não consegui mais ir em frente.

— E agora? Está disponível agora?

— Tecnicamente, sim. Sinceramente, você é um cara incrível. Mas meu coração está partido. Queria que tivéssemos nos conhecido sob circunstâncias diferentes, em outro momento.

— Que tal recomeçarmos? — ele propõe, segurando minha outra mão e virando-se para mim, andando de costas.

— Como podemos fazer isso?

Ele dá de ombros e sorri.

— É fácil. — Ele solta minhas mãos e estende uma das suas para mim. — Oi, sou Flynn Beckham.

Balanço a cabeça, mas entro no jogo.

— Kate Monroe.

— Prazer em conhecê-la, Kate.

— Igualmente.

— Olha, espero que isso não me faça parecer um perseguidor, mas tenho te olhado de longe sempre que posso. Você gostaria de sair comigo depois de amanhã?

Nosso encontro a sós já está marcado para a quarta-feira.

— Eu adoraria — respondo, e pela primeira vez desde que meus olhos pousaram em Cooper Montgomery, falo sério.

O convite que foi entregue no meu quarto esta manhã continha apenas uma dica minúscula do encontro que teríamos à tarde. No cartão, estava escrito "Você faz o meu coração ir às alturas", e o convite com letras em alto-relevo dourado chegou acompanhado de um biquíni.

Visto a roupa de banho branca. É simples, porém sexy. Após a amarração, as tiras continuam compridas, penduradas de maneira tentadora, quase um convite sedutor para qualquer um puxá-las e descobrir o que há por baixo do top. Minha pele está com um bronze dourado depois de passar quatro dias desfrutando do sol da ilha. Fico satisfeita com a imagem com a qual me deparo no espelho. Começo a sentir uma pontada de esperança de que não ficarei presa na tristeza para sempre.

O figurinista me fornece um vestido branco quase transparente e um lindo par de sandálias de salto alto. A única cor na minha produção está no lacinho azul-claro na borda do meu chapéu de palha. Mercedes e Jessica me lançam olhares irritados quando passo pela sala de estar para atender à porta para o meu encontro. Isso valida o que vi quando me olhei no espelho.

— Uau. Branco é definitivamente a sua cor. — Os olhos de Flynn me examinam de cima a baixo e ele beija minha bochecha.

— Não acho que branco seja exatamente uma cor.

— É o quê, então?

— É a ausência de cor.

— Bom, então a ausência de cor fica muito bem em você, espertinha.

Nós dois rimos.

— Você também fica lindo com a ausência de cor.

Como eu, Flynn está todo vestido de branco. Bom, exceto pela tatuagem em seu antebraço esquerdo. Todas as suas tatuagens são pretas e cinzas, com exceção de uma. Não tinha notado até o momento.

Meu lindo pretendente me conduz até o carro e abre a porta para mim.

— É uma coincidência nós dois estarmos de branco?

— Não. — Ele fecha a porta e dá a volta para assumir o banco do motorista. — Estamos recomeçando, lembra? Hoje é o nosso primeiro encontro.

— Por favor, me diga que não espera que eu suba em um desses.

Paramos no estacionamento de uma praia e, ao ver um quiosque oferecendo voos de parapente, fico desconfiada. Há algumas pessoas flutuando pelo céu, amarradas em paraquedas coloridos acima delas.

— Espero, sim. — Ele estaciona e sorri para mim.

— Eu te disse que tenho medo de altura.

— Estamos recomeçando hoje. Lembra? Quer um jeito melhor de fazer isso do que viver um pouco?

— Sou totalmente a favor de viver. O que me assusta e mantém meus pés no chão é o oposto de viver.

Ele abre a porta do carro para mim.

— Arranjaram um voo duplo para nós. Vou te segurar o tempo todo.

— Até quando nos espatifarmos no chão?

Ele dá risada.

— Não vamos nos espatifar no chão. Além disso, vamos voar sobre a água.

Olho em volta e encontro as câmeras já gravando. Respiro fundo e, finalmente, seguro a mão dele. Inclino-me e sussurro para evitar que minha voz saia nas gravações:

— Qual é o seu maior medo?

— Rejeição. — Ele beija minha bochecha. — Viu só? Nós dois estamos enfrentando nossos medos hoje.

Ainda estou sentindo a adrenalina do nosso encontro da tarde enquanto me arrumo para o jantar. Flynn tinha razão. Enfrentar um dos meus maiores medos foi, de alguma forma, libertador. Me fez sentir como se hoje fosse realmente um recomeço.

Como prometido, Flynn me segurou durante todo o tempo. Meu corpo foi preso a um cinto conectado ao dele e suas coxas musculosas envolveram minha cintura com firmeza por trás no instante em que começamos a voar. Um de seus braços me segurava em um abraço forte, fazendo-me sentir segura ao alçarmos voo sobre o oceano. Mesmo depois que finalmente relaxei o suficiente para desfrutar da vista de tirar o fôlego da água cristalina abaixo de nós, ele continuou me segurando bem firme. Em determinado momento, acabei me apoiando em seus braços, em vez de somente me agarrando por medo.

Depois do parapente, o barco nos levou a um banco de areia no meio do mar e demos comida na boca de tartarugas-marinhas gigantescas e mergulhamos em meio a cardumes de peixes coloridos. Foi um dia feito para um reality show, mas fiquei tão envolvida em tudo o que fizemos que, na maior parte do tempo, nem reparei nas câmeras.

O sorriso de Flynn quando ele chega para o jantar espelha o meu. Seu cabelo comprido está solto, emoldurando um rosto inegavelmente irresistível. Mas não tenho dúvidas de que é seu sorriso que faz mulheres jogarem as calcinhas para ele no palco.

— O que foi? Eu nem disse nada ainda e você já está balançando a cabeça como se eu estivesse aprontando. — Flynn finge inocência, embora seus olhos digam o contrário.

— Esse sorriso. Aposto que as mulheres tiram a calcinha por essas covinhas.

Ele se aproxima de mim. A atmosfera entre nós muda.

— Espero que sim.

Ao contrário do clima lúdico e despreocupado desta tarde, esta noite há uma tensão pairando entre nós. O desafio de descer as escadas naturais íngremes do penhasco mal iluminado até Bottom Bay é generosamente recompensado quando chegamos lá embaixo. A praia serena, cercada por altos desfiladeiros que garantem privacidade, está escura e vazia. Até caminharmos algumas centenas de metros e passarmos por uma imponente protuberância de uma montanha para o outro lado. Chego a arfar com a visão.

Palmeiras inclinadas estão enfeitadas com velas posicionadas aqui e ali, abrigadas em lanternas de vidro penduradas. Há um cobertor estendido e uma enorme cesta de piquenique iluminada por algumas velas ao redor.

— Nossa. Que lindo.

Flynn olha para mim, pensativo.

— É, sim. Tudo bem para você?

O gelo que passou a semana inteira protegendo meu coração derrete um pouquinho. Olho para ele e sorrio.

— Acho que sim.

Passamos as próximas três horas comendo, conversando e rindo. Com apenas as luzes das velas ao nosso redor, é fácil esquecer que provavelmente há câmeras instaladas por toda parte. É romântico e lindo, e Flynn é um completo cavalheiro. Aprendo coisas sobre ele que nunca teria imaginado que temos em comum. Nós dois cursamos ciências na faculdade, mas seu foco era astronomia, enquanto o meu era biologia. Nós dois adoramos Johnny Cash, mas não entendemos o fenômeno dos Beatles. E nossos pais nunca conseguiram passar direto quando encontravam um cassino.

— O que faz as estrelas brilharem, Copérnico?

— Ahh. Esse é um erro comum que leigos cometem — Flynn diz com um sotaque engraçado. Presumo ser uma tentativa de usar o dialeto do astrônomo famoso, mas não sei mais nada sobre Copérnico além do fato de que ele é o avô da astronomia. — Na verdade, as estrelas não brilham.

— Não brilham? Não sei se quero ouvir essa explicação.

Flynn dá risada. Estamos deitados no cobertor, olhando para o céu cheio de estrelas, e algumas delas estão brilhando. Ele se posiciona de lado e apoia a cabeça em uma das mãos sustentadas pelo cotovelo. Sua outra mão afasta uma mecha do meu cabelo e a prende atrás da minha orelha.

— É apenas o ângulo pelo qual as vemos. Um raio de luz se curva levemente quando atravessa a atmosfera, desvia e nós vemos como um brilho. Se estivéssemos na lua, não veríamos nenhuma estrela brilhar.

Sorrio, capturada pelo esplendor dos brilhos lá no céu, mesmo que não sejam realmente o que parecem.

— Bom, então fico feliz por estarmos aqui e não na lua.

— Eu também — ele fala baixinho.

Meu coração descompassa um pouco quando encontro seu olhar. Nos encaramos por um longo tempo, seus olhos cheios de desejo e curiosidade, a luz das velas iluminando o azul de suas íris. E sua boca... carnuda e macia, perfeitamente atraente. Ele sorri, me fitando, revelando covinhas deliciosas e uma autoconfiança que me faz pensar que ele sabe muito bem o que fazer com uma mulher. Seu olhar desce para os meus lábios e, em seguida, retorna ao meu com ainda mais calor.

A última coisa em que penso antes de seus lábios encontrarem os meus é que talvez isso seja mais do que apenas um jogo, e tenho que decidir se estou dentro ou fora.

CAPÍTULO TRINTA E OITO

COOPER

DUAS SEMANAS DEPOIS

Ao sair do banheiro com uma toalha em volta da cintura, paro de repente quando ouço o som. Meu olhar encontra a tela da TV que deixei ligada, onde o rosto dela me faz perder o fôlego. Eu parei de assistir aos DVDs depois do dia em que a câmera deu zoom nos dois dormindo juntinhos em uma cama. Justo no quarto amarelo.

Eu sei que a deixei sem motivo algum para pensar que eu merecia uma segunda chance. Mas acho que, secretamente, me agarrei à esperança de que talvez, só talvez, pudéssemos ficar juntos depois que o programa terminasse.

O Babaca aparece na tela. Esse deve ser o episódio final. O idiota do meu irmão deve estar exultante. O programa vinha batendo recordes de audiência. Vi de relance alguns comerciais nos momentos antes de mudar de canal. Ele conseguiu o que queria. O país inteiro está louco para saber se o cretino convencido de cabelos compridos e jeito hippie vai escolher a sedutora ou a sua prometida.

Por mais que eu despreze o meu irmão, tenho que lhe dar esse crédito. Ele transformou a última semana de programa em um fenômeno publicitário. Mulheres de todas as idades estão ansiosas esperando para descobrir qual das duas concorrentes finais ele vai escolher. Jessica, a garota atraente que o seduziu desde o instante em que a conheceu; ou Kate, a mulher a quem ele decidiu seduzir desde que a viu sorrir pela primeira vez.

Ouvi até mesmo Helen fofocando sobre quem ela acha que ele vai escolher.

Contra meu bom senso, não mudo de canal. Em vez disso, fico ali parado, fitando intensamente a cena que se desenrola diante dos meus olhos. É uma recapitulação da última semana. O Babaca está usando um smoking e Kate, um vestido longo de festa. Ela está linda, mas parece nervosa, conforme eles entram em um elevador. As portas se fecham e meu coração dói quando a câmera foca nas mãos deles. Os dois estão lado a lado, mas o Babaca estende o dedo mindinho e prende no dela, e os dois se olham brevemente e compartilham um sorriso.

As portas se abrem novamente e a placa na suíte diante deles faz o meu sangue ferver. *Suíte de Lua de mel*. É insuportável assistir a isso, porém, meus olhos não conseguem desviar da tela.

Ele retira um cartão-chave do bolso e estende para ela. Seus olhares se encontram por um instante e ela respira fundo.

Não entre, Kate.

Lentamente, ela estende a mão e recebe a chave dele. A expectativa lenta e silenciosa está me matando.

Balance a cabeça e negue, Kate. Não entre.

Com a chave na mão, enquanto o controle dos nossos destinos está pendurado ao vento, os olhos dela encontram os dele mais uma vez. Prendo a respiração quando ela desliza a chave na porta. O Babaca pendura a plaquinha *Não Perturbe* e o som finalmente retorna com o clique da porta se fechando.

Sinto-me vazio por dentro. Feridas que estavam começando a sarar se abrem novamente. Mas vê-la seguir em frente, assistir àquela porta se fechar, é do que eu preciso. É um símbolo do que preciso fazer. Está na hora. Forçando meus punhos cerrados a se abrirem, um dedo de cada vez, estendo as mãos. A porta se fechando. Os dois entrando. O fim do programa. Finalmente, eu solto. Ponto final.

CAPÍTULO TRINTA E NOVE

KATE

UM MÊS DEPOIS

— Sem caminhonetes lá fora hoje — Sadie diz ao entrar em casa, segurando uma sacola de compras em cada mão.

— Eu os entediei.

— Você é meio entediante mesmo — ela me repreende e descarrega suas sacolas. Uma é da loja de bebidas e a outra, de lingeries.

— Que combinação interessante essa que você tem aí. — Aponto para suas compras.

— Não é? E o engraçado é que o exagero de uma leva à retirada da outra.

— Fico feliz por você pelo menos estar usando roupas íntimas hoje em dia.

— Jared pega no meu pé se eu não usar.

— O que é muito engraçado, já que foi assim que vocês se conheceram.

O novo namorado de Sadie, Jared, é um repórter de entretenimento que estava filmando em frente ao nosso apartamento após o final do programa. A mídia entrou em frenesi depois que me tornei a vencedora do *Throb*, acampando em frente ao nosso prédio para tentar pegar qualquer vislumbre de Flynn e de mim. Certa tarde, isso ficou muito sufocante e Sadie estava cansada de pessoas gritando perguntas para ela enquanto seguia para nossa porta. Então, ela levantou a saia e mostrou a bunda para o câmera. Detalhe: ela não estava usando calcinha. Isso fez o pessoal me deixar em paz por um tempinho. Mas Jared, o repórter que pegou toda essa cena em sua câmera, ficou caidinho por Sadie.

Faz menos de duas semanas, mas os dois já se tornaram inseparáveis. De algum jeito, ele conseguiu que ela fizesse até mesmo o inimaginável: usar calcinha quando está de saia.

Há uma batida à porta.

— É o Jared — ela grita por cima do ombro ao seguir para seu quarto. — Diga a ele que estarei pronta em cinco minutos.

Abro a porta e me deparo com Jared. E Flynn.

— Oi. O que está fazendo aqui?

— Acabei de encontrá-lo no estacionamento. — Jared sorri e eu me afasto para dar espaço para os dois entrarem. — Claro. Não estou com a minha câmera.

— Ninguém se interessa mais por nós, de qualquer forma. Somos apenas um velho casal sem graça, não é, querido? — digo para Flynn.

— Aham. — Ele apoia um braço em volta do meu ombro.

— Sadie virá em alguns minutos. Vocês querem uma taça de vinho?

Flynn pega a garrafa da minha mão, três taças do armário e se encarrega de nos servir. Quinze minutos depois, Sadie surge com um sorriso e não poupa generosidade no beijo que dá no novo homem em sua vida.

— Precisamos ir, temos reserva — Jared diz.

— Divirtam-se. — Sadie sopra um beijo em nossa direção.

Ouvimos a conversa baixinha dos dois conforme seguem para a porta.

— Você está usando calcinha, não está?

— Mais ou menos — Sadie responde de maneira evasiva.

— Será que quero saber o que isso significa?

— Você vai descobrir mais tarde. — Eles saem e fecham a porta.

Apoio meus pés no sofá e tomo um gole do vinho.

— Então, a que devo o prazer dessa visita surpresa?

Flynn se levanta e enche a minha taça até a borda, embora eu nem tivesse terminado a primeira.

— Beba mais.

— Você veio aqui para me embebedar? — brinco.

— Não. Mas você vai precisar dessa bebida para o que vim te contar.

Minha cabeça lateja, rodopiando com questionamentos. Faço Flynn repetir tudo duas vezes, embora eu tenha ouvido cada palavra que ele disse com clareza na primeira vez.

— Por que Miles te contaria isso agora? — Não faz sentido algum.

— Ele tinha bebido além da conta. Estávamos comemorando a assinatura de mais um contrato para fazer outro programa com a Mile High.

— Que programa?

— *Beat*. Ele vai seguir a minha banda na nossa próxima turnê. Vai ser tipo o dia a dia na vida dos integrantes de uma banda de rock... que dura três meses.

— Ele só pode estar mentindo.

— Acho que não. Ele estava todo orgulhoso de si mesmo, se gabando por ter separado vocês dois para que eu pudesse ficar com você.

— Mas, se é mesmo verdade, por que ele faria isso?

— Ele disse que a final deveria ser entre você e Jess. O público adorou esse enredo santinha contra safada.

— E, no caso, eu era a santinha.

— Palavras dele, não minhas.

— E Cooper concordou em me dar um pé na bunda fácil assim?

— Miles disse que tinha uma carta na manga. Ele estava bem bêbado, então nada do que ele disse fez muito sentido... mas balbuciou alguma coisa sobre um vídeo de vocês dois em uma casa de hóspedes em Barbados e a ida do seu irmão ao pronto-socorro.

— Meu irmão? Kyle?

— Sim. Alguma coisa sobre arrumar problemas com um experimento clínico.

Mal chego ao banheiro quando começo a colocar para fora as duas taças de vinho que tomei. Flynn afaga minhas costas delicadamente.

— Você está bem?

— Não.

Ele me ajuda a voltar para o sofá e me aconchega ali, dando um beijo carinhoso na minha testa. No último mês, aprendi a adorar este homem.

— Talvez não seja tarde demais para vocês dois. Eu sei que você ainda sente algo por ele.

— Tenho certeza de que ele também sente algo por mim. Algo bem forte e poderoso, depois de assistir à final do programa.

CAPÍTULO QUARENTA

COOPER

UMA SEMANA DEPOIS

— Tem um sr. Beckham aqui para vê-lo — a voz de Helen anuncia pelo interfone do meu escritório.

— Quem? — Eu só posso ter ouvido errado.

— Flynn Beckham. Ele participou do seu...

— Eu sei quem ele é.

— Gostaria que eu dissesse a ele que o senhor está ocupado?

Eu gostaria que você dissesse a ele muito mais do que isso.

Aperto o botão para responder:

— Diga a ele... — começo, cheio de raiva, mas então, penso melhor em como quero que o meu recado seja entregue. Sem dúvidas, vou curtir mais ainda fazendo isso pessoalmente. — Mande-o entrar.

O Babaca entra e tenho que lutar contra a vontade arrebatadora de me levantar e dar um soco nele. Permaneço atrás da minha mesa; é mais seguro ter uma barreira entre nós. O idiota se aproxima e estende a mão para mim. Olho para ela e depois para ele, exibindo claramente em meu rosto meu desdém ao cruzar meus braços contra o peito.

— O que você quer?

Ele abaixa a mão.

— Vim falar com você sobre a Kate.

— Tenho quase certeza de que você e eu não temos nada para discutir em relação à Kate.

— Eu só preciso de dois minutos do seu tempo.

— A contagem acabou de começar. Diga o que veio dizer e dê o fora.

O Babaca respira fundo.

— Eu me apaixonei por ela.

— Foi para isso que veio? Você perdeu o seu tempo, e não desperdice mais do meu. Não tenho o menor interesse em ouvir sobre a sua vida amorosa. Acho que você veio ao irmão errado.

Pego uma pilha de documentos para a minha próxima reunião. Mas o imbecil não se toca. Em vez disso, ele se senta.

— Ela não me ama. — Fico encarando-o irritado e não digo nada. — Ela ama você.

— Não foi o que pareceu quando ela te levou para aquela suíte de lua de mel. — As palavras têm o mesmo sabor amargo com que são ditas.

— Foi apenas atuação. — O Babaca esfrega a nuca. — Nós trapaceamos. Ela me contou sobre sua família e o real motivo para ter entrado no programa. Nós fingimos estar juntos porque era isso que Miles queria. Eu a escolhi para que ela pudesse ganhar o dinheiro.

— Então, vocês dois não passaram a noite juntos? — Não faço ideia de por que pergunto isso, já que qualquer coisa além de um incontestável *não* vai acabar comigo.

— Cara, ela me fez dormir no chão. Não quis sequer dividir a cama enorme comigo.

— Então, toda a tensão entre você, Jessica e Kate era uma farsa?

— Bom, nem tudo. — Lanço um olhar zangado para ele, que continua: — A verdade é que a Jessica estava em conluio com o seu irmão o tempo todo. Ele estava pagando para ela colocar lenha na fogueira. — Ele dá de ombros. — Além disso, eu acabei transando com a Jessica depois que me conformei que não tinha chance nenhuma com a Kate. Acho que não foi a coisa mais esperta a se fazer. Passei o tempo todo desejando que ela fosse a Kate.

— É melhor parar enquanto há tempo — alerto.

O Babaca dá risada.

— Enfim. Ela é uma garota incrível. Mas eu nunca tive chance. Ela está apaixonada por você.

— Muita coisa mudou.

— Mas isso, não.

O Babaca se levanta e estende a mão. Dessa vez, eu a aperto. Quando ele chega à porta, eu o chamo:

— Ei.

Ele se vira.

— Obrigado. — Ele assente, com um sorriso derrotado. — Talvez você não seja tão babaca assim, no fim das contas.

CAPÍTULO QUARENTA E UM

KATE

UM DIA DEPOIS

Hoje, presenciei algo que me lembrou de que fiz a coisa certa. O sorriso de Kyle quando voltou para casa da terapia de estímulo da coluna vertebral era contagioso. Ele recuperou uma pequena quantidade de controle voluntário de seus músculos, o suficiente para que "flexionasse" alguns para mim quando o ajudei a voltar para a cama. Sua esperança resplandecia tanto que chegou a me contagiar e aquecer por dentro um pouco.

Desde que Flynn me contou sobre sua conversa com Miles, voltei ao estado depressivo em que fiquei quando Cooper e eu terminamos. Sinto que faltam algumas peças desse quebra-cabeça. Mesmo que seja verdade e Miles tenha chantageado Cooper a terminar comigo, e ele o tenha feito para me salvar, como ele pôde ir atrás de Tatiana tão cedo? Por que não veio até mim? Passo horas tentando descobrir por que sinto que estou deixando algo passar, mas, no fim, a única coisa sobre a qual tenho certeza é que perdi um pedaço do meu coração.

Meu celular vibra e sorrio ao ver o nome na tela.

— Nossa, mas você não liga, não manda uma mensagem... — A voz jovial de Frank retumba alto no viva-voz do carro.

— Está com saudades de mim, não está? — pergunto.

— Estou sim, menina. Estou sim. Você ficou importante e famosa demais para jogar cartas conosco?

— Isso é um convite ou só uma pergunta casual?

— Pode vir esta noite? Às oito. — Há um sorriso em sua voz. — Grip e Ben levaram todo o meu dinheiro na última vez. Preciso que você dê uma lição nesses pamonhas.

Dou risada.

— Eu adoraria ir.

— Está bem, menina. Vejo você mais tarde.

Estaciono e fico no meu carro por alguns minutos, do lado de fora do estúdio. A lembrança da primeira noite que joguei cartas aqui meses atrás ainda me afeta, mesmo em meio à minha tristeza. Eu não fazia ideia de quem era Cooper, mas o jeito como seu antebraço se flexionava quase me fez perder algumas rodadas, meu foco completamente abalado pelo efeito que aquele homem causou em mim desde o primeiro instante em que pousei os olhos nele.

Respirando fundo, empurro a memória para o fundo da minha mente e pego o engradado de Stellas do banco de trás do meu Jeep antes de entrar no estúdio.

— Frank? — Minha voz ecoa no galpão vazio e cavernoso. A mesa onde costumamos jogar pôquer não está posta ainda. O salão enorme está em silêncio total, um convite para minha mente começar a imaginar coisas.

Ouço a porta pesada de aço se abrir e fechar em seguida.

— Estava começando a me perguntar se tinha vindo na noite errada. — Viro-me, esperando encontrar Frank, e congelo quando meu olhar se prende a um par de olhos verdes brilhantes. Eu ansiava por vê-lo, sonhava em correr até ele, porém uma bagunça de sentimentos se agita dentro de mim e me mantém presa no lugar.

Enquanto ele atravessa o galpão com sua autoconfiança e elegância de sempre, cada emoção que lutei para enterrar durante o último mês emerge para a superfície de uma vez só.

Eu senti falta dele todo segundo de todos os dias, mas vê-lo diante de mim me lembra de todos os motivos para isso. O jeito como ele me olha como se quisesse me devorar, sua autoconfiança convencida que beira a arrogância, seu charme irresistível, o modo como comanda um ambiente sem precisar dizer ou fazer nada.

Meu coração martela no peito.

Minha mente finalmente para de girar com tantos questionamentos e fica em branco.

Cooper para ao chegar onde estou. Não me movo um centímetro sequer. Meus pés parecem estar cimentados ao chão.

Olho para ele. Ele olha para mim.

Seu rosto é uma máscara. Não sei dizer se está feliz em me ver ou com raiva por eu estar aqui. Embora eu não consiga compreender o que se passa dentro dele, há uma onda de emoções revirando meu estômago que são impossíveis de ignorar.

Ele cruza os braços contra o peito, em uma postura distante.

Não sei o que dizer ou fazer. Talvez ele esteja apenas tão surpreso em me ver quanto eu estou. Seu lindo rosto está sombrio e seus olhos verdes, distantes. É doloroso estarmos tão perto, porém tão longe.

Os segundos se passam. Tenho certeza de que ele deve conseguir ouvir as batidas fortes do meu coração. Contudo, ficamos apenas nos encarando, sem dizer uma palavra. Quero tanto que ele abra os braços e me convide para me aproximar... mas ele não o faz.

Imito sua postura, envolvendo a cintura com os braços trêmulos para ocupá-los. Eles querem tanto se estender e tocá-lo que tenho medo que acabem fazendo isso sem que eu possa controlar. Meu corpo tem vontade própria quando se trata desse homem.

— Como você está? — incapaz de continuar aguentando o silêncio ensurdecedor, finalmente quebro o gelo. Seus olhos verdes escurecem de emoção. Ele está zangado comigo.

— Como você acha que estou? — A dor em sua voz me dilacera.

Fecho os olhos, tentando afugentar as lágrimas.

— Quer que eu vá embora? — pergunto suavemente.

— Eu não teria armado para que você viesse se eu quisesse que fosse embora.

Uma faísca de esperança se acende na escuridão que vinha me cercando.

— Não estou entendendo.

Cooper exala forte.

— Nem eu, Kate. — Ele passa os dedos pelo cabelo e, em seguida, recupera sua compostura intimidadora.

Nossos olhos se prendem em um contato visual desafiador, até que eu finalmente me rendo. Toda a tristeza que venho carregando, toda a mágoa e a raiva borbulham até a superfície. Minha necessidade de saber a verdade é maior do que qualquer corrida boba para ganhar o nosso impasse.

— Miles te ameaçou com coisas que poderiam me prejudicar para fazer você terminar comigo?

Ele engole em seco.

— Sim.

— Por que você não me contou? Poderíamos ter encontrado uma solução.

— Você mesma disse que não poderia dar tudo de si para ganhar o programa enquanto estivéssemos juntos. Se ele ameaçasse arruinar somente a mim, eu nunca teria me afastado. Eu teria deixado que ele me arrancasse tudo o que tenho para ficar com você. — Ele faz uma pausa e diminui o volume de voz. — Eu sei o quanto você ama o seu irmão. Era muito arriscado.

Ele tem razão. Eu nunca teria conseguido me conectar com Flynn como me conectei se ele não tivesse me libertado. Desde que Flynn foi ao meu apartamento me contar tudo, só consegui focar em como Cooper pôde nos separar assim. Fiquei chateada por ele não ter confiado em mim o suficiente para resolvermos juntos. Mas, nesse momento, eu finalmente compreendo. Meus olhos ficam marejados. Estava tão ocupada sentindo raiva dele por ter tomado a decisão *sem* mim que não pude enxergar o que ele realmente fez. Ele tomou a decisão *por* mim.

— Tatiana — sussurro. — Como você pôde ir atrás dela tão cedo?

— Eu usei Tatiana para te afugentar. Para te libertar para fazer o que precisava fazer.

— Então você transou com ela por mim? — Há um amargor em minha voz.

— Eu não transei com ela. — Sua mandíbula flexiona e parece que ele está pensando em acrescentar mais alguma coisa.

— Diga a verdade — lembro a ele.

— Não encostei um dedo nela na noite em que você foi ao meu apartamento e a encontrou lá. Saí com ela apenas uma vez antes de você e eu nos conhecermos. E só. — Ele fecha os olhos por um segundo e depois encontra os meus novamente. — Eu me conformava com qualquer coisa antes de você entrar na minha vida.

— Então, por que não me procurou depois que o programa acabou?

— Pensei que você estava com ele. E parecia... feliz.

A dor em seus olhos quando ele expressa sua verdade envolve meu coração e aperta com tanta força que sinto a necessidade de massagear meu peito. Ele agiu de forma tão altruísta, sem consideração por sua própria felicidade. Assistir ao programa deve ter acabado com ele. Os editores juntaram todos os meus pequenos momentos de alegria para que parecesse que eu estava delirantemente apaixonada.

Ele ergue seu olhar torturado para mim e pergunta:

— Você o ama?

— Não.

Ele dá mais um passo à frente, ficando mais perto, e acho que paro de respirar por um segundo.

— Se lembra de quando eu perguntei se você acreditava em amar algo e libertá-lo para descobrir se era para ser?

— Você disse que acreditava mais que se você quer alguma coisa, deve correr atrás dela agressivamente.

— Eu finalmente entendi a diferença. Se você *quer* algo, deve correr atrás disso com todas as forças, sem deixar que nada atrapalhe. Se você *ama* algo, às vezes a única escolha que tem é deixá-lo livre para que possa encontrar o caminho de volta até você para sempre. Deixar você ir me dilacerou, mas eu faria de novo se significasse que você seria feliz, no fim das contas. É por isso que sei.

— Sabe o quê? — sussurro, apreensiva, ao mesmo tempo em que meu coração se expande de esperança.

Uma de suas mãos me puxa pela cintura e a outra sobe para prender uma mecha do meu cabelo atrás da orelha.

— Sei que eu te amo. De um jeito irracional e incompreensível, mas é a única coisa que sempre fez sentido para mim.

Fecho os olhos, tentando reprimir a enxurrada de lágrimas que não consigo mais conter. Minha estratégia não funciona e elas caem com força total.

— Pensei que tinha te perdido.

Cooper segura meu rosto entre as mãos, capturando minhas lágrimas com seus polegares ao se aproximar um pouco mais.

— Shhh... eu sei — ele diz. — Eu sei. Me desculpe. Mas eu sei que você abriria mão de qualquer coisa por uma chance para o Kyle, então tive que fazer isso.

— Senti sua falta todos os dias. — Meu choro se intensifica. Semanas de emoções acumuladas se libertam de uma vez só. — Quando voltei para Barbados, eu te via em toda parte. Perder você foi como perder um pedaço de mim. — Choro copiosamente.

Ele me deixa desabafar, me abraçando forte enquanto libero tudo. Tristeza, raiva, arrependimento, dúvida, mágoa. Quando finalmente me acalmo, ele limpa todas as minhas lágrimas. Ficamos em silêncio e nossos olhares se encontram, e então confesso o que já sei há meses, mas nunca admiti em voz alta.

— Eu te amo. Muito.

Ele fecha os olhos, um alívio suavizando seu rosto conforme ele me puxa para ainda mais perto. Cooper beija minha testa antes de apoiar a sua contra ela. Nos comunicamos apenas com nossos olhares por um longo tempo. Assisto maravilhada e completamente cativada à transformação acontecer em seu olhar. Os girassóis desabrocham bem no meio do seu lindo mar verde, retornando à vida.

Nossa atração um pelo outro é inegável, assim como o amor. Ele leva uma mão à minha nuca, enquanto a outra acaricia minha bochecha. Lentamente, sua boca roça na minha. É um toque suave como um sussurro, mas é suficiente para despertar cada nervo do meu corpo. Deus, como eu quero esse homem. Como amo esse homem com todo o meu coração.

— Se lembra da noite em que nos conhecemos aqui? Da fichinha que sempre carrego para dar boa sorte? — Pressiono meus lábios contra os dele novamente.

— Toda vez que tocava aquela fichinha, você ganhava.

Sorrio.

— Eu não ganhava por sorte. Era por talento. O pedido que eu fazia era você.

— Você não precisava fazer esse pedido — ele murmura. — Desde o primeiro instante em que meus olhos pousaram em você, eu já era seu.

EPÍLOGO
KATE
SEIS MESES DEPOIS

— Última rodada. Tenho uma reunião amanhã cedo — Cooper diz, recostando-se em sua cadeira com um sorriso relaxado. Sua pilha de fichas está quase no fim, como sempre, mas essas noites uma vez por mês são momentos muito felizes e descontraídos.

Mês passado, decidi ousar um pouco mais nas minhas apostas. Eu tinha vindo direto da faculdade e não tinha nada de valor para apostar na última rodada. Então, assim como no dia em que conheci Cooper, peguei um pedaço de papel na minha bolsa, escrevi uma coisa nele e joguei o papel dobrado no pote de apostas.

Desisti com três reis e perdi para os pares de cinco de Cooper. Ele murmurou algo sobre o que teria acontecido se Ben ou Frank tivessem ganhado ao guiar minha cabeça para seu colo para receber seu prêmio no carro a caminho de casa.

Mas esta noite, eu vim preparada. Cooper e eu passamos os últimos dois dias discutindo por causa do carro que ele comprou para mim. Meu Jeep enguiçou pela terceira vez em três semanas e ele odeia que eu não tenha o que chama de transporte confiável. Já é ruim o suficiente ele não me deixar contribuir em nenhuma despesa de casa desde que fui morar com ele há um mês. Certamente não preciso que ele me compre um carro novo.

Com um sorriso audacioso, balanço as chaves no ar por um segundo antes de jogá-las no pote de apostas. Frank dá um assobio ao ver o chaveiro do Range Rover e coloca um relógio no pote. Ben abre uma bolsa que está no chão e coloca uma estatueta no meio da mesa. Todos olhamos para Cooper para ver o que ele irá apostar esta noite.

Demonstrando uma mistura de raiva e diversão em seu olhar penetrante, Cooper pega um pedaço de papel no bolso, rabisca alguma coisa e arqueia uma sobrancelha para mim ao colocá-lo no centro da mesa.

Frank e Ben desistem bufando quando aumento a aposta. Quero muito ganhar, porém não sei qual incentivo é maior: pensar em Cooper tendo que ficar com o Range Rover ou com o que está escrito no papel dobrado.

A sorte que tive a noite inteira parece secar quando confiro minha pior mão da noite. Nem ao menos um par em meio às cinco cartas que recebo. Mas não deixo que isso me detenha. Ficando com apenas duas cartas de copas e descartando todo o resto, roço meu dedo sobre minha ficha da sorte ao pegar três novas cartas.

Observando-me atentamente, Cooper não diz nada, mas sei que ele não acredita nos meus amuletos da sorte.

Com um sorriso de orelha a orelha, ele vira suas cartas, que são todas diferentes. Um conjunto perdedor mesmo se eu não tivesse tido a sorte de pegar três cartas de dez após descartar algumas da primeira mão. Puxo a pilha de prêmios para mim e jogo tudo dentro da minha bolsa. O que quer que esteja escrito naquele pedaço de papel será melhor ler quando estivermos sozinhos.

— Sabe, você não precisa entregar o jogo só para que eu possa ganhar o prêmio que você apostou. Posso te derrotar de forma limpa e honesta — digo ao sair do banheiro após me aprontar para dormir. Uma das coisas que mais amo em morar aqui é o acesso ilimitado às camisas sociais dele. Deve ser uma das coisas preferidas de Cooper também, já que raramente eu as abotoo.

— Quem disse que entreguei o jogo?

Balanço a cabeça e vou até minha bolsa para ver o que ganhei.

— Nem mesmo você joga tão mal daquele jeito. Mas não importa. Estou ansiosa para receber o meu prêmio.

Demoro um minuto para pegar o pequeno pedaço de papel dobrado, já com um sorriso cheio de expectativa para ver quais palavras sacanas irei encontrar.

Sentindo os olhos de Cooper queimarem em mim, desdobro o bilhete dolorosamente devagar, como se fosse uma preliminar mental. Umedeço meus lábios em expectativa, mas eles se separam quando meu queixo cai ao descobrir o que ele escreveu: duas palavras, e não as duas que eu esperava. *Casa comigo.*

Paro de respirar. Levo o papel até meus lábios, viro-me e meus olhos já marejados encontram Cooper. Ele está ajoelhado, com uma pequena caixa preta de veludo na palma da mão.

Não faço ideia de como meus joelhos não cedem quando dou os dois passos necessários para me aproximar dele. Meu homem lindo, confiante e amoroso sorri para mim antes de falar e, no momento, me mostra o quão vulnerável ele é. Um lado que raramente vejo no homem que corre atrás de tudo na vida como se estivesse em uma missão tudo ou nada.

Ele estende sua mão livre para mim e eu a pego.

— Kate Monroe. Mesmo que eu perca todas as rodadas para você, no fim do dia, eu sou o verdadeiro vencedor porque você vai para casa comigo todas as noites. Não preciso de uma ficha ou um trevo-de-quatro-folhas para todos os meus desejos se realizarem. Só preciso de você. Casa comigo, linda.

KATE

QUATRO MESES DEPOIS, NO DÉCIMO PRIMEIRO DIA DO DÉCIMO PRIMEIRO MÊS

O grande dia finalmente chegou. Abro uma frestinha nas cortinas elegantes, apenas o suficiente para dar uma espiada na multidão esperando na praia, e vejo os últimos lugares vazios serem ocupados por convidados. É, sem dúvidas, um grande grupo de pessoas bem eclético. O lado de Cooper está preenchido com um mix interessante da realeza de Hollywood — donos de estúdios, diretores, atores — sentada junto com contrarregras, secretárias e guardas de segurança. A ausência do único homem que eu esperava conseguir convencer Cooper a convidar é gritante, mas ele foi inflexível quanto a isso.

Miles não está aqui. Fico triste por esses dois não conseguirem se reconciliar. Eles são basicamente a única família que resta um para o outro. Sei que foi Miles que causou todos os danos, mas de alguma forma ainda me sinto culpada pelo fato de que foram as minhas ações que deram a ele munição para carregar a arma que segurou contra a cabeça de Cooper.

Mais algumas pessoas que não reconheço vão chegando, e então, um rosto familiar se junta à multidão. Algumas mulheres ficam vidradas, embora ele nem pareça notar. Ele está muito bonito, bronzeado e relaxado, com seu cabelo comprido preso em um rabo de cavalo. Sorrio, pensando em como apenas um ano atrás a presença de Flynn Beckham no meu casamento era algo inimaginável.

Mas Cooper começou a gostar dele aos poucos. Flynn ganhou pontos ao ir falar com ele e ajudar a nos reconciliar depois do fim do programa. Mas foi o nosso término público combinado que solidificou o fato de que, no fim das contas, o solteirão não era um babaca. Como parte do acordo que fizemos para que eu pudesse ganhar o prêmio, Flynn e eu concordamos que diríamos que o meu retorno aos estudos e as viagens da sua turnê dificultaram o nosso relacionamento e decidimos ser apenas amigos. Mas a mídia o adorava e ele sabia que seriam terríveis comigo, culpando-me pelo nosso término com histórias inventadas. Isso também significava que Cooper e eu teríamos que continuar a manter o nosso relacionamento por baixo dos panos.

Liguei para Flynn um dia após Cooper e eu reatarmos para agradecer a ele. No dia seguinte, Flynn levou Jessica para almoçar em um lugar bem público e a beijou por uns bons cinco minutos enquanto câmeras capturavam imagens freneticamente. Depois isso, fiquei livre e Flynn saiu como o pegador que partiu o coração da garota comum.

— O seu irmão estava lá fora às sete da manhã hoje praticando — mamãe diz, aproximando-se por trás de mim e olhando pela janela por cima do meu ombro.

Cooper mandou fazer uma plataforma larga de madeira que vai do restaurante até o altar montado na praia, para que Kyle pudesse entrar comigo em sua cadeira de rodas. Tudo o que ele precisa fazer é apertar um botão para iniciar e parar o movimento, mas não é sempre que ele consegue fazer isso.

— Ele coloca muita pressão em si mesmo. Queria que ele deixasse alguém empurrar a cadeira dele.

— Ele quer te acompanhar sozinho. É um teimoso. Mas vai conseguir.

Com a combinação de remédios experimentais e uma terapia promissora, meu irmão tem feito progresso. Mas é um progresso que nem sempre é constante e às vezes o deixa frustrado. Cooper e eu encomendamos uma cadeira de rodas especial para dar de presente a ele em seu aniversário mês passado. Posso não deixar meu noivo generoso me comprar carros, mas investir em uma cadeira de rodas de dez mil dólares não tem problema algum.

O tempo está passando e minha mãe me ajuda a colocar o véu. Há uma batida à porta quando fico diante do espelho para dar uma última olhada.

— Quem é? — minha mãe pergunta, mas a porta se entreabre antes da resposta.

— Preciso de um minuto com a Kate, Lena.

— Não, Cooper! Dá azar. — Ela tenta afugentá-lo e fechar a porta, mas a verdade é que ela não faz ideia de com quem está lidando.

— Tudo bem, mãe. Ele pode entrar.

Ela arregala os olhos.

— Sério? Mas dá azar. — Ela não consegue acreditar no que está ouvindo.

Por mais estranho que pareça, eu, a pessoa que não pisa numa rachadura por medo de fazer algum mal à minha mãe, não vê problema em encontrar o noivo dez minutos antes do casamento. É meio chocante até mesmo para mim.

Cooper abre a porta e minha mãe nos deixa a sós. Ele me olha pelo espelho diante do qual ainda estou.

— Você está... maravilhosa.

Posso não ser a mulher mais linda do mundo, mas para ele, nesse momento, eu sou, sim. Não há espaço para mais ninguém.

— Obrigada. Mas você poderia ter esperado dez minutos para me dizer isso. — Viro-me, pousando as palmas nas lapelas do seu smoking. — Deve ser algo bem importante para você estar disposto a brincar com o azar, sabendo como eu sou.

— Você sabe que nada disso é verdade. Você sempre me derrotou no pôquer com ou sem a sua ficha da sorte e agora vamos envelhecer juntos. — Ele me abraça pela cintura e roça o nariz no meu cabelo. — Está tão cheirosa.

— Cooper?

— Hum?

— Você veio aqui por algum motivo? Porque eu *não* vou transar com você dez minutos antes de nos casarmos.

— Isso soa como um desafio — ele diz e vejo seu olhar começar a se transformar naquele ao qual nós dois sabemos que não consigo resistir.

— Cooper... — advirto. — Eu vou te expulsar daqui.

Ele dá um passo para trás, esfregando a névoa induzida por hormônios de seu rosto.

— Não. Eu vim te dar uma coisa.

— É exatamente esse o meu medo.

Ele sorri.

— Que mente suja, futura sra. Montgomery. Isso, eu vou te dar depois da cerimônia. No armário de casacos, a caminho da recepção. — Ele dá uma piscadinha. Não duvido dele nem por um segundo. — Feche os olhos.

— Cooper, é sério, nós...

— Confie em mim. Feche os olhos.

Faço o que ele pede. Sinto-o se movimentar pelo quarto antes de ficar diante de mim novamente.

— Abra os olhos.

Ele está ajoelhado na minha frente.

— Levante. — Com uma mão no meu tornozelo, ele me faz erguer o pé e tira meu sapato. Ele tateia a parte da frente do calçado e retira o trevo-de-quatro-folhas que eu tinha colocado lá, mas não contei a ele.

— Mas... eu já desafiei o destino deixando você me ver antes da cerimônia. — Começo a entrar em pânico.

Cooper pega meu buquê que está no chão ao seu lado. Eu nem tinha notado isso. Ele me entrega o arranjo simples de rosas com algumas fitas de seda penduradas.

— Olhe embaixo.

Confusa, viro o buquê de cabeça para baixo. Uma coisa brilhante presa no topo do laço captura a minha atenção. Não pode ser. Como é possível ele tê-las encontrado?

— São as...?

Ele faz que sim.

— Agora elas são minhas. Mas achei que você poderia precisar de algo emprestado.

Meus olhos ardem com lágrimas que tento desesperadamente conter.

— Não acredito que você as recuperou.

Presas ao laço na parte de baixo do meu buquê de noiva, estão as abotoaduras em formato de trevos-de-quatro-folhas do meu pai, as que ele mandou fazer quando nasci. Ele as usou em todos os seus quatro campeonatos mundiais de pôquer, acreditando fielmente que elas lhe traziam sorte. Em algum momento entre sua última vitória e as derrotas seguintes nos campeonatos nacionais, ele as perdeu em uma aposta que "já estava no papo". Um ano depois, ele morreu de infarto.

— Nem sei o que dizer. Eu adorei. Você encontrou o amuleto da sorte do meu pai.

— Que bom que você adorou. Mas está errada. Eu vou me casar com o amuleto da sorte dele em alguns minutos. — Ele me dá um beijo suave nos lábios.

— Você vai me fazer chorar.

— Não. Vou passar o resto da minha vida fazendo você sorrir e te dando orgasmos. — Ele me puxa e me prensa contra seu corpo. Não tenho a menor dúvida de que ele fará as duas coisas. Esse homem é um *royal flush*. Um campo de trevos-de-quatro-folhas. Céu vermelho à noite. Enquanto eu o tiver ao meu lado, não preciso de mais nenhum amuleto da sorte.

— Obrigada, Cooper. Amei essa surpresa.

— E eu amo você.

Dez minutos depois, às onze horas e onze minutos em ponto, no décimo primeiro dia de novembro, me caso com o amor da minha vida. Como meu marido diz ao me beijar pela primeira vez como sua esposa, "Não existe ninguém mais sortudo do que eu".

E então, simples assim, o jogo finalmente termina.

AGRADECIMENTOS

Obrigada à incrível comunidade de blogueiros que apoiam autores independentes! Sem a ajuda de vocês, os meus livros nunca teriam alcançado tantos novos leitores.

Um agradecimento especial a algumas mulheres maravilhosas:

A Penelope, por nossas conversas às seis da manhã quase todos os dias.

A Julie, por sempre nos fazer rir até roncar e nunca dormir.

A Dallison, por arrasar usando um dicionário de verdade, à moda antiga!

A Lisa, por aguentar as minhas obsessões.

A Sommer, por fazer a capa incrível de Throb.

A Carmen, Beth e TF chicks, por sua amizade e apoio de sempre.

Por fim, um obrigada enorme a todos os leitores. Com tantos autores incríveis por aí, sou imensamente grata por vocês escolherem as minhas histórias para ler! Adoro os seus recadinhos, e-mails e resenhas, então, por favor, continuem!

Com muito amor,

Entre em nosso site e viaje no nosso mundo literário.
Lá você vai encontrar todos os nossos
títulos, autores, lançamentos e novidades.
Acesse www.editoracharme.com.br

Você pode adquirir os nossos livros na loja virtual:
loja.editoracharme.com.br

Além do site, você pode nos encontrar em nossas redes sociais.

 https://www.facebook.com/editoracharme

 https://twitter.com/editoracharme

 http://instagram.com/editoracharme

 @editoracharme